Die Saite aus Stahl

Gudrun Heyens

Die Saite aus Stahl

Roman

SCHOTT

Bibliografische Information der Deutschen Nationalbibliothek
Die Deutsche Nationalbibliothek verzeichnet diese Publikation in der Deutschen Nationalbibliografie; detaillierte bibliografische Daten sind im Internet
über http://dnb.d-nb.de abrufbar.

978-3-95983-521-3 (Paperback)
978-3-95983-522-0 (Hardcover)

© 2016 Schott Music GmbH & Co. KG, Mainz

www.schott-buch.com

Coverabbildung: „Arpa doppia" von Erich Kleinmann

Printed in Germany

Für Joachim

1

Sibylle Magdalena Rubin brauchte keine Minute um zu wissen, wo sie war. 7.00 Uhr, neben ihr atmete niemand und sie hatte ein Oberbett für sich allein. Rosafarbenes Licht fiel auf den Mahagoni-Schreibtisch, der ihrem Bett gegenüberstand. Sie liebte es hell, auch nachts und besonders, wenn sie sich nicht in ihrem eigenen Schlafzimmer befand; falls sie aufwachte, wollte sie sich orientieren können. Sie setzte sich auf und stellte die Weckfunktion ihres Mobiltelefons ab. Dabei warf sie einen prüfenden Blick auf die zweite Hälfte ihres Doppelbettes: sie war unberührt. Selbst im Schlaf vermied sie Grenzüberschreitungen, obwohl sie genau wusste, dass sie damit nicht zur Schonung der Umwelt beitragen konnte. Das ganze Bett würde frisch überzogen werden.

Sie stand auf und wollte ins Bad, da fiel ein Schatten ins Zimmer. Sie sah zum Fenster. Keine zwei Meter entfernt von ihr, direkt hinter der Scheibe, grinste ein unrasiertes Männergesicht sie an. Der Mann lehnte lässig am Geländer eines Krankorbs. Mehr empört als erschrocken stürzte sie auf ihn zu und riss den schweren, dunklen Vorhang vor die feixende Grimasse; der Stoff sonderte eine muffige Wolke ab. Ihr Herz raste wie nach einem Sprint, als sie durch das Halbdunkel ins Bad hastete und die Tür hinter sich abschloss.

Keine 40 Minuten später lief sie über den blauen, trittdämpfenden Teppich, mit dem die Hotelflure ausgelegt waren und suchte den Fahrstuhl, der sie gestern Abend heraufgebracht hatte. Zu dem Schreck am frühen Morgen kam jetzt der Ärger, sich den Weg nicht gemerkt zu haben und die Anspannung, unter der sie schon seit Tagen im Vorfeld der Rektorenkonferenz gelitten hatte.

In diesem Jahr, 2010, war die Konferenz in Stuttgart. Zwar würde sie mit dem ihr unverständlichen Dialekt nicht zwangsläufig in Berührung kommen und die Jahreszeit, Mitte Mai, war weniger hitzeverdächtig, als der September, in dem sie vor Jahren ein Konzert-Engagement hatte durchstehen müssen; aber das machte ihr die Stadt nicht sympathischer. Selbst der großzügige Anbau von Rosen, dessen Anblick sie gestern auf der Fahrt vom Hotel zur Musikhochschule an die *Rosenhöhe* hinter ihrem Haus erinnert hatte, konnte sie nur für einen kurzen Moment versöhnlicher stimmen.

Sibylle drückte alle Abwärtsknöpfe der vier Fahrstühle und warf einen Blick in den Spiegel, der zwischen zwei Fahrstuhltüren angebracht war. Sie sah sich lebensgroß und ungünstig beleuchtet. Eine große Schuhputzmaschine mit drei Bürstenrollen verstellte die Sicht auf ihre Schuhe, aber der hechtgraue Hosenanzug mit der etwas helleren Seidenbluse saß perfekt und auch die grauen Strähnen, die ihr Haar durchzogen, konnte man für eine elegante Note halten – ein Eindruck, der absehbar verblassen würde, wenn sie nicht bald Maßnahmen ergriffe. Immerhin war sie angemessen angezogen für den Anlass. Automatisch stufte sie Bekleidungen als angebracht oder unangebracht ein, dagegen war sie machtlos. Bei der letzten Rektorenkonferenz in Berlin war das Opfer ihrer strengen Kategorisierung die Prorektorin aus Dresden gewesen, die mit leichtem ärmellosen Sommerkleidchen die gebräunte Haut ihres Dekolletés zur Schau trug, an den nackten Beinen ein Nichts an Sandaletten. Sie selbst hatte die hohen Temperaturen in der Aula der Universität der Künste unter einem Blazer und einer dunklen Leinenhose zu überstehen versucht und beträchtliche Zeit damit verbracht über den Zusammenhang von Kleidung und fachlicher Kompetenz zu sinnieren, um schließlich zu dem Ergebnis zu kommen, dass das äußere Erscheinungsbild eines Menschen in ihrem Bewusstsein entschieden zu viel Raum einnahm.

Das war nicht immer so gewesen.

Es gab Zeiten, da hatte sie überhaupt keinen Blick für Äußerlichkeiten gehabt. Sie erinnerte sich nur ungern daran, dass sie sich dem Dresscode der Siebziger Jahre bewusst widersetzt hatte, der bei der Verlobungsfeier eines ihrer Cousins »Damen in Abendrobe« vorgeschrieben hatte. Sie war gerade 22, im sechsten Semester ihres Harfenstudiums und in ihrem Kleiderschrank gab es zu diesem Zeitpunkt kein Kleidungsstück, das auch nur im Entferntesten einer Abendrobe geglichen hätte. Außerdem war sie der Ansicht gewesen, dass es keinerlei Zusammenhang zwischen Bekleidung und Wertschätzung gäbe. Diesen Standpunkt hatte sie ihrem Onkel gegenüber, dem Organisator des Festes, vertreten, was außerordentlich mutig war, denn sie war jung und ihr Onkel ein Patriarch, dem gewöhnlich sonst niemand in der Familie widersprach. Die Diskussion hatte im Vorfeld des Ereignisses eine gewaltige Missstimmung ausgelöst, unter der Sibylles Mutter, die jüngste Schwester des Patriarchen, am meisten gelitten hatte. Konfliktscheu, wie das Mütterchen war, hatte sie sich umgehend ein abendrobenähnliches Kleid gekauft. Es war limettengrün und überstrahlte auf allen Fotos der folgenden Verlobungen und Hochzeiten weiterer Cousins sämtliche Gäste und Familienmitglieder, die Bräute eingeschlossen. In ihm steckte ihre immer etwas eingeschüchtert aussehende Mutter mit einem wie um Abbitte flehenden Lächeln, in dem aber auch ein winziger Hauch von Stolz auszumachen war, wenn sie wieder einmal für ihre moderesistente Beständigkeit gelobt wurde. Widerstrebend und gegen alle ihre Grundsätze hatte auch Sibylle sich damals ein Abendkleid gekauft. Allerdings ging mit diesem Kauf der Entschluss einher, es zu ihrer eigenen Hochzeit, ganz gleich, wann sie stattfinden würde, der Familie wieder zu präsentieren, als eine späte, aber umso wirkungsvollere Rache dafür, dass sie sich einem gesellschaftlichen Zwang hatte beugen müssen. Das Kleid war leuchtend türkis und damit war nach vier Jahren klar, dass es die Schwelle von St. Peter und Paul niemals überschreiten würde. Insgeheim, so Sibylles Vermutung, war Lorenz erleichtert gewesen über den so erzwungenen Verzicht auf eine kirchliche Trauung. Als halbherziger Protestant, hilflos und ungeübt selbst in puristischeren liturgischen Abläufen, war ihm so das mühselige Konvertieren erspart geblieben. Eine ökumenische Trauung, bei der ein evangelischer Pfarrer die Zeremonie der Heiligen Messe torpediert hätte, kam für Sibylles Familie nicht infrage. So war es schließlich nur zu einer standesamtlichen Hochzeit und einer kleinen Feier zu viert gekommen, von welcher der Patriarch bis zu seinem Tod als »Sibylles Verlobung« sprach, vermutlich als Rache dafür, dass diese Ehe nicht vor Gott geschlossen wurde.

Vielleicht aber auch, um von sich als dem Schuldigen abzulenken, der die kirchliche Trauung seiner einzigen Nichte durch die Zwangsanschaffung einer Abendrobe verhindert hatte; ganz sicher aber, weil er nicht eingeladen wurde.

Die Fahrstuhltüre öffnete sich mit einem dezenten »Pling«. Sibylle warf einen letzten Blick auf ihr Spiegelbild. Für einen kurzen Moment wurden ihre Schuhe sichtbar. Von den grauen Hosenbeinen bis auf die Spitzen bedeckt, sah man ihnen ihre wenig damenhafte Größe nicht an.

Sie betrat den Frühstücksraum durch eine doppelflügelige Schwingtür und passierte eine Hotelangestellte, die hinter einem Minitresen mit monotoner Sprachmelodie die Zimmernummern der Frühstücksgäste abfragte und sich für die Antwort mit einem Lächeln bedankte, das niemandem galt. Sibylles Übellaunigkeit nahm zu. Wenn sie jetzt noch, was trotz dieser frühen Frühstückszeit zu befürchten war, auf Kollegen träfe, die sie, leutselig winkend, zu sich an ihren Tisch einluden, würde sie auf dem Absatz kehrt machen und sich das Frühstück auf ihr abgedunkeltes Zimmer bringen lassen. Aber der Frühstückssaal war weitläufig und in mehrere Bereiche aufgeteilt, die sich um ein riesiges ovales Buffet gruppierten, das wie ein Luxusliner mit messingbeschlagener Holz-Reling den Raum durchtrennte. Drei Stufen höher, hinter einer halbhohen Trennwand mit Grünpflanzenspalier, suchte sie Schutz und warf ihre Tasche auf einen der beiden Polsterstühle. Hier saß niemand und sie konnte von niemandem gesehen werden, wohl aber konnte sie die Neuankömmlinge, die durch die Schwingtür traten, durch das Rankwerk von Efeututen erspähen. Nun musste es nur noch gelingen, bei der Umrundung des Buffets den Trossinger Kollegen Herbie Obermüller zu übersehen und zu überhören, denn er redete lautstark und mit geradezu heidnischer Fröhlichkeit auf die beiden Kölner Prorektoren ein, als befände er sich in Woodstock, unmittelbar vor Konzertbeginn. Sein graublonder Pferdeschwanz hatte den Übergang von Nachtruhe zu enthusiastischer Kommunikation nicht mitvollzogen und lag pappig und von einem rosafarbenen Haargummi zusammengehalten auf den blassblauen Schultern seiner Jeansjacke. Sibylles Abneigung gegen Herbie Obermüller rührte nicht von der Fremdheit seines Faches her – er lehrte E-Bass in der noch jungen Popularmusik-Abteilung seiner Hochschule – sondern von der Schreibweise seines Namens, den er, wie sie es auf der Anwesenheitsliste zu Konferenzbeginn ungläubig gelesen hatte, wie *Hörbie* geschrieben haben wollte. So viel Humorigkeit löste bei ihr das Gegenteil aus. Sie fand Prof. Herbert Obermüller, denn so hieß er ja wohl, albern und hoffte, nicht mit ihm zusammen in einen Arbeitskreis eingesperrt zu werden.

Gerade war es ihr gelungen ein Sonnenblumenkernbrötchen mithilfe einer störrischen Gebäckzange auf ihren Teller zu balancieren, als sie eine angenehme Stimme ihren Namen aussprechen hörte.

»Sibylle, meine Liebe, du bist früh dran!«

Peer lächelte sie an und entschied sich für zwei Scheiben Weißbrot, die er in einen Toaster steckte.

»Gottseidank, du bist es! Du rettest mich, lass uns hinter den Grünpflanzen in Deckung gehen. Wieso bist du überhaupt hier? Ich dachte, du kommst direkt in die Sitzung?«

» ... Und setze dich damit den Anfeindungen der morgendlichen Kommunikation aus?«

Peer machte einen Schwenk an die Käsetheke und nahm sich anschließend vom Rührei und Bacon, dann folgte er, in alle Richtungen grüßend, Sibylle in den Schutz der Efeututen.

»Du lieber Himmel, wie kann man um diese Zeit schon so freundlich sein.«

»Wenn nicht jetzt, wann dann – ich fürchte, bei der heutigen Tagesordnung wird es dafür weder Zeit noch Anlass geben ... Wir müssen außer Indien den Konsens bei den Bachelor- und Master-Studiengängen hinkriegen. Was ich übrigens noch nicht kommen sehe bei der föderalen Meinungsvielfalt ... «

»So kann man es auch sagen – für mich ist es Profilierungswahn, und zwar um jeden Preis. So wird es niemals was mit dem vielbeschworenen einheitlichen Europäischen Hochschulraum. ›Harmonisierung von Studiengängen‹, dass ich nicht lache!«

»Wie ist der Kaffee?«

»Lenk nicht ab!«

Sibylle betrachtete ihren Prorektor, der jetzt seine Kaffeetasse füllte, obwohl er schon einmal gefrühstückt haben musste, bevor er nach Stuttgart kam. Was hatte ihn veranlasst seinen ursprünglichen Plan, heute Morgen direkt zur Konferenz in die Stuttgarter Hochschule zu fahren, aufzugeben? Sibylle hoffte, dass es Reue war. Sie hatte ihm sein Verschwinden nach der gestrigen Auftaktveranstaltung noch nicht verziehen. Welchen Grund hatte es gegeben, die liebgewonnene Gewohnheit, bei solchen Anlässen den Abend gemeinsam mit einem guten Essen beim Italiener und anschließendem Nachttrunk in der Hotelbar zu verbringen, einfach ausfallen zu lassen - kommentarlos, leichtfertig? Sie war wie selbstverständlich davon ausgegangen, dass sie es so wie immer halten würden und hatte sich durch ihre Mitarbeiterin ein Zimmer im *Unger* reservieren lassen, darauf vertrauend, dass Frau Sommer sich diskret einen Kommentar bezüglich der wenigen Kilometer, die zwischen ihrem Wohnort und dem des Dienstgeschäftes lagen, verkneifen würde.

Aber Peer hatte für sich – und damit auch für sie – entschieden, dass es diesmal anders abliefe und so fand sie sich allein im Restaurant des Unger vor einem überteuerten Salatteller wieder und war schließlich viel zu früh mit einer Halbliterkaraffe Weißwein auf ihr Zimmer gegangen. Den riesigen Baukran direkt vor ihrem Fenster hatte sie verschwommen wahrgenommen, aber sofort wieder vergessen, bevor sie vor einem späten Krimi eingeschlafen war, anstatt mit Peer in angenehmerer Atmosphäre die heiklen Punkte der heutigen Tagesordnung durchzugehen und sich mit ihm über ihre Vorgehensweise in der Sitzung abzustimmen. Sie hätte wie immer ihre Meinung vorgetragen, er hätte sie kommentiert, durchaus auch kritisch, wenn nötig; in einem solchen Fall mit für sie nachvollziehbaren Argumenten. Sie hätte über seine Einwände nachgedacht, abgewogen, ihm zugestimmt oder ihren Standpunkt erläutert. Sie und Peer waren diesbezüglich die Idealbesetzung. Übrigens auch, wenn es um weniger hochschulrelevante Themen ging.

Und auch dazu hätte es am gestrigen Abend kommen können. Aber dann war ihr an der Pforte ein Zettel in die Hand gedrückt worden. *Bis morgen Vormittag – komme direkt zur Konferenz,* las sie und war erschrocken über die Bestürzung, die sie empfunden hatte.

Die Lampe über ihnen beleuchtete Peers gesenkten Kopf, seine Kopfhaut glänzte. Sibylle hätte für eine weniger radikale Rasur plädiert, wäre sie gefragt worden; sie vermisste den Anblick undefinierter Zerzaustheit. Versprach er sich von diesem Schnitt erwachsener zu wirken oder wollte er nur einer beginnenden Glatze zuvorkommen? Letzte Woche, als er ihr im Büro gegenüber saß, noch dunkelblond verwuselt, mit Jeans und knittrigem T-Shirt, wie immer ein wenig zu lässig für das Amt, waren ihr schüttere oder gar kahle Stellen nicht aufgefallen. Dabei unterzog sie sein Äußeres stets einer eingehenden Begutachtung. Seine Weichheit und seine ans Schlampige grenzende Unbekümmertheit neutralisierten ihre penible Korrektheit und das Kantige ihrer Erscheinung.

Natürlich nur, wenn sie zusammen auftraten.

Sibylles Handy brummte und drehte sich auf der glatten Tischplatte einmal um sich selbst. Sie warf einen Blick aufs Display und drückte den Anruf weg.

»Nichts Wichtiges.«

Peer war halb aufgestanden und machte den Eindruck, als wolle er sich diskret entfernen.

»Ich geh nochmal zum Buffet, wer weiß, ob es in der Hochschule zwischendurch was gibt – also: Grüß schön!«

Sibylle fühlte sich durch den kleinen Zusatz ertappt. Unter ihrer Makeup-Schicht sammelte sich Hitze. Was trieb Lorenz dazu, sie jetzt anzurufen, wo er sich doch ausrechnen konnte, dass dies die letzten halbwegs entspannten Minuten vor einem hochkonzentrierten und nervenaufreibenden Arbeitstag waren, an dem es unter anderem um nichts Geringeres ging als die Einrichtung von Hochschul-Dependancen in Fernost – hatte er nichts Besseres zu tun, als ihr hinterher zu telefonieren?

Sie sah ihn vor sich, wie er an seinem Schreibtisch saß, auf dem es wenig gab, was er zu erledigen hatte.

Diese Vermutung, die sie in die hinterste Ecke ihres Bewusstseins verbannt hatte, verdichtete sich zu etwas Unangenehmem. Zeitungsartikel über den Rüsselsheimer Opel-Standort, deren Überschriften sie hastig, mit den Gedanken schon in der Hochschule, überflogen hatte, erschienen vor ihrem geistigen Auge. Sie hatte sich nur flüchtig gefragt, inwieweit dies alles Lorenz betraf. Sie konnte sich an keine Andeutung erinnern und es widerstrebte ihr, ihn darauf anzusprechen. Möglicherweise empfand er es als Bloßstellung. Sie wollte nicht taktlos sein. Außerdem war er ihr nicht ungewöhnlich bedrückt vorgekommen, soweit sie das zwischen Aufstehen und Frühstücken beobachten konnte.

Ausgerechnet jetzt wollte sie sich nicht mit Problemen beschäftigen, die nicht unmittelbar mit ihrer Arbeit zu tun hatten. Rationalisierungsmaßnahmen waren kein Thema in ihrer Hochschule. Vielleicht würde sie ihn am Wochenende dazu befragen. Aber nur, falls sie sich überhaupt aufraffen konnte nach dieser Rektorenkonferenz, die heute erst so richtig losging und vorhersehbar anstrengend werden würde. Peer stellte einen randvollen Müsliteller und eine Brioche vor sich ab.

»Wir sollten kurz ein paar Strategien absprechen – höchste Priorität: die Ausrichtung der nächsten Rektorenkonferenz. Ich weiß nicht, welche Hochschule Gastgeber sein wird, habe aber die böse Ahnung, dass wir demnächst dran sind. Bitte auf jeden Fall verhindern! Wir müssen uns da was ausdenken. Baumaßnahmen, Auslastung der Raumkapazitäten durch irgendeinen Wettbewerb, ein Festival, Aufnahmen des hessischen Rundfunks – lass dir bitte was einfallen und sprich dich nachher sofort mit Wolff ab, damit er unsere Stoßrichtung kennt. Die Kanzler tagen heute Morgen separat, vielleicht kriegst du ihn vorher noch zu fassen.«

»Wenn er nicht schon was festgezurrt hat. Du weißt, wie er ist – Außenwirkung geht ihm über alles und so eine Rektorenkonferenz bringt Presse, Prominenz und Aufmerksamkeit für unser kleines Haus ... «

»Eben, Stichwort kleines Haus! Wir müssten für mindestens drei Tage den kompletten Unterricht stilllegen, nur um die Räume frei zu haben, von der ganzen übrigen Planung abgesehen – bitte verschone mich. Vertage das bis nach der Wahl, dann kann mein Nachfolger damit glänzen – wer weiß, vielleicht bist du das ja ... «

»Oje, wir werden jetzt nicht darüber Spekulationen anstellen, was in einem Jahr ist. Ich schlage vor, du frühstückst in Ruhe weiter und wir sehen uns kurz vor zehn in der Konferenz. Ich mach' mich auf den Weg und versuche Wolff abzufangen.«

Für den Bruchteil einer Sekunde störte sie, dass er auf ihre Andeutung hin nicht vehement widersprochen hatte.

Peer Siblewski biss ein letztes Mal in seine Brioche und suchte in seiner Hosentasche nach dem Autoschlüssel, bevor er sich auf den Weg durch den Speisesaal machte. Am Buffet nahm er sich einen Apfel und eine Banane aus dem Obstkorb und wickelte beides diskret in eine Serviette. Es war noch gar nicht so lange her, da hätte er sich beide Hosentaschen mit Proviant gefüllt. Inzwischen hatte er gelernt, dass seine entbehrungsreichen Studienjahre endgültig vorüber waren. Prorektoren mussten sich um ihre Versorgung keine Gedanken machen – irgendwo stand immer ein Fläschchen Wasser und ein Kekssortiment für sie bereit.

2

Sibylle sah Peer durch die Schwingtür gehen.

Er nahm ihr das Gespräch mit Wolff ab, so hatte sie etwas Zeit gewonnen, aber der Appetit war ihr vergangen – es quälte sie, Lorenz morgendliche Begrüßung abgeschmettert zu haben, noch dazu vor Peers Augen. Sie kannte Peer nicht gut genug, um einschätzen zu können, wie das auf ihn gewirkt haben mochte, sie hoffte, er hätte es einfach vergessen. War sie wirklich so herzlos oder nur das Opfer einer berufsbedingten Disziplin, ohne die sie meinte, diesen Job nicht bewältigen zu können?

Seit ihrem 19. Lebensjahr, während ihrer Studienzeit in Hamburg, hatte sie sich hauptsächlich auf das Leben einer konzertierenden Musikerin vorbereitet. In dem bescheidenen Maße, wie es tatsächlich stattfand, hatte sie es größtenteils in guter Erinnerung behalten. Das Leben im Südhessischen allerdings empfand sie nicht nur als angenehm.

Zu ihrem norddeutschen Naturell und ihrer angeborenen Scheu im Umgang mit Menschen hatte sie hier noch immer mit einem Fremdheitsgefühl zu kämpfen, gegen das auch ihre Heirat mit Lorenz, dem gebürtigen Heppenheimer, nichts ausrichten konnte.

Er hatte sie nicht gedrängt, sich auf die Professur an der Georg Friedrich Schnittspahn Hochschule für Musik in Darmstadt zu bewerben, was wegen der Nähe zu seinem Arbeitsplatz in Rüsselsheim verständlich gewesen wäre, auch, weil sie sich, solange Sibylle noch einen kleinen Lehrauftrag in Lübeck hatte, nur an den Wochenenden sehen konnten.

Es war allein ihre Entscheidung gewesen. Stellen dieser Art ließen sich in der ganzen Republik an einer Hand abzählen, deshalb wäre es ihr wie eine Herausforderung des Schicksals vorgekommen, wenn sie nicht die Ausschreibung der Darmstädter Musikhochschule als einmalige Chance begriffen hätte.

Sie hatte sich gegen vier Mitbewerber durchgesetzt und wusste bis heute nicht so recht, was genau den Ausschlag für ihre Wahl gegeben hatte. Vielleicht war es das besondere Programm mit Felizitas, Sängerin und Duopartnerin im Ensemble Rubin/van Wassenaer, mit der sie seit fast zwanzig Jahren konzertierte.

Obwohl sie die begehrenswerte Stelle bekommen hatte, verband sich ihr Umzug nach Darmstadt wenig später mit dem Gefühl, gleichzeitig die Musik verloren zu haben.

Die Lehrtätigkeit an der G.Fr.Schnittspahn beanspruchte sie mehr, als sie sich hatte vorstellen können. In den ersten Semestern musste sie eine Klasse mit einer vorzeigbaren Studierendenzahl aufbauen und in den folgenden Jahren alles dafür tun, sie zu halten. Doch mit jedem studentischen Neuzugang vollzog sich unmerklich die Verlagerung ihrer eigenen künstlerischen Tätigkeit auf die ihrer Schüler; das Unterrichten raubte dem Spielen die Zeit. Ein schleichender Prozess, der ihr erst nach und nach bewusst wurde.

In ihrem ersten Jahr als Professorin hatte sie sich regelmäßige Übezeiten abzutrotzen versucht und dabei in Kauf genommen, dass Lorenz im eisern eingehaltenen Zeitplan ein Schattendasein führte. Er akzeptierte stillschweigend das Schrumpfen ihrer gemeinsamen Zeit auf das Minimum gelegentlicher, fast zufälliger Zusammentreffen. Schließlich war es auch vor ihm nicht länger zu verheimlichen gewesen, dass es wenig Grund gab, zwanghaft an Hunderten von Übestunden festzuhalten, denen kein Konzert folgte. Das Duo van Wassenaer/Rubin konnte seine Engagements für eine Saison an einer Hand abzählen; weder Sibylle noch Felizitas, die inzwischen drei Kinder hatte, waren imstande die Organisationsarbeit zu leisten, die für ein Fortbestehen ihrer Konzerttätigkeit nötig gewesen wäre. Dabei schaffte es Felizitas weiter im Geschäft zu bleiben, wurde für Partien in Oratorien, Kantaten und Kirchenkonzerten gefragt und gab hin und wieder Liederabende, während Sibylle ab und zu bei kleineren Veranstaltungen ein Rahmenprogramm solistisch gestaltete oder als Aushilfe für das Städtische Orchester engagiert worden war. Diese allgemein schwierige Lage machte sie später, zumindest teilweise, auch für den endgültigen Bruch mit Felizitas verantwortlich. Mit zweiundvierzig musste sie erkennen, dass die beiden Hälften ihres Berufes, das Unterrichten und das Spielen, auf diabolische Weise miteinander verflochten waren. Je größer ihre Klasse war, desto weniger konnte sie spielen. Spielte sie aber selten, blieben neue Studenten aus. Ihre Klasse löste sich auf. Kein Bedarf mehr an Harfe, hatte es im Senat geheißen.

Sibylle brauchte lange, bis sie zwischen ihrer beschämend geringen Schülerzahl und der Anfrage des Kanzlers eine Verbindung gesehen hatte.

Ihr wäre es nie in den Sinn gekommen, die Leitung einer Musikhochschule anzustreben, so wenig, wie sie den Gedanken an Bürokratie, Verwaltung, Management und Diplomatie jemals mit ihrer Person in Verbindung gebracht hatte, aber genau darum ging es beim Amt des Rektors. Und doch war es ihr nach einigen unruhigen und grüblerischen Tagen zu ihrem eigenen Erstaunen nicht unmöglich erschienen, einen solchen Posten auszufüllen, je intensiver sie über das Ansinnen des Kanzlers und des Senates, sich für die Wahl aufstellen zu lassen, nachdachte. Die Verlockung, damit einen gewaltigen Schritt die Karriereleiter hinauf zu tun, mochte unterschwellig mitgewirkt haben, auch wenn es nicht die Karriere war, die sie angestrebt hatte.

Als sie Lorenz sagte, dass sie über eine Kandidatur nachdächte, hatte er so erstaunt ausgesehen, dass sie sofort argwöhnte, dieser Schritt sei nicht nur ein für ihre Verhältnisse unerwartet mutiger, sondern einer, der geradewegs in den Abgrund führte. Ihre Mutter hingegen zeigte sich so begeistert, wie Sibylle es bei ihr nie erlebt hatte und organisierte ein außerplanmäßiges Familientreffen zu Ehren der zukünftigen Rektorin, mit dem sie wiedergutzumachen versuchte, was sie anlässlich sämtlicher Diplome und Konzert-Auftritte ihrer Tochter versäumt hatte.

Sibylle hatte bei sich ein Gefühl der Aufwertung festgestellt, ein Gemisch aus Staunen und Stolz, aber auch Trauer, denn mit der Wahl zur Rektorin im Frühjahr 2006 hatte sie sich endgültig auf der anderen Seite des Notenständers wiedergefunden. Sie wurde überschüttet mit Sitzungen, Konferenzen, kleinen und großen

Beratungsrunden, Vorsitzen von Kommissionen und Wettbewerben und unzähligen Konzertbesuchen, die zu dem Pflichtprogramm einer Person gehörten, die zur kulturellen Prominenz der Stadt zählte.

Sie spielte nicht mehr, sie hörte nur noch zu.

Verwaist stand ihre Harfe im Arbeitszimmer, verblasst war ihr Name als Musikerin, schließlich untergegangen im Strudel einer Fünfzigstundenwoche, die am Ende nicht nur für das vollständige Ausbleiben von Schülern verantwortlich war, sondern auch für die Unmöglichkeit, sowohl das eine wie auch das andere mit der nötigen Hingabe und Liebe zu versorgen: das Amt und die Ausbildung von HarfenistInnen.

Am nächsten Abend, nach einer heißen und zähen Fahrt durch den Berufsverkehr, fuhr Sibylle langsam auf den schmalen, an beiden Seiten von großen Bäumen und dichten Büschen bewachsenen Zufahrtsweg zu ihrem Haus.

Sie war müde und ausgelaugt vom langen Konferenztag mit seinen quälenden Diskussionen, langwierigen Abstimmungen, unbefriedigenden Beschlussfassungen und der allgegenwärtigen Gefahr, sich durch eine konträre Meinungsäußerung zwingend für die eigene Hochschule einsetzen zu müssen. Vier Rektorenkonferenzen hatten nicht vermocht, ihr eine souveräne Sicherheit und das Gefühl zu geben, ein gleichwertiger Bestandteil dieser großen Runde mit der geballten Kompetenz von mindestens vierundzwanzig Hochschulrektoren zu sein. Diesmal fühlte sie sich noch isolierter als sonst. Peer hatte zwar wie immer neben ihr gesessen, wirkte aber unaufmerksam. Sie beobachtete ihn dabei, wie er minutenlang versonnen mit seinem Kuli spielte und als sie sich mit ihm über einen Punkt abstimmen wollte, hatte er Sekunden gebraucht, bis er wusste, wovon sie redete. Selbst in den kleinen Kaffeepausen war es ihr nicht gelungen, ein Wort mit ihm zu wechseln und auch als sie zum Mittagessen in die für die Rektoren reservierte Mensa kam, war der Tisch, an dem er saß, schon besetzt und er plauderte ungewöhnlich lebhaft mit den Kölnern und schien sie gar nicht zu sehen.

Sibylle drückte auf die Fernbedienung. Das hohe, graumetallene Tor glitt geräuschlos auf. Bevor sie über den Kiesweg auf das Haus und die Doppelgarage zurollte, warf sie einen Blick auf die lange Fensterfront mit dem umlaufenden Balkon. Soweit sie von hier unten sehen konnte, gab es keine Anzeichen dafür, dass Lorenz schon zuhause war, kein Sitzkissen auf dem Korbsessel, kein Glas auf dem Balkontischchen, nur die kleinen Außenlampen waren automatisch angegangen.

Sie rollte langsam in die Garage, die unmittelbar unterhalb der Fensterfront ins Souterrain des Hauses führte. Durch die Lage am Hang war die Eingangstür auf der hinteren Hausseite über einen ansteigenden und durch einzelne flache Stufen unterbrochenen Kiesweg zu erreichen, der den Höhenunterschied zwischen Garage und Eingang ausglich.

Als Sibylle und Lorenz vor mehr als fünfundzwanzig Jahren das Haus zusammen mit einem Architekten planten, hatte sie keine feste Meinung zur inneren und äußeren Gestaltung von Häusern. Weder sah sie im schnell errichteten architektonisch nüchternen Fertighaus im Bungalowstil einen Ausdruck der Persönlichkeit seiner Besitzer, noch hielt sie das Aufstellen des roten, englischen Telefonhäuschens direkt hinter dem Eingangstor für mehr als einen schrulligen Einfall ihres Mannes. Sie hatte ihm das Aussuchen der Fassadenfarbe überlassen. Er wählte ein fürs Hessische extravagante Ochsenblutrot, das sich im Laufe der Jahre in ein stumpfes, anbiederndes Ziegelbraun verwandelt hatte. Die als flacher Bodendecker gekaufte Bepflanzung für den Erdwall vor den beiden Souterrainfenstern neben der Garagentür hatte sich mehr und mehr zu einem mittelgroßen, widerspenstigen Gestrüpp entwickelt, das ihr das Licht in ihrem Arbeitszimmer nahm, vor allem aber die Sicht auf das Eingangstor und somit die Kontrolle über Ein- und Ausgang und jedwede sonstige Bewegung vor ihrem Grundstück.

In der Garage stand Lorenz' Opel, er war also doch schon zuhause. Sibylle parkte ihren Volvo vorsichtig neben seinem Wagen ein, der Platz für zwei Autos dieser Größe war bei der Planung nicht einkalkuliert worden. Sie war davon ausgegangen, dass Lorenz ein kleineres Model fahren würde als den für ihren Geschmack zu protzigen Insignia. Sie konnte auf den Volvo, der ursprünglich für den Transport ihrer Harfe angeschafft worden war, nicht verzichten, denn heute brauchte sie ihn aus Repräsentationsgründen. Ein Kleinwagen machte sich schlecht auf dem für sie reservierten Hochschul-Parkplatz mit dem Schild *Rektor*.

Sibylle zwängte sich am Opel vorbei, richtete ihren Autoschlüssel auf die Garagentür, die sich hinter ihr lautlos abwärts bewegte und schloss die tresorartige, graue Stahltür zum inneren Hauseingang auf. Hier unten im Souterrain gab es außer dem Heizungskeller und einem Wäscheraum noch ein kleines Bad und ihr Arbeitszimmer. Sie ging hinein und stellte ihren Trolley darin ab, bevor sie nach oben ging.

Die breite Treppe aus schwarzem, hochglänzenden Granit führte hinauf in einen großen, dielenartigen Raum, von dem Wohnzimmer, Küche, Schlafzimmer und Bad abgingen. Sibylle betrat die Treppe nie, ohne sich am Handlauf festzuhalten. Besonders abends, im schwachen Licht der Wandlampen, kam ihr das Spiegeln des Steins und das Glitzern der Einschlüsse besonders gefährlich vor. Aber die Treppe entsprach Lorenz' Vorstellungen von Eleganz und Exklusivität und sie hatte ihm die Freude bei der Planung nicht nehmen wollen, indem sie halsbrecherische Instrumententransporte mit katastrophalem Ausgang imaginierte. Durch die angelehnte Wohnzimmertür blickte sie in den weitläufigen, größten Raum des Hauses. Im Dämmerlicht saß Lorenz bei einer fast herunter gebrannten Kerze im Henry, seinem schweren englischen Ledersessel. Mit seiner linken Hand schwenkte er langsam ein Glas, in dem goldgelber Whisky hin und wieder aufblinkte, seine rechte ruhte auf dem Kopf des Hundes.

Fehlt nur noch das flackernde Kaminfeuer und die Idylle ist perfekt, dachte Sibylle, gelähmt von der Stille, die hier herrschte, dabei ist er wahrhaftig nicht der Mountbatten, für den er sich hält, sondern ein durch und durch deutscher Battenberg.

Lorenz trug eine Cordhose in der Farbe alten Cognacs und einen englischgrünen Shetland-Pullover, aus dem der Kragen eines karierten Hemdes herausschaute und hatte damit, wie jeden Tag, kaum, dass er vom Werk in Rüsselsheim zurück war, die Verwandlung vom Ingenieur in einen englischen Landadeligen vollzogen.

Präses saß in aufrechter Haltung vor ihm, die Vorderpfoten berührten seine Schuhe. Der riesenhafte Hund reichte Lorenz bis zur Brust und betrachtete ihn aufmerksam aus blutunterlaufenden Augen mit seitlich aus dem Maul heraushängender Zunge. Er hechelte leise, als schöpfe er Atem, um zu einer kleinen Ansprache anzusetzen.

Ob Lorenz ihm seinen Namen gegeben hatte, nachdem er erstmalig so vor ihm Platz genommen hatte, oder ob er sich diesen Namen schon immer für den Hund, den er einmal haben würde, vorgestellt hatte, wusste Sibylle nicht. Aus einem Gefühl übergroßen Befremdens heraus, hatte sie es vermieden ihn danach zu fragen, als er eines Tages mit ihm vor der Haustür stand.

Zu groß war ihre Verblüffung darüber, dass Lorenz sich tatsächlich nach Jahren des Abwägens und Verwerfens einen Hund angeschafft hatte, zu absurd auch die Szene, die dem gefolgt war. Er hatte ihr den Hund wie einen Arbeitskollegen oder einen ihr bisher unbekannten Freund, den er nach langer Zeit wiedergefunden hatte, vorgestellt. Etwas Altvertrautes, fast Liebevolles lag in seiner Stimme, als er sagte:

»Und das ist Präses, unser neues Familienmitglied.«

Der Hund hatte sehr aufrecht und dicht neben ihm gesessen, Lorenz' Schuhe wurden halb von seinem braun-weißen, drahtigen Fell verdeckt. Unter struppigen, langen Brauen blickten seine hellbraunen Augen auf Sibylle, aufmerksam und gelassen zugleich. Sie fühlte sich geprüft, taxiert. Das neue Familienmitglied mit einem Namen, der ihm Autorität verlieh, ruhte in sich wie ein Würdenträger. Er strahlte Überlegenheit aus, keinesfalls Scheu oder Zurückhaltung, wie man es von jemandem, der ein fremdes Haus zum ersten Mal betritt erwarten würde.

»Angenehm«, hatte Sibylle gesagt, der keine andere Antwort angemessen erschien, obwohl sie das Gegenteil empfand.

Seinen Namen sprach sie nie aus. Auch, wenn Präses ideal zu diesem Tier zu passen schien, empfand sie es als geschmackliche Grenzüberschreitung, dass nun schon Hunde mit einer geistlichen Amtsbezeichnung herumlaufen durften. Allerdings musste sie auch einräumen, dass gängige Hundenamen wie Sam oder Balu in Zusammenhang mit Lorenz' neuem Lebensgefährten ihr niemals in den Sinn gekommen wären, obwohl ihr aufgefallen war, wie häufig sie in letzter Zeit durch den Botanischen Garten und die Parkwege der Rosenhöhe gerufen wurden. Bei aller mangelnden Sympathie für den neuen Mitbewohner wäre ihr ein gewöhnlicher Name wie eine Degradierung vorgekommen. Außerdem war der Griffon d'arrêt dur-Korthals ein durch und durch männlicher Hund. Würde sie ihn mögen, wenn er eine Hündin wäre? Wann immer sie mit ihm zusammen in einem Zimmer war, fühlte sie sich wie in Gegenwart eines alten Mannes. Das hatte sie Lorenz nie gesagt und auch nicht, dass sie es in höchstem Maße anstößig fand, wenn das Tier sich wollüstig auf dem Teppich wälzte und schließlich, auf dem Rücken liegend, sein Geschlechtsteil in die Luft streckte. Lorenz hätte es nicht verstanden, gerade dann kraulte er ihm sein borstiges Fell mit besonderer Hingabe.

»Was für eine Idylle!«, sagte Sibylle anstelle einer Begrüßung und Präses antwortete mit einem einzigen, tiefen Ausbellen, wobei seine rosa Lefzen ein wenig aufflogen und kleine Tröpfchen versprühten.

»Bille, schon da!«, rief Lorenz erfreut, aber mit erkennbar ironischem Unterton und stellte sein Glas mit Schwung ab. Mit weit geöffneten Armen kam er auf Sibylle zu, die jede Form von übertriebener Gestik hasste, besonders diese spezielle Begrüßungszeremonie, die in einer Umarmung mündete und auf die sie noch nicht einmal Exklusivanspruch hatte. Schlimm genug, dass seine eigene Frau Opfer dieser Routinehandlung war, aber noch schlimmer, wenn sie mit ansehen musste, wie er variationslos auf Familienmitglieder und Bekannte zueilte, mit gespitzten Lippen - als stünde ihm ein besonderer Leckerbissen bevor – und künstlich erhobener, überraschter Stimme; dabei war in fast allen Fällen er es, der die Einladung ausgesprochen hatte. Sibylles Bedarf an Gesellschaft war gewöhnlich nach einem Hochschultag restlos gedeckt. Sie sehnte sich nach Stille, einer kleinen Mahlzeit und allenfalls nach etwas Musik.

Zu schwach für jede Art von Gegenwehr ließ sie es geschehen, dass Lorenz' Hände ihr auf den Rücken klopften und er sie an sich drückte.

Peers federleichte Umarmungen hatten etwas Körperloses, das ihr sympathisch war.

»Hunger? Soll ich uns was machen?«

Lorenz hatte sie freigegeben und stand nun in komisch erstarrter Dienstbotenhaltung zwischen Wohnzimmer und Diele, bereit, einen Auftrag entgegenzunehmen.

Er schien einen guten Arbeitstag gehabt zu haben. Vielleicht stand es doch nicht so schlimm um Opel, wie sie befürchtet hatte und sie musste zumindest heute nicht die Sprache darauf bringen.

3

Am nächsten Tag betrat Sibylle pünktlich um neun das Rektoratsvorzimmer.

Frau Sommer hatte sie wie jeden Morgen bereits ankommen sehen. Sie warf mehrmals täglich einen prüfenden Blick durch die beiden hohen Sekretariatsfenster, die auf den Parkplatz des Hochschulareals innerhalb des Botanischen Gartens hinausgingen, um erwartete oder auch unerwartete Besucher wie Kollegen, Beiratsmitglieder, Förderer oder Ministeriale rechtzeitig anzukündigen, oder wie jetzt, um Sibylle mit einem frischen Cappuccino empfangen zu können. Frau Sommer stand vor der Espressomaschine, einem besonders großen, ehrfurchteinflößenden Modell. Sie hatte sich in die komplizierte Bedienungsanleitung eingearbeitet und die routinemäßige Versorgung der Rektorin, als auch aller möglicher Rektoratsgäste übernommen. Sie konnte die Milchaufschäumdüse bedienen, ohne in Mitleidenschaft gezogen zu werden und produzierte professionell aussehenden Cappuccino oder Latte macchiato, was Sibylles uneingeschränkte Bewunderung fand und zwar jeden Tag aufs Neue. Von diesem Service ausgenommen waren allerdings die Großen Rektoratsrunden mit mindestens vier männlichen Mitgliedern. Wenn sie stattfanden, blieb die Espressomaschine kalt und Meike Sommer saß wie angekettet auf ihrem Stuhl, den Blick unbeweglich auf ihren Notizblock gerichtet, stumm unterstützt durch Henriette Mandt, die als Gleichstellungsbeauftragte zur Großen Rektoratsrunde obligatorisch dazu gebeten werden musste.

Sibylle ging durch in ihr Büro und setzte ihre Tasche neben ihrem Schreibtisch ab, drückte auf die Starttaste des Mac und hängte den Blazer, den sie heute über der feingestreiften Bluse und der dunklen Jeans trug, über die Lehne ihres Schreibtischstuhls, griffbereit für den Fall, dass es offizielle Termine gäbe, über die Meike Sommer sie gleich aufklären würde. Dann schloss sie eine der Türen an der Längsseite des Raumes auf. Wo man Aktenordner vermutet hätte, kamen Spiegel und Waschbecken hinter dem cicrschalfarbenen, hochglänzenden Holzfurnier zum Vorschein. Seit Sibylle diesen Raum bezogen hatte, war Dienstliches weitgehend aus ihm verbannt worden. Ein ovaler Konferenztisch, acht dazu gehörige Stühle und ein Schreibtisch aus dunkelbraunem Holz harmonierten mit der hellen Wandverkleidung, dem honigfarbenen Parkett und der vom indirekten Licht mild angestrahlten, blattförmigen Stuck-Bordüre kurz unterhalb der Decke, ein Überbleibsel der ehemaligen Wohnung Georg Friedrich Schnittspahns, der hier als Direktor des Botanischen Gartens vor mehr als hundertfünfzig Jahren wirkte. Eine große, rechteckige Glasvase mit leuchtend roten Tulpen stand auf dem Konferenztisch. Der einzige Verweis darauf, dass in diesem Raum um die Vermittlung von Kunst gerungen wurde, war das Bild an der Kopfwand hinter dem Schreibtisch, aus dem goldgerahmt und schwarzgewandet der Komponist Heinrich Schütz mit missbilligend hochgezogenen Augenbrauen in den Raum blickte. Sibylle nahm an, dass das Portrait an diesem Platz bereits einige Rektorate überdauert hatte. Sie schätzte seine Anwesenheit und sah in dem dreihundertfünfzig Jahre alten herablassenden Blick die Aufforderung, ihn, Heinrich Schütz und alle Zweifler in der Hochschule eines Besseren zu belehren.

Nach einer langen Eingewöhnungszeit, in der sie sich, von einem Fremdheitsgefühl beherrscht, nur widerwillig hinter den Schreibtisch gesetzt hatte, empfand sie nun in der gediegenen Atmosphäre des Raumes und dank Frau Sommers hochprofessioneller Unterstützung eine Art Privilegiertheit. Frau Sommer las ihr jeden Wunsch von den Augen ab, auch schon in Sibylles allerersten Amtswochen, in denen diese noch gar nicht wusste, was ihre Wünsche zu sein hatten. Während eines ganzen Semesters, das Sibylle wie ihr erstes Studiensemester empfand, hatte Meike Sommer sie in alle wichtigen Abläufe eingewiesen, Dinge für sie organisiert, sie erinnert und diskret ermahnt, wenn es nötig war. Jetzt kam sie herein, stellte eine Tasse Cappuccino auf dem Schreibtisch ab und zeigte auf die zwei Ordner, neben dem Laptop.

»Dringend, wie immer. In dem anderen sind Briefe und Zeugnisse zur Unterschrift. Alles Übrige nur mit Paraphe abzeichnen.

Am besten, Sie versuchen die Stapel abzuarbeiten, sonst müssen wir demnächst auf den Konferenztisch ausweichen ... «

Sibylle nahm Meike Sommer nichts übel, sie war sich ihrer absoluten Loyalität sicher. Der Klang ihrer Stimme, immer ein wenig hart und kühl und passend zu ihrer sehnigen, sportlichen Erscheinung, verunsicherte sie zwar manchmal, aber sie hatte in den vier Jahren ihrer Zusammenarbeit keine ihrer manchmal kritischen Bemerkungen als gegen sich gerichtet empfunden.

Meike Sommer, schnell im Denken und Handeln und mit einer Ausstrahlung sachlicher Freundlichkeit, die jeder Art von Beanspruchung Stand hielt, tippte mit dem Zeigefinger auf die Termine des heutigen Datums.

»Große Rektoratsrunde um 10.00 Uhr. Für 12.30 Uhr hatten Sie Frau Meyer vorgesehen, Thema: *Neues Logo* – mal wieder ... «, sie lachte kurz auf, »und ab 14.00 Uhr wollten Sie sich den Ordner Briefe/Anträge/Anschreiben vornehmen. Damit sind wir stark in Verzug, es ist zu viel liegen geblieben in den letzten Tagen. Übrigens, Sie sehen müde aus ... «

Sie sprach aus, was Sibylle seit dem morgendlichen Blick in ihren Spiegel schon wusste: an diesem Tag waren ihre Augen noch kleiner, als sie es von Natur aus ohnehin waren. Sie mochte sie nicht besonders, nur auf ihre außergewöhnliche Farbe war sie stolz. Heute jedoch war das bemerkenswerte Veilchenblau unter den gequollenen Lidern kaum zu sehen und sie hätte bei allem Wohlwollen sich selbst gegenüber nicht einmal von dem katzenhaften Ausdruck sprechen können, den Peer irgendwann an ihr entdeckt zu haben glaubte und den sie sich zumindest außergewöhnlich vorstellte. Sie hatte es auf einem der seltenen Schnappschüsse, die es von ihr gab, überprüft. Das Foto zeigte sie ausnahmsweise lächelnd; sie fand die Katzenassoziation überraschend nachvollziehbar und hatte, ohne nachzudenken, Lorenz darauf angesprochen. Noch heute schämte sie sich dafür. Er hatte sie erstaunt betrachtet, geschmunzelt und geschwiegen. Sie war so gekränkt gewesen, dass sie sich schwor, ihm ebenso allumfassend wie radikal keine Einblicke mehr in ihr Innerstes zu gewähren und hatte als eine von mehreren kindischen Maßnahmen umgehend ihre Nachtwäsche durch hochgeschlossene Schlafanzüge mit Stehkragen ersetzt, die nicht mehr als Gesicht, Hände und Füße freigaben. Lorenz hatte augenzwinkernd bemerkt, dass sie mit ihren zerzaust abstehenden dunklen Haaren nun endgültig einer Chinesin zu Zeiten der Kulturrevolution gliche, der man gerade den Zopf abgeschnitten hatte. Aber wie sie ja wisse, gefiele ihm das, inklusive ihrer blauen Mandelaugen. Falls das ein Kompliment wäre, könne sie sich kein bisschen darüber freuen, hatte Sibylle ihn erbost zurückgewiesen. Jetzt – und sie machte Lorenz liebevolles Herunterspielen ihres übernächtigten Aussehens heute Morgen dafür verantwortlich – fühlte sie eine Anwandlung später Reue.

»Das sind die Nachwirkungen der Konferenz ... Ich hätte gut noch einen weiteren freien Tag gebrauchen können ... «

»Dann lassen Sie es ruhig angehen.« Damit ging Meike Sommer. Sibylle wartete ab, bis sie die Tür hinter sich zugezogen hatte und griff nach dem Handy in ihrer Tasche.

Gewöhnlich begann ihr Arbeitstag mit einem Telefonat. Wenn sie sich nicht mit Peer für einen internen Sitzungstermin verabredete, sprachen sie sich zumindest über die wichtigsten anstehenden Themen ab. Und auch ohne jeden Anlass hätte sie auf das morgendliche Telefonieren nicht verzichten können. Bevor sie die Kurzwahltaste mit seiner Nummer drücken konnte, erschien Frau Sommer wieder im Türrahmen und kündigte mit gedämpfter Stimme Herrn Potocnik an, der um einen kurzen Gesprächstermin bäte. Unangemeldet, aber sie hätte nicht gewusst, ob sie ihn abwimmeln solle.

Sibylle schluckte ihre Enttäuschung hinunter und erbat sich eine fünfminütige Bedenkzeit, weniger, um Argumente zu sammeln, als aus taktischen Gründen. Sie kannte Potocniks Anliegen von unzähligen Überfällen dieser Art, in denen es um seinen Status an der Hochschule ging. Krzysztof Potocnik, Pianist, war als Lehrbeauftragter angestellt und stark ambitioniert, die nächste frei werdende Professur in seinem Fach zu bekommen. Er hoffte auf Besoldungsstufe W3, da er seiner Meinung nach in der Liga der besten fünfhundert Pianisten weltweit mitspielte. Der Hochschulentwicklungsplan sah jedoch keine weitere Klavierprofessur zusätzlich zu den drei bereits vorhandenen für die nächsten zehn Jahre vor. Und genau das hatte Sibylle ihm schon x-mal vorgebetet.

Nach genau fünf Minuten und einem kurzen, harten Anklopfen, steckte Krzysztof Potocnik seinen Kopf durch den Türspalt, gute dreißig Zentimeter unter seiner natürlichen Größe. So gebeugt drückte seine Haltung eine Mischung aus Unterwürfigkeit und Anbetung aus, sein maskenhaftes Lächeln aber sprach eine andere Sprache. Sibylle durchschaute die Absicht, die er sich von der Inszenierung versprach und bat ihn freundlich aber kühl, auf dem Stuhl vor ihrem Schreibtisch Platz zu nehmen. So viel hatte sie inzwischen gelernt, dass das kollegiale Nebeneinander am Konferenztisch bei Krzysztof Potocnik zur unnötigen Verlängerung der Sitzung führte, da er sich aufgerufen fühlte erst einen Katalog von umständlich vorgetragenen Höflichkeitsfloskeln und persönlichen Nachfragen abzuarbeiten, bevor er zum Kern seines Anliegens vordrang. Er vor und sie hinter dem Schreibtisch ließen keinen Zweifel über die Machtverteilung in diesem Raum aufkommen, was Krzysztof Potocnik heuchlerisch devot, aber, wie Sibylle wusste, zähneknirschend und ganz im Widerstreit mit seinem Charakter zur Kenntnis nehmen musste.

»Sehr verehrte, werte Kollegin ... «, hob Potocnik an und legte die rechte seiner sehnigen, breiten und blassen Pianistenhände auf Sibylles Schreibtisch. Er blickte nachdenklich darauf und spreizte die Finger einmal blitzschnell auseinander.

»Ich kann Ihnen leider gar nichts anderes sagen, als bei unserem letzten Gespräch«, unterbrach Sibylle ihn, »es wäre unehrlich, Ihnen Hoffnung auf eine Stelle zu machen. Es hat sich in der Zwischenzeit nichts geändert. Die Studierendenzahlen nicht, unser Etat nicht und, um ganz offen zu sprechen, auch der Hochschulentwicklungsplan nicht. Wir haben drei Klavierprofessuren und ... «

» ... brauchen mehrere Lehraufträge, um die Überhänge abzudecken und unser Profil zu stärken! Das ist doch unser Profil, die hervorragende Pianisten-Ausbildung! Wir brüsten uns damit, wo immer wir können – wir wollen uns von anderen Musikhochschulen absetzen, aber tun wir auch genug dafür, liebe, werte Frau Kollegin? Ich unterrichte professorabel, mindestens auf demselben Niveau wie die Kollegen, wovon Sie sich bei meinem letzten Klassenabend selbst überzeugen konnten. Jeder einzelne meiner Studierenden hält mit denen von Bennett und Mandelbaum mit, von Hammersson ganz zu schweigen – der Name ist ja Programm, wie wir alle wissen ... «

»Niemand stellt Ihre Qualitäten in Abrede. Wir können auf Sie nicht verzichten. Ich kann Ihnen aber nichts zusichern, was hier nicht zu realisieren ist. Und gäbe es eine freiwerdende Stelle, so würde sie garantiert mit einer Frau besetzt werden müssen, bei drei männlichen Pianisten ... Es tut mir also wirklich leid ... «

Sibylle war ihm abrupt ins Wort gefallen und stand energisch auf. Potocnik verharrte trotzig auf seinem Stuhl und blickte sie lauernd von unten an. Sibylle, eben noch flüchtig beschämt über ihr schroffes, jedoch zur Auflösung dieser Situation einzig hilfreiches Verhalten, fühlte nun ein starkes körperliches Unwohlsein, wie man es angesichts eines schlecht gewordenen Essens empfindet, etwa eines sich verflüssigenden Salatkopfes.

Sie drückte den Knopf der Sprechanlage, aber noch bevor sie etwas sagen konnte, erklang Frau Sommers Stimme:

»Der Kanzler und die Dekane sind schon eingetroffen.« Sibylle hoffte glaubwürdig bedauernd zu klingen, als sie zu Krzysztof Potocnik sagte:

»Sie haben einen ungünstigen Zeitpunkt erwischt – mein nächster Termin hat sozusagen schon begonnen – Rektoratsrunde – ich kann die Kolleginnen und Kollegen nicht warten lassen ... «

Sie hielt ihm die Hand hin, die er nur bis zu den Fingergelenken ergriff, schlaff und drucklos, um sie dann in Andeutung eines Handkusses einige Zentimeter in Richtung seiner gespitzten Lippen zu führen. Wie einen kühlen Luftzug spürte Sibylle die Abwesenheit von Anerkennung und das Fehlen von Unterwürfigkeit. Krzysztof Potocnik verließ den Raum kerzengerade und ohne sich noch einmal umzudrehen. Sibylle sah das mit Unbehagen.

Es war jetzt kurz vor zehn und Frau Sommer hatte gerade die Espressomaschine ausgemacht, als sich die Mitglieder der Großen Rektoratsrunde unter dem dröhnenden und von großen Gesten begleiteten Auftritt des Prorektors für Internationales, Sigmund A. Krüger, im Vorzimmer versammelten. Kurz darauf saß sie mit Block und Bleistift am Konferenztisch etwas zurück gerückt wie eine Dolmetscherin, die sich beim Zusammentreffen von Staatsoberhäuptern im Hintergrund hielt. Den Tisch hatte sie mit kleinen Mineralwasser- und Apfelsaftflaschen bestückt, Gläser und Flaschenöffner lagen bereit.

Sibylle überflog die Tagesordnung und bat darum, den Sitzungsbeginn um einige Minuten hinauszuzögern, bis Prof. Siblewski einträfe. Außer ihrem Prorektor waren alle versammelt, Krüger, Kanzler Wolff, die Dekane Baumgartner und van Papen der Fachbereiche Musik und Wissenschaft, die Gleichstellungsbeauftragte Henriette Mandt und die Vertreterin der Öffentlichkeitsarbeit, Natascha Meyer. Sibylle schaute auf die Uhr und hielt es nicht länger für vertretbar, angesichts der langen Tagesordnung kostbare Zeit zu verschwenden. Unerklärlich, wo Peer steckte. Unentschuldigt. Gewöhnlich rief er an, wenn er sich verspätete. Seit Dienstagabend, seit dem offiziellen Ende der Konferenz, hatte sie nichts mehr von ihm gehört. Sie hatte noch mit den Rektoren aus Lübeck und Hamburg zusammengestanden, als Peer bereits seine Tasche packte und seine Jacke anzog. Bevor sie, ohne unhöflich zu wirken, sich von den Kollegen verabschieden konnte, war er schon an der Saaltür, winkte ihr zu und war verschwunden. Nach der kargen Zettelbotschaft vom Vorabend war das innerhalb weniger Stunden das zweite Mal, dass er sich ohne ein Wort von ihr verabschiedet hatte. Sibylle fühlte, dass sich die Trostlosigkeit des einsamen Abends im Unger langsam in eine Kränkung verwandelte. Aber ohne Peer die Sitzung anfangen zu müssen, kostete sie dieselbe Überwindung wie ein Sprung über den Bock im Sportunterricht.

»Wir müssen wohl ohne den Kollegen Siblewski beginnen ... Kommen wir also zu TOP 1. Es geht um Beschwerden von studentischer Seite wegen Unterrichtsausfall. Ich bitte den Dekan Baumgartner zu berichten.«

Baumgartner übernahm nahtlos: »Und ich sage nur: ›Große Meister, kleine Lehrer‹ – in Abwandlung unserer didaktischen Vortragsreihe ›Große Lehrer, kleine Meister‹, denn das trifft es eher – Sie wissen, von wem ich spreche: den drei letzten Studierenden des Kollegen Stölzl. Sie mussten sich im Unterricht auf die Suche nach ihrer inneren Kathedrale begeben. Nicht alle wurden fündig auf dem Fußboden seines Unterrichtszimmers, wo sie die meiste Zeit mit den Händen auf ihrem Sonnengeflecht verbrachten, was sich im Falle des Studierenden Schönholz aufgrund seiner psychischen Labilität als besonders problematisch herausstellte ... «

Hier machte Baumgartner eine kleine Pause, wohl, um die Wirkung seines im humoristischen Tonfall vorgebrachten Tagesordnungspunktes auszukosten.

Sigmund A. Krüger wirkte bestens unterhalten, enthielt sich aber eines Kommentares.

»Gestern brachte er mir ein ärztliches Attest zusammen mit einem Antrag auf Verschiebung seiner Diplomprüfung « fuhr Baumgartner fort, »übrigens sein dritter und ultimativ letzter Versuch; nebenbei bemerkt, er ist unser allerletzter Studierender, der noch nach der alten Prüfungsordnung geprüft wird ... Zur Verschiebung hat ihm natürlich sein Arzt geraten. Meine Meinung ist, dass er die Prüfung nie bestehen wird, ganz gleich, wann er sie macht – unter uns, er hätte schon nach dem Vordiplom den Lehrer wechseln sollen ... «

Ob Stölzls sehr spezieller Unterrichtsstil einer besonderen Lebensphilosophie entsprang oder ob er einfach aufgrund seines methodisch-didaktischen Unvermögens auf konkrete Hilfestellungen am Instrument verzichtete, blieb Sibylle ein Rätsel. Immer dann, wenn die Beschwerden hätten protokolliert und dingfest gemacht werden sollen, wichen die Studierenden ängstlich zurück, wohl, weil sie Schlimmeres befürchteten, als die Fortsetzung der vergeblichen Kathedralensuche, nämlich eine schlechtere Benotung durch ihren verschmähten Hauptfachlehrer oder die Ablehnung des mutig gestellten Befangenheitsantrages. Das war aber noch nie vorgekommen, jedenfalls nicht unter dem Rektorat Rubin. Sie unterstützte die Rechte der Studierenden – wofür gab es denn Befangenheitsanträge? Aber Sibylles Plädoyer blieb ungehört. Auf diese Weise war Birger Stölzl also nicht beizukommen und sie hatte sich bereits einige Male von Meike Sommer die Abschlussnoten seiner Studierenden aus dem Prüfungsressort geben lassen, um sich persönlich von den Zuständen zu überzeugen. Derweil machte Stölzl weiter, allerdings mit ausgedünnter Klasse, denn er wurde jetzt immer häufiger bereits vor den Prüfungen von seinen Schülern verlassen. Sibylle sah das Ergebnis kollektiven Mutes mit einem lachenden und einem weinenden Auge, denn schwindende Studierendenzahlen machten sich nicht gut in der Statistik fürs Ministerium. Auch war Klassenflucht in ökonomischer Hinsicht problematisch, da die professorale Besoldung weiter bezahlt wurde; im Fall des schülerlosen Stölzl also für das Verfassen eines Buches mit dem Titel: *Akkordeon und Psyche*. Dieses tat er in aller Gemütlichkeit am heimischen Herd.

Sibylle bat Frau Sommer, einen Termin mit dem Studierenden Schönholz zu vereinbaren, nur so konnte sie sich ein Bild von seiner seelischen Verfassung machen und seine Chancen auf das Bestehen seiner Diplomprüfung abschätzen. Sie hoffte auf einen kreativen Einfall ihrerseits, der sich in eine sinnvolle Beratung umwandeln ließe, mit gutem Ausgang. So oder so. Manchmal war es auf's ganze Leben gesehen besser, von einer Musikerkarriere grundsätzlich abzuraten.

»Und noch ein augenscheinlich humoristischer TOP«, ließ sich jetzt der Kanzler vernehmen, »ich nenne ihn mal ›Raumnutzung bei Nacht‹.«

Das klang doch vielversprechend; Sigmund A. Krüger lehnte sich genüsslich in seinem Stuhl zurück, da er bereits ahnte, dass es um die Kollegin Irina Ninova ging, die immer gut war für Anekdotenhaftes – der Kanzler hatte ihm gegenüber auf dem Weg hierher schon Andeutungen gemacht. Ihm fehlte nur der Cappuccino zu seinem Glück.

Wolff hatte Klärungsbedarf. Was hatte Professorin Irina Ninova nachts um 23.00 Uhr in Raum W 213 zu tun, den sie als »ihren Raum« bezeichnete, als wolle sie nicht zur Kenntnis nehmen, dass hier niemand ein Recht auf einen Raum hatte, wie die Rektorin wiederholt und zuletzt erst zu Semesterbeginn in einem Rundschreiben an alle Lehrenden der Hochschule hinreichend erklärt hatte und zwar so, dass auch russische Violoncello-Professorinnen dies verstehen mussten. Ob das möglicherweise so Usus wäre in St. Petersburg, wo Prof. Ninova vor ihrer Berufung an die G.Fr.Schnittspahn unterrichtete, fragte Wolff schnippisch und Sibylle antwortete, das sei nicht das Thema ihrer Dienstreise dorthin gewesen. Etwas zwang sie einen erklärenden Satz anzufügen, als müsse sie den dreitägigen Russlandaufenthalt mit Prorektor Siblewski rechtfertigen. Wie er ja wisse, sei es ausschließlich um Kooperations-Verhandlungen für eine Zusammenarbeit der beiden Gesangsabteilungen gegangen, wobei es schon schwierig genug gewesen war, den Rektor des russischen Partnerinstitutes zum vereinbarten Termin auch tatsächlich in seinem Büro anzutreffen. »Weiße Nächte«, fügte sie hinzu, als spräche das für sich und dabei sah sie sich und Peer im unwirklich blassen Licht auf dem Newski Prospekt.

Sibylle wiederholte, dass sie bereits in mehreren Anschreiben per E-Mail und Brief allen Lehrenden zur Kenntnis gegeben hatte, dass Unterrichtsräume nicht in den Privatbesitz von Professoren übergingen, sondern von mehreren alternativ benutzt und in den unterrichtsfreien Zeiten zu Übezwecken freigegeben werden mussten. Der Grund dafür läge auf der Hand, es sähe ja wohl nicht so aus, als könne das Institut in nächster Zeit expandieren und über den Rand des Botanischen Gartens hinauswachsen, obwohl hier schon so einiges wuchere ... Hier wurde Sibylle von Wolff unterbrochen, der klarstellte, dass es im Fall von Frau Prof. Ninova nicht zu einer doppelten Raumbelegung gekommen war, da die

Kollegin, wie sich im Nachhinein herausgestellt hatte, die nächtliche Stunde nicht zum Unterrichten, sondern zur Vervollkommnung ihrer eigenen cellistischen Fähigkeiten genutzt hatte. Und das zwei Stunden über die Öffnungszeit des Hauses hinaus. Der Hausmeister hatte nach dem Abschließen des Hauptportals einen schwachen Lichtschein auf dem dunklen Rasen bemerkt und sich noch einmal umgedreht. Tatsächlich sei ein Fenster in der zweiten Etage hell erleuchtet gewesen und er habe schattenhafte Bewegungen dahinter ausmachen können. Diese waren, wie er nach dem Öffnen sämtlicher in Frage kommenden Zimmer herausgefunden und später zu Protokoll gegeben hatte, die Auf-und Abstriche von Frau Prof. Ninovas Bogenarm gewesen, der zugunsten einer größeren Bewegungsfreiheit restlos enthüllt war. Nachdem er zunächst vor dem unvermuteten Anblick erschrocken zurückgewichen war, so der Hausmeister, hatte er aber doch gesehen, dass Frau Professor außer einem Büstenhalter und sehr kurzen Shorts, die von dem Instrument zwischen ihren Knien nahezu vollständig verdeckt wurden, nichts weiter an hatte; es lagen lediglich zwei fensterlederartige Lappen auf ihren Beinen zwischen Knie und Cello, wohl zum Schutz vor Schweiß, vermutete er, denn es war sehr schwül gewesen an diesem Abend.

Frau Prof. Ninova habe sich erst einmal mit einem Taschentuch übers ganze Gesicht gewischt und dann irritiert nachgefragt, warum er ohne Anzuklopfen hier hereinpoltere und sie beim Üben störe. Die fortgeschrittene Uhrzeit sei ihr vollkommen entgangen, sie trage grundsätzlich keine Uhr, weil die sie behindere.

Wolff beendete seinen TOP ohne eine anschließende Frage, aber mit einem grämlichen Gesichtsausdruck. Belustigte Mienen in der Runde, mit Ausnahme der von Henriette Mandt, der Gleichstellungsbeauftragten, die unentschlossen aussah, was ihre Position betraf. Sibylle erahnte ihre Gedanken. Auf wessen Seite hatte sie zu stehen? Musste sie für die Ninova eintreten? Womöglich war der Vortrag mit den intimen Details etwas, wogegen sie einschreiten musste?

Frau Sommer machte sich mit tief gesenktem Kopf Notizen auf ihrem Protokollblock, aber ihre ins Gesicht fallenden Haarsträhnen vermochten es nicht ihr Grinsen zu verbergen. Wolff wirkte unversöhnlich, wahrscheinlich aus anderen, fundamentaleren Gründen als diesem lächerlichen kleinen Vorfall. Jedenfalls war mit ihm jetzt nicht zu spaßen und Sibylle versuchte abzuschätzen, welches Maß an Großmut von ihrer Seite er zu akzeptieren bereit wäre.

»Ich würde es am liebsten bei einer kleinen Mahnnotiz bewenden lassen«, sagte sie.

»Falls sie die überhaupt versteht«, kam es umgehend von Wolff, der sich bei personellen Problemen, die nicht seinen Verwaltungsbereich betrafen, gerne Schonungslosigkeit erlaubte.

» ... Unter uns gesagt – wir sind ja hier im geschützten Raum«, fuhr er fort, ohne von seinen Unterlagen aufzublicken, » ... Sie werden erleben, dass eine Mahnnotiz überhaupt nichts bewirkt. Es gibt ja dauernd Beschwerden. Man muss doch den Eindruck haben, dass sie sich über alle Termine und Zeiten hinwegsetzt. Sämtliche Novellen von Prüfungsordnungen, Erlässen und der gesamte Bologna-Prozess sind spurlos an ihr vorübergegangen, als Prüferin ist sie nicht einsetzbar, jeder Vorsitzende hält es für ein Wunder, wenn sie tatsächlich vor Beginn einer Prüfung auftaucht und nicht erst danach ... Ich finde, Sie müssten durchgreifen!«

»Also gut, machen Sie einen Termin mit ihr«, sagte Sibylle in Frau Sommers Richtung und Dekan van Papen nickte zustimmend. »In Ergänzung dessen«, sagte er gestelzt, »ist auch meinerseits ein Gespräch mit Prof. Ninova vonnöten, denn schon wieder sind zwei Studierende mit einem Antrag auf Lehrerwechsel bei mir vorstellig geworden.«

Diese Tendenz war Sibylle nicht neu, weg von der Ninova, hin zum Lehrbeauftragten Karel Achtelik, der sich nicht zu schade war, auch bei den weniger glänzenden Lehramtskandidaten Einsatz zu zeigen und ihnen nicht gänzlich die Fähigkeit absprach, noch etwas dazu lernen zu können. »Wenn Herr Achtelik noch freie

Stunden im Deputat hat, wäre ich Ihnen natürlich sehr dankbar, wenn Sie das Gespräch mit Frau Prof. Ninova führen könnten«, sagte Sibylle und van Papen antwortete mit einem höflichen, aber zerstreuten Lächeln, das im nächsten Moment einem geschäftsmäßigen Ausdruck wich.

Zum TOP *Frauenförderplan* meldete sich Henriette Mandt zu Wort. Augenblicklich begann Prorektor Krüger mit seiner Nachbarin, Frau Meyer von der Öffentlichkeitsarbeit, zu tuscheln. Ein komplizenhaftes Grinsen glitt über sein Gesicht, aber Natascha Meyer zeigte sich unbeeindruckt, sie ließ sich nicht drauf ein. Frauensolidarität, dachte Sibylle, es gibt sie doch noch. Ob sie auch mit ihr solidarisch wäre, wenn sie nach der Sitzung von der neuerlichen Terminverschiebung erfährt? Wenn sie es tatsächlich schaffen sollten, die Tagesordnung bis 12.30 Uhr abgearbeitet zu haben, bräuchte sie unbedingt eine Mittagspause, bevor sie sich die Ordner mit dem Tagesgeschäft vornehmen könnte. Das Thema *Neues Logo* passte denkbar schlecht in den Zeitplan und wäre nachrangig zu behandeln, da es keine besondere Brisanz hatte.

Henriette Mandt verteilte eine Tischvorlage mit Statistiken, die Auskunft über die Anzahl der männlichen und weiblichen Studierenden, wissenschaftlichen und künstlerischen Mitarbeiter und ProfessorInnen gaben, für jeden Fachbereich einzeln aufgeschlüsselt, außerdem ein daraus resultierendes genehmigungsfähiges Konzept für ausgleichende Maßnahmen.

Auf Krügers Gesicht machte sich Enttäuschung breit. Offensichtlich hatte er auf Anrüchigeres gehofft, etwas in der Art der kleinen Szene aus der letzten Senatssitzung, das sah Sibylle an seinem Blick, der sie wie zufällig streifte. Nach dieser Senatssitzung hatte sie sich geschworen, das Genderthema für alle Zeiten der Gleichstellungsbeauftragten zu überlassen. Kein Wort mehr käme dazu über ihre Lippen. Sie schämte sich noch tagelang für ihren Ausbruch, den sie selbst als unprofessionell impulsiv empfunden hatte und voreingenommen dazu. Schließlich wusste jeder, dass man keine leicht bekleidete Tänzerin sein musste, um Opfer eines sexuellen Übergriffs zu werden. Tatsächlich hatte sie die Naivität fassungslos gemacht, mit der Sammy Mazzini, Professor im Bühnenfachbereich, nachfragte, ob es denn überhaupt in der Hochschule gravierende Vorfälle gäbe – also für seinen Fachbereich könne er sich das überhaupt nicht vorstellen.

» ... Ich meine, gerade bei *uns*?«, waren seine schüchtern hervorgebrachten Worte gewesen und er hatte dabei glaubhaft ratlos ausgesehen.

»Ja du lieber Himmel, wo denn sonst, lieber Herr Kollege!«, war es Sibylle entfahren und Henriette Mandt war ihr mit schneidender Stimme ins Wort gefallen:

»*Ein* Vorfall reicht, Herr Mazzini.«

Sibylle verwies die Erinnerung an diese peinliche Szene in den hintersten Winkel ihres Gedächtnisses und sah Krüger für einen Moment herausfordernd und ohne jede Freundlichkeit an, dann bat sie Frau Sommer, den TOP *Frauenförderplan* mit dem Zusatz *Dringend* zu vermerken und ihn oben auf ihre zu erledigenden Akten zu legen.

Die nächste freiwerdende Stelle ginge an eine Frau. In welchem Fachbereich und in welchem Fach auch immer. Damit schloss sie die Sitzung, ohne noch einmal den Punkt Sonstiges abzufragen, aber soweit ihre Akten darüber Auskunft gaben, lag keine Anmeldung dafür vor.

4

»Heute ist Samstag – seit Dienstag nichts von Peer«, das war ihr erster Gedanke.

Sie schlug die Augen auf, es war fast hell, vielleicht halb fünf; draußen zwitscherte es. Das grau-rosa Rautenmuster der Rollos machte das hereinfallende Morgenlicht sanft; es könnte ein sonniger Tag werden. Es gab nicht den geringsten Anlass, keine Freude zu empfinden, immerhin war sie wieder einmal aufgewacht. Sie war gesund, zumindest konnte sie in diesem Moment davon ausgehen. Wer weiß, ob es nicht bereits wenige Minuten später, wenn sie in den Spiegel schaute, anders aussähe und sie in ihrem Mund, an Zunge und Schleimhäuten schlimme Entdeckungen machte; aber jetzt, in diesem Augenblick, gab es keinen Grund für das graue Nichtgefühl, das sich in ihr ausgebreitet hatte und sie vollkommen ausfüllte.

Auch Lorenz neben ihr würde wieder aufwachen.

Er atmete gleichmäßig, fast unhörbar. Von Präses sah und hörte sie nichts. Womöglich lag er tot in seinem Korb an Lorenz' Bettseite. War er je bei einem Tierarzt gewesen? Lorenz wird das erledigt haben, ohne sie damit zu belästigen. Stürbe er vor ihr, wovon sie ausging, müsste sie Präses – oder einen Folgehund mit ähnlich hochtrabendem Namen – in ein Tierheim bringen. Sie würde keinen Fuß in eine tierärztliche Praxis mit all den übel riechenden und an ekelhaften Beschwerden leidenden Patienten mitsamt ihren kontaktfreudigen Besitzern setzen.

Lorenz' Hand lag auf ihrer Hüfte, heiß wie ein Bügeleisen. Ab und zu streichelte er sacht ihre Haut, ein Reflex, selbst mitten in der Nacht im Tiefschlaf. Sibylle nahm sie und legte sie so vorsichtig neben ihm ab, als gehöre sie einer jahrtausendealten Mumie. Dann schaffte sie es, ohne ihn zu wecken, aus der riesigen gemeinsamen Bettdecke eine Art Barriere zwischen sich und ihm zu errichten. Mit einem Bein hob sie die Decke an ihrer Seite an, um kühle Luft hinein zu lassen.

Heute musste sie nicht in die Hochschule. Heute hatte sie keinen Termin.

War dieser Gedanke womöglich der Auslöser für das Glühen, das sich jetzt rund um ihren Brustkorb ausbreitete, sie wie ein Eisenring umschloss und ihren Körper in winzige Vibrationen versetzte? Nein, seit Wochen schon, Morgen für Morgen, war diese Empfindung das Erste, was sie wahrnahm.

Sie schlug die Bettdecke zurück und stand auf. Lorenz schlief weiter, bewacht von Präses, dessen Kopf plötzlich zu sehen war. Seine Schnauze lag auf der Bettkante, seine fuchsbraunen Augen ruhten auf Sibylle. Bevor sie die Schlafzimmertür hinter sich zuzog, ließ er ein hohes Fiepen vernehmen, bei geschlossener Schnauze und vollkommener Bewegungslosigkeit. Der Hund war ihr nicht sympathisch. Er betrachtete sie als Konkurrenz, vielleicht sogar als seine Feindin. Das würde seinen lauernden Blick erklären, den sie morgens beim Aufstehen, wenn sie nach ihren Hausschuhen hangelte, auf ihren Füßen fühlte. Der Tag war nicht mehr fern, an dem er, für ein so großes Tier unerwartet behände, unter dem Bett hindurch einen Angriff auf sie verüben würde. Ausgeschlossen, mit Lorenz darüber zu sprechen. Er würde ihre Ängste als grundlos abtun, sie aber insgeheim für Symptome einer beginnenden Neurose halten.

Gegen sieben, sie stand in der Küche und bestrich eine Scheibe Vollkorntoast mit Ziegenkäse, hörte sie Lorenz ins Bad gehen. Gewöhnlich stand er später auf, er konnte es sich erlauben, nach dem Frühstück eine Runde mit dem Hund durch den Park zu gehen, bevor er ins Werk nach Rüsselsheim fuhr, wo er seine Arbeit gleitend beginnen konnte. Erstaunlich bei den schwierigen Verhältnissen, schoss es Sibylle durch den Kopf, sie nahm an, dass striktere Arbeitszeiten zum Sanierungsprogramm gehörten. Nach zwei Tassen englischem Frühstückstee und der Scheibe Vollkorntoast, überflog sie den Kulturteil des *Darmstädter Echo*, dessen Artikel sie nach aktuellen musikalischen Events absuchte, für den Fall, dass die stets Informierten in der Hochschule sie darauf ansprächen. Dann streiften ihre Augen das Datum am oberen Rand. Samstag. Wie hatte sie das schon wieder vergessen können? Keine Hochschule heute. Lorenz fuhr nicht ins Werk. Wochenende. Und es war erst sieben.

Sie starrte aus dem Küchenfenster, den Teebecher in der Hand. Die Sonne kam langsam um die Hausecke. Auf einmal stand Lorenz neben ihr und rieb den kleinen Espressolöffel zwischen seinen Handflächen um ihn anzuwärmen. In keinem Raum dieses Hauses war es so kalt, dass man seinen Kaffeelöffel anwärmen musste, aus Sorge, der Espresso würde beim Umrühren abkühlen.

Sibylle schluckte eine Bemerkung hinunter. Lorenz rührte nun unnötig ausdauernd in seiner Kaffeetasse, das Klingeln zerrte an Sibylles Nerven. Abwechselnd warf er einen Blick auf die Zeitung, die vor ihm auf der Anrichte lag, dann nach draußen, wo Präses zwischen den Bäumen und den hohen Sträuchern scharrte.

Sie müsste glücklich sein, wenn sie nicht so unglücklich wäre. »Geh aus mein Herz und suche Freud in dieser schönen Sommerzeit!« Innerlich sagte Sibylle sich den Text ihres Lieblingssommerliedes auf. Wäre sie jetzt in S 21, müsste es der jeweilige Schüler auswendig auf der Harfe spielen. Altes Liedgut zum Einspielen und, fast noch wichtiger, zum Zwecke der Bewahrung. Aber wer kannte das Lied schon noch. Sie müsste es erst notieren und dann abspielen lassen und damit wäre der Sinn verfehlt. Auswendig, *by heart!* und in verschiedenen Tonarten als Transpositions-Übung! Aber es gab keinen Studierenden, dem sie diese Aufgabe hätte stellen können.

S 21 war verwaist. Aus ihrer Vorrektorats-Zeit waren nur die Hochschulharfe, alte Stundenpläne an der Wand und zwei Poster übrig geblieben, das Bach-Portrait von Elias Gottlob Haußmann und Louis Davids Portrait der Harfenistin Juliette Blais de Villeneuve.

Sie hatte zugestimmt, dass Birger Stölzl seine beiden Unterrichtstage in diesem Raum absitzen durfte.

Abgesehen von der leidigen Raumknappheit, die von einer Rektorin verlangte, mit gutem Beispiel voran zu gehen, gab es keinen Grund, weshalb ausgerechnet ihm das Privileg zukam in diesem großen, lichtdurchfluteten Raum sitzen zu dürfen.

»Ich vermisse das Unterrichten«, sagte Sibylle und schaute in Lorenz' blaue Augen, die sie womöglich schon minutenlang betrachteten.

»Du hast frei. Wochenende. Sei froh«, antwortete er und trank einen Schluck ohne den Blick von ihr zu wenden.

»Du verstehst mich nicht. Ich habe den falschen Job. Was ich im Augenblick mache, ist nicht mein Beruf.«

»Du hast deine Wochenend-Depression. Das kennen wir schon. Wart's nur ab, in den Semesterferien wird es erst richtig schlimm. Also nichts Neues. Vorschlag: Wir könnten ins Grüne fahren, ein bisschen laufen und dann Essen gehen. Außerdem sollten wir dringend mal wieder nach Heppenheim. Nach dem letzten Mal mache ich mir doch Sorgen.«

Der bittere Geschmack, der sich umgehend in ihrem ganzen Mundraum ausbreitete, war kein Sodbrennen. Dieses Bittere, für das es keinen Vergleich gab und das plötzlich da war, traf sie gewöhnlich am Schreibtisch im Rektorat. Es gab kein Gegenmittel, sie hatte alles Mögliche probiert, das Bittere blieb seine Zeit. Sie hatte sich angewöhnt darüber Buch zu führen, Datum, Uhrzeit und eine kleine Notiz, welche die jeweilige Situation beschrieb, in der es auftrat. Als könne sie so dem Mysterium auf die Schliche kommen.

Sibylle stellte ihre Teetasse in die Spüle und ging ohne ein Wort die Treppe hinunter in ihr Arbeitszimmer. Sie kramte das Notizheftchen aus ihrer Hochschultasche und schrieb:

»Samstag, 29. Mai 2010, 7.15h nach dem Frühstück (Tee, Toast, Ziegen-Frischkäse). Jetzt also auch am Wochenende.«

Da meldete sich plötzlich der Aufpasser:

»Allerdings Besuchsabsicht beim Mütterchen.« Er sprach mit schneidender Stimme.

»Verschwinde!«, sagte Sibylle laut zu sich selbst.

Es war später Vormittag, als sie durch die Eingangshalle der *Seniorenresidenz Weinstraße* gingen. Lorenz grüßte die Bewohner, die in kleinen, wohnzimmerähnlichen Nischen saßen. Er nickte nach links und rechts, Sibylle fand, wie ein siegreicher Gladiator, dabei führte er Präses am Halsband, der mit hoch erhobenem Kopf und seitlich aus dem Maul hängender Zunge aussah, als lächele er. Der Applaus von beiden Seiten des Spaliers galt nicht ihr; sie war das glanzlose, mit einer lappigen Strickjacke gekleidete Schlusslicht des kleinen Triumphzuges.

Vor dem Zimmer mit der Nummer 53 erwartete sie Hildegard Rubin. Sie saß zerbrechlich und gekrümmt in ihrem Rollstuhl, wie ein eben geschlüpftes Vögelchen; ein Eindruck, der durch ihre altmodischen großen Brillengläser verstärkt wurde. Erschrocken musste Sibylle Lorenz Recht geben, sie wirkte viel hinfälliger als noch bei ihrem letzten Besuch vor einigen Wochen.

Hildegard Rubins Lächeln verwandelte sich in ein Strahlen, als ihr Schwiegersohn sich zu ihr hinunterbeugte und sie in die Arme nahm. Das war so, seit sie sich zum ersten Mal gesehen hatten und Sibylle fragte sich, womit er das verdiente, aber natürlich kannte sie die Antwort. Sie war allerdings der Meinung, dass Lorenz' freundliche Wesensart nicht allein der Grund für die Begeisterung ihrer Mutter sein konnte, die an die schroffe, an Abweisung grenzende Behandlungsweise ihres Ehemannes gewöhnt war. Vielleicht spielte auch eine uneingestandene Leidenschaft der älteren Frau für den jüngeren Mann eine Rolle. In Hildegard Rubins Augen war Lorenz so wenig gealtert wie sie selbst, auch wenn sie jetzt so tat, als wären die 29 Jahre zwischen ihnen zu wenigen zusammengeschrumpft, nicht er wäre älter, sondern sie jünger geworden.

Wie immer war sie sorgfältig gekleidet. Ihre dünnen, blondierten Haare waren frisch frisiert, an beiden Händen trug sie sämtliche Ringe, die Hariolf ihr im Laufe ihrer 48 Ehejahre geschenkt hatte. Auf Sibylles Nachfrage, ob die Zurschaustellung ihrer gesamten Preziosen nicht Neid erwecken könnte und insofern riskant wäre, hatte sie nur geantwortet, dass dieses der Platz sei, wo sie sie am besten kontrollieren könne. Sibylle hatte jeden weiteren Gedanken verdrängt. Schreckensszenarien von nächtlichen Einbrüchen in die Zimmer der Bewohner oder gar die Vorstellung, dass die mütterlichen Juwelen ihr im Schlaf von den Händen gerissen werden könnten, mochte sie sich nicht zumuten.

Beim Anblick ihrer alten Mutter, deren verzagtes Lächeln sie um Verzeihung für ihr andauerndes Leben zu bitten schien, erfasste sie Endzeitstimmung, es könnte genauso gut ihr Leben sein, das sich dem Ende zuneigte. Wer weiß, wie viel Zeit sie überhaupt noch hatte. Und was würde sie mit dieser Zeit bloß anfangen, wenn sie wider Erwarten relativ gesund bleiben sollte? Der Geruch verwesender Blumen stieg ihr in die Nase, aber als sie sich umsah, war da nur eine Vase mit drei rosa Pfingstrosen aus Seide.

Lorenz half dem Mütterchen aus dem Rollstuhl. Mit überraschend geradem Rücken und festem Schritt ging sie in ihr Zimmer, nur leicht eingehakt bei ihm, der sie mit Komplimenten überhäufte, die so wenig übertrieben klangen, dass Sibylle sie sofort mit einem kurzen Seitenblick auf ihre Glaubwürdigkeit hin überprüfen musste.

Präses legte sich auf den weißen Wollteppich wie auf einen ihm zugewiesenen Platz, während Lorenz seine Schwiegermutter in ihren Sessel setzte. Die Routine, mit der beide sich hier bewegten, sprach von einer Gemeinsamkeit, an der Sibylle keinen Anteil hatte. Sie war höchstens bei jedem dritten oder vierten Besuch mit dabei, hatte sich in den ersten Jahren noch mit Konzertterminen entschuldigt, dann mit dem Rektorenamt – beides wog gleich viel bei ihrer Mutter, welche die Musikerkarriere ihrer Tochter verherrlichte und der wichtigen Position Ehrfurcht entgegenbrachte.

Sibylle stand ratlos vor dem kleinen runden Tisch, auf dem nichts war, was auf einen erwarteten Besuch hingedeutet hätte; sie schrieb es den festen, sehr frühen Essenszeiten zu, die, obwohl es noch nicht Mittag war, Gerüche durch die Flure und Aufzüge schickten. Es würde Gulasch geben, oder Rindsrouladen. Sie sehnte sich plötzlich nach Kaffee oder einer gemütsaufhellenden Droge.

In dem Moment brummte ihr Handy in ihrer Strickjackentasche, direkt unter ihrer Hand. Sie zog es hervor und sah Peers Nummer auf dem Display. Ein einziger, heftiger Herzschlag jagte ihr eine heiße Welle durch den Körper und nahm ihr kurz den Atem. Sie hatte nach fast vier Tagen Funkstille mit einer SMS um Rückruf gebeten, aber jetzt war der denkbar schlechteste Zeitpunkt.

»Entschuldigt bitte, da muss ich ran«, sagte sie in die Richtung ihrer Mutter. Diese antwortete »Selbstverständlich!« und blickte sie neugierig an.

Sibylle wollte das Zimmer verlassen, aber Lorenz kam ihr zuvor.

»Ich kümmere mich mal um Kaffee für uns drei. Nicht weglaufen!« Er zwinkerte seiner Schwiegermutter zu und schloss die Tür hinter sich. Sibylle fühlte sich eingesperrt und ausgeliefert.

Hildegard Rubin betrachtete sie aufmerksam durch ihre großen Brillengläser. An ihrem rechten Ohr hörte sie Peers Stimme »Hallo, hallo!« rufen.

»Ja, ja, ich bin's, aber jetzt ist es gerade sehr ungünstig ... «

Die Mutter machte eine Handbewegung, die das Gegenteil signalisieren sollte und schaute mit wichtiger Miene aus dem Fenster.

»Kann ich dich zurückrufen – sagen wir spätnachmittags?«

»Da bin ich schlecht erreichbar, also nur im Notfall ... Gab's Probleme in der Rektoratsrunde?«

»Ja. Du warst nicht da. Unangenehm für mich in mehrfacher Hinsicht. Du hättest anrufen können.«

»Das tut mir leid. Ich hatte Frau Sommer informiert – bin kurzfristig zu einem Vortrag nach Berlin eingeladen worden, Alte-Musik-Symposion. Ein Referent hatte abgesagt und das Thema meiner Dissertation passte zufällig ins Konzept.«

»Das hat selbstverständlich Vorrang ... «

Sibylle meinte, ihre Galle zu spüren.

» ... Wir vertagen uns also auf später, ja?« Peer klang ungewohnt entschlossen.

Sibylle lag eine weitere bissige Bemerkung über die Wichtigkeit seiner Doktorarbeit auf der Zunge, aber Peer hatte bereits das Telefonat beendet.

Hildegard Rubin hatte mit staunendem Gesichtsausdruck zugehört und bedauerte jetzt ihre Tochter wegen ihrer ständigen Erreichbarkeit, selbst am Wochenende.

»So ist das nun mal in dem Job, Mütterchen, ich habe die Verantwortung. Aber ich muss nicht immer erreichbar sein, dafür habe ich einen Prorektor. Wenn ich also wirklich mal abschalten muss, vertritt er mich. Ich kann mich gewöhnlich auf ihn verlassen. Übrigens, das war er gerade am Telefon ... «

Hildegard Graf antwortete nicht, aber Zweifel über die gut funktionierende Vertretung standen ihr ins Gesicht geschrieben.

Und auf dich kann ich mich auch verlassen, Mütterchen, zumindest was deine Konfliktscheu angeht, dachte Sibylle, es müsste schon ein Wunder geschehen, bis du nachfragst, wie es mir wirklich geht.

Sibylle war an einem ungewöhnlich frostigen Tag im Januar 1956 zur Welt gekommen. Ihre Mutter wusste unmittelbar nach ihrer Geburt, dass sie ein Einzelkind bleiben würde. Die endlos sich hinziehende Entbindung hatte sie mit einem Schrecken erfüllt, den sie nie wieder vergessen sollte. Selten und nur auf Sibylles hartnäckiges Nachfragen hin, gab sie Einzelheiten ihrer frühen Ehejahre preis und auch dann schien sich die Erinnerung an Sibylles Kindheit auf die bösartigen kleinen Überfälle reduziert zu haben, mit denen Sibylle sie in Angst und Schrecken versetzt hatte, als sie, sechs- oder siebenjährig, von einer diabolischen Freude angetrieben, aus dunklen, unbeleuchteten Ecken ihre ahnungslose Mutter ansprang, mit einem fürchterlichen Schrei und weißer Farbe im Gesicht, bleich wie ein Gespenst. Dass es sich dabei um kleine Racheakte gehandelt haben könnte, war Hildegard Rubin wohl nicht in den Sinn gekommen, denn ihrem Mann gegenüber erwähnten sie und Sibylle diese Vorfälle nie.

Ihre Kinderjahre im kleinen Eigenheim in Winsen an der Luhe verbrachte Sibylle ängstlich bewacht und abgeschottet von allem gesellschaftlichen Leben.

Sibylles Großeltern, ihre Tanten und Cousins lebten im Rheinland und es war, als hätte Hildegard Rubin mit ihrem Umzug an die Luhe nicht nur ihre große Familie, sondern auch alle Leichtigkeit am Rhein zurückgelassen. Zunehmend litt sie unter der kühlen Zurückgezogenheit ihres Mannes, der nur scheinbar anwesend war und die meiste Zeit in seinem Arbeitszimmer verbrachte, zu dem seine Frau nur mit Vorankündigung Zutritt hatte; für seine kleine Tochter war es tabu.

Familienleben beschränkte sich auf die alljährlichen Sommerferien, die sie mit wenigen Ausnahmen auf den nordfriesischen Inseln in wechselnden Ferienwohnungen verbrachten. Hildegard Rubin, umgeben von Zeitschriften, Journalen und dem *Inselkurier*, verließ selten ihren zwischen zwei Sonnensegeln aufgestellten Liegestuhl, während Hariolf unter einem eigens für ihn in den Sand gerammten kleinen Sonnenschirm schweigsam in eine überregionale Tageszeitung vertieft war, die er sich für die Dauer der Ferien in das jeweilige Domizil nachbestellt hatte. Der Höhepunkt jeder Ferienwoche war der Besuch der Friesenstube, wahlweise zur Fricsentorte nachmittags oder zum Labskaus abends.

Ruhe, Langeweile, Stillstand.

Erholung, sagten die Eltern. Nirwana, sagte Sibylle, die nach dem Klang des Wortes ging und mit ihm das Nichts und das Erlöschen von Existenz assoziierte, vor allem ihrer eigenen.

Auch Sibylle las. Mit den Jahren wuchs die Anzahl der ausgeliehenen Bücher aus der Katholischen Pfarrbücherei in Winsen, die einen erstaunlichen Bestand an Liebesromanen vorhielt. Sibylle hatte ihn als Elfjährige entdeckt, als sie sich eines Sonntags nach der Messe und der Durchsicht der Jugendbuchregale die nächste Abteilung mit der Kategorie Romane vornahm. Sie ließ die Bücher auf den Ausweis ihrer Mutter eintragen, aber zuhause verschwanden die Romane in ihrem Zimmer und wuchsen sich dort zu fantastischen Szenarien aus, in denen sie auf halbwilden Ponys durch die raue Küstenlandschaft Schottlands ritt und die vernachlässigten Kinder eines gutaussehenden, aber vereinsamten Witwers einer angemessenen Erziehung zuführte. Inzwischen war sie 14 und kein Junge hatte bisher besonders Notiz von ihr genommen.

Aus einem ihr unverständlichen Grund war für sie nur ein Mädchengymnasium infrage gekommen. Täglich saß sie zwei quälende Stunden lang im Bus nach Lüneburg, wo sie die *Wilhelm-Rabe-Schule* besuchte, während ihr Vater, Studienrat für Physik, einen Fünfminutenweg zum Winsener Gymnasium hatte. Als in Sibylles viertem Schuljahr am Wilhelm-Rabe die Geschlechtertrennung aufgehoben wurde, stürmten Jungen die Eingangsklassen. Die einzigen Jungen, die Sibylle bis dahin näher kennengelernt hatte, waren ihre viel jüngeren Cousins, denen sie jedoch nicht das geringste Interesse entgegen brachte, umgekehrt war es genauso. Die norddeutsche, hochaufgeschossene und düster schweigende Cousine erregte erst deren Aufmerksamkeit, als sie mit blauschwarz gefärbten Haaren und gespinstartigen Gewändern, die dünnen Beine in enganliegenden schwarzen Stiefeln, bei den alljährlich stattfindenden Familientreffen auftauchte.

An diesen Wochenendbesuchen, die Sibylle als quälend ereignislos und von einem hinterhältigen Klatsch belastet fand, der meistens hinter geschlossenen Türen stattfand, war es Sibylles Eltern über Jahre hinweg gelungen, den Musikunterricht, den ihre Tochter neben der Schule bezog, zu verheimlichen. Unter dem Siegel der Verschwiegenheit war Sibylle schließlich in Lüneburg bei Gesine Roth angemeldet worden. Hariolf und Hildegard Rubin waren sich darin einig gewesen, dass die ersten Harfenstunden ihrer Tochter als ein Probelauf anzusehen wären, nach dessen Ende erst entschieden würde, ob die Eskapade es wert war öffentlich gemacht zu werden oder aber auf ewig der Mantel des Schweigens darübergebreitet werden müsste. Im Falle von Sibylles Scheitern ließe sich so eine Blamage – für Hariolf eine narzisstische Kränkung, für Hildegard eine sich selbst erfüllende Prophezeiung – vermeiden. Sie haderte von Anfang an mit der Wahl des Instrumentes, das sie als hochgestochen bezeichnete; anders konnte sie es nicht ausdrü-

cken. Hildegard Rubin wollte ihrer Tochter die Kapitulation ersparen, die sie selbst erlitten hatte. Warum Sibylle im Alter von elf
Jahren von einem Tag auf den anderen Harfe lernen wollte, war
nicht aus ihr herauszubringen gewesen. Da es aber der einzige
Wunsch war, den sie überhaupt, und noch dazu mit einer sturen
Unnachgiebigkeit geäußert hatte, konnte er ihr nicht abgeschlagen
werden. Hariolf Rubin schien sogar zum ersten Mal von seiner
Tochter beeindruckt gewesen zu sein; Sibylle sah es an dem Blick,
den er ihrer Mutter zuwarf, wenn sie ihnen was vorspielen musste.

Ein paar Jahre später hatte Hariolf Rubin, ganz gegen seine Art,
bei einem der alljährlichen Besuche im Rheinland mit der Ankün-
digung geprahlt, dass demnächst das erste öffentliche Konzert
seiner Tochter stattfände – *der* Startschuss für eine musikalische
Karriere, die noch von sich hören machen würde. Die Familie war
verblüfft, sie hatte Hariolf Rubin niemals anders als gänzlich auf
seine Arbeit bezogen erlebt, pedantisch dozierend und der Frohna-
tur seiner angeheirateten Verwandtschaft skeptisch gegenüberste-
hend. Hatte es nicht sogar geheißen, dass er für seine Tochter
etwas Naturwissenschaftliches ins Auge gefasst hatte und mit ihr
die Tage der offenen Tür der TH besucht hätte?
Sibylle hatte diese Nachfrage mit einem kurzen Hohnlachen
quittiert, dem wie immer in ähnlichen Situationen ein abschwächender Laut aus dem Mund ihrer Mutter folgte, die erschrocken
eine Missstimmung zwischen Vater und Tochter heraufziehen sah
und hastig das Thema wechselte. Sibylle sei im Sommer in der
Amrumer Kirche zu hören, erklärte sie und übersah dabei mutig
den abstrafenden Blick ihres Mannes, der gerne verschwiegen
hätte, dass es sich bei diesem öffentlichen Auftritt nur um einen
kleinen musikalischen Beitrag in einem ganz gewöhnlichen Sonn-
tags-Gottesdienst handelte und nicht um die *Abendmusiken*, eine gut
besuchte Konzertreihe, für die Musiker vom Festland engagiert
wurden.
In den Abendmusiken, den ersten Konzerten ihres Lebens, hatte sich Sibylle eine neue Welt aufgetan, die Welt der Töne, auf die

ihr Vater Exklusivanspruch zu haben schien. Sie gehörte zu ihm, wie die verschlossene Tür zu seinem Arbeitszimmer, in dem er eine umfassende Schallplattensammlung bewachte und nur selten, dann für sich allein, zum Erklingen brachte. In der kleinen, hellen Kirche hatte Sibylle staunend und selbstvergessen in der ersten Reihe gesessen und die Musiker beobachtet, die ihren Instrumenten auf zauberische Weise Klänge entlocken. Keine ihrer Bewegungen entging ihr und die Harmonie von Körper und Musik, von der sich nicht sagen ließ, welche Kraft sie hervorbrachte, hatte sie mit einer nie gekannten Faszination erfüllt und schließlich mit der Gewissheit, unbedingt dazu gehören zu wollen.

Ihren Vater allerdings erfüllten die Abendmusiken mit einem obligatorischen, immer gleichen Groll. Er haderte mit dem Makel der falschen Konfession und den als Begrüßung getarnten Ansprachen des evangelischen Pfarrers, die er wohl oder übel über sich ergehen lassen musste. Dass seine Tochter nicht in diesem Rahmen, sondern lediglich in einem Gottesdienst spielte, empfand er als persönliche Herabsetzung, das spürte Sibylle. Andererseits wusste sie nicht, woher er die Gewissheit nahm, dass sich ihr Harfenspiel zu einer Karriere auswachsen könnte. Seine übertrieben lobenden Worte über ihre »außerschulischen künstlerischen Ambitionen«, mit denen er beim Kantor für sie geworben hatte, waren ihr zutiefst unangenehm gewesen, wie auch das Leuchten in den Augen ihrer Mutter, das ihr wie eine Verheißung, oder bereits die Erfüllung einer solchen, vorgekommen war.

Hildegard Rubin, geborene Dennerlein, hatte kurz nach Kriegsende die Tastatur ihres Klavieres gegen die einer Schreibmaschine eingetauscht und damit endgültig einen Schlussstrich unter ihr geliebtes, aber ihrer eigenen Aussage nach laienhaftes Musizieren gezogen. Sie wusste schon lange, dass ihre maßlose Schüchternheit öffentliches Auftreten unmöglich machte, von allem pianistischen Unvermögen und ihrer höchstens mittelmäßigen Begabung abgesehen. Aber ihre Eltern, ahnungslose Musikliebhaber, hatten künstlerisches Potenzial in ausgerechnet dieser Tochter gesehen und ihr das Privileg einer musikalischen Ausbildung vor ihren anderen Kindern zukommen lassen. Der Entschluss, dieser Fantasterei ein Ende zu machen, eine Sekretärinnenschule zu besuchen und sich dann auf eine Stelle weit weg von zuhause in Norddeutschland zu bewerben, war der kühnste und mutigste Schritt in ihrem Leben, das erzählte sie sichtlich mit Stolz, und auch, dass sie wenig später ihren eigenen Schreibtisch im Sekretariat des neu gegründeten Winsener Gymnasiums hatte, vor dem eines Tages Dr. Hariolf Rubin stand und sie um das Abtippen seines Stundenplanes gebeten hatte. Seine männlich-verschlossene, aber bestimmende Art und sein strenges Auftreten hatten ihr imponiert und sie hatte Gefallen an der Vorstellung gefunden, dass sein schöner Familienname auch sie schmücken könnte.

Im Amrumer Sommer 1972 war Sibylle noch keine 16 und besuchte seit viereinhalb Jahren die Städtische Musikschule in Lüneburg, in der sie wöchentlich eine Stunde Harfenunterricht von Gesine Roth bezog. Außer in kleinen schulinternen Vortragsstunden hatte sie noch nie ihr Können auf dem Instrument unter Beweis stellen müssen. Deshalb graute ihr bei der Vorstellung, eine Sopranistin des Amrumer Kirchenchores vor dicht besetzten Kirchenbänken begleiten zu müssen. Und das nach nur einer einzigen, halbstündigen Probe direkt vor Beginn des Gottesdienstes.

5

Am Montagmorgen, noch im Blazer, drückte Sibylle auf den Startknopf des Mac und öffnete Minuten später ungeduldig ihr Postfach. 15 neue Mails seit Freitag, aber keine von Peer. Da meldete sich Frau Sommers Stimme über die Telefonanlage:

»Gespräch für Sie«, sagte sie und stellte durch, bevor Sibylle fragen konnte, um wen oder was es sich handelte. Sibylle meldete sich, niemand antwortete, aber sie hörte, dass am anderen Ende jemand atmete. Sie meldete sich noch einmal und ließ ein paar Sekunden verstreichen. Das leise Atmen hörte sich abwartend an.

»Peer?«, fragte Sibylle und bereute es unverzüglich. Aus welchem Grund sollte er sich nicht melden? Sie warf den Hörer auf die Station, als hätte er sich in ein heißes Eisen verwandelt und hoffte, Frau Sommer habe ihre zwischen Verzweiflung und Hoffnung schwankende Frage nicht mitgehört. Sie war inzwischen hereingekommen, öffnete den Wandschrank mit den Vorräten für Sitzungen und Besucher-Empfänge und holte eine Flasche Mineralwasser heraus.

»Tut mir leid, dass ich sofort durchgestellt habe«, sagte sie tröstlich emotionslos, »es hatte sich niemand gemeldet, da dachte ich, es wäre vielleicht was Privates ... «

»Nein. Keine Ahnung. Niemand dran. Ich hatte gehofft, es wäre Siblewski, ich brauche ihn dringend für ... «

Erneut klingelte das Telefon, diesmal nahm Meike Sommer im Vorübergehen ab, ratterte Adresse und Anschluss herunter und reichte den Hörer schulterzuckend weiter. Wieder das leise Atmen, Sibylle legte umgehend auf.

Vermutlich eine Verrückte. Von denen gab es an Kunsthochschulen nicht wenige. Meistens blieben sie so lange unentdeckt, wie sie auf dem schmalen Grat zwischen berufsbedingter Sensibilität und psychischer Labilität wandelten, bis sie auf der falschen Seite herunterkippten. Sie hatte Erfahrung, was Obsessionen betraf, war selbst zeitweise gefährdet gewesen. Damals spielten sie und Felizitas noch ungefähr ein Jahr lang zusammen, allerdings unter stark veränderten Vorzeichen. Sibylle hatte gerade die Professur bekommen und Felizitas ihr drittes Kind. Dann kam Nerja und das endgültige Aus ihrer jahrelangen Freundschaft. Die Dinge waren eskaliert. Das war vor elf Jahren. Bis dahin hatten sie sich immer wieder zusammengerauft und sich ihre idealen Voraussetzungen für ein gemeinsames Musikerleben vor Augen geführt. Am Ende waren es wohl die vielen kleinen und größeren Zerwürfnisse, die zum Aufgeben geführt hatten. Sibylle war sich aber nicht sicher. Den genauen Grund ihrer Trennung hätte sie nicht klar benennen können. Sie hatte es nie gewagt, einen analytischen Blick auf diese Beziehung und ihr Ende zu werfen.

In letzter Zeit aber ertappte sie sich wiederholt dabei, dass sie im Internet nach Felizitas googeln wollte. Auch dieses Mal unterdrückte sie den Impuls, und doch stand Felizitas plötzlich vor ihrem inneren Auge, wie sie sie Mitte der Siebziger Jahre bei ihrer ersten Begegnung sah, so deutlich und lebendig, dass sie gar nicht mehr mitbekam, wie Frau Sommer das Büro verließ.

»Vorsicht«, sagte der Aufpasser, aber Sibylle wollte nichts von ihm wissen.

Wie immer nach einer frühen, anstrengenden Unterrichtsstunde in ihrem ersten Studiensemester in Hamburg, wollte Sibylle sich mit einem zweiten Frühstück in der Mensa belohnen. Sie stand in der Schlange an der Theke, als ihr Blick auf eine Fülle rotblonder Locken fiel, die in zwei Hälften geteilt und zu einem schweren, langen Zopf zusammengefasst waren, dessen zipfeliges Ende über einem aufrechten Rücken in Höhe des Kreuzbeines baumelte. Die Stimme, die zu dem prächtigen Zopf gehörte, bestellte mehr gesungen als gesprochen und mit einer geradezu appetitlich klingenden Aussprache aller Konsonanten einen Becher Kaffee und ein Käsebrötchen ohne Butter. Sibylle war dieser Stimme augenblicklich verfallen gewesen und hatte Minuten später, alle Scheu über Bord werfend, ihr Tablett um die dicht besetzten Mensatische balanciert und den freien Platz am Tisch der Rotblonden angesteuert, die auf ihre Frage, ob sie sich zu ihr setzen dürfe, abwesend, aber nicht unfreundlich genickt hatte.

Wie sich nach nur zwei belanglosen Sätzen herausstellte, studierte Felizitas van Wassenaer Gesang im Studiengang Musiktheater mit der Absicht, einmal in einem Atemzug mit den berühmtesten Koloratursopranistinnen aller Zeiten genannt zu werden, die Kastraten des 18.Jahrhunderts eingeschlossen, deren Partien Felizitas besonders anbetungswürdig fand. Oder waren es die Kastraten selbst, die sie anbetete – Sibylle wusste es nach diesem Mensafrühstück nicht mehr genau, ihr Kopf schwirrte von Fakten und Namen aus einem anderen Universum, das ihr weit begehrenswerter und interessanter erschien als ihre Harfenwelt, in der das Extravaganteste, mit dem man ihr Instrument in Verbindung brachte, die himmlischen Heerscharen waren.

Felizitas, mit milchweißer Haut, basaltgrauen Augen und weiblichen Rundungen, hätte auch eine Brünnhilde gut zu Gesicht gestanden. Wie Sibylle erfuhr, erlaubte ihr Stimmfach jedoch die schweren Wagner-Rollen nicht; als lyrischer Koloratursopran hätte sie sich mit Donizetti und Mozart zu begnügen. Aber wenn sie es recht bedächte, wäre es von da nur ein kleiner Schritt zu Händel und anderen Barockmeistern, was angesichts einer möglichen Zusammenarbeit – der Gedanke käme ihr gerade – zwar musikalisches Neuland für sie wäre, aber eines, das ihr auf Anhieb eroberungswert erschien. Nur war der Zeitpunkt für eine Spezialisierung in die stilistische und gesangstechnische Barockrichtung noch nicht gekommen, da sich ihre stimmgewaltigen, ganz auf die romantische Oper ausgerichteten Lehrer dieser neuen Idee kategorisch verweigerten. Ganz grundsätzlich aber könne sie sich vorstellen, dass sich durch Sibylle und die Harfe neue und auch profitable Perspektiven für sie ergäben, bis hin zu einer familienfreundlicheren Variante eines Sängerinnenlebens, das sich sonst hauptsächlich auf der Opernbühne abspielte. Vorausgesetzt natürlich, sie bekämen es überhaupt hin, etwas Gemeinsames auf die Beine zu stellen. Sie lebe bereits seit zwei Semestern in dem Identifikations-Konflikt Operndiva oder singende Mutter; Sibylle erschien ihr nun wie der göttliche Fingerzeig, dass es einen goldenen Mittelweg geben könnte. Möglicherweise unter Einbuße der ganz großen Partien, aber mit der Option, sich später, nachdem sie ihrer zweiten Berufung, Kinder zu gebären, nachgekommen wäre, für eine endgültige Richtung entscheiden zu können. Zu früher professioneller Einsatz führe häufig zu Stimmverschleiß, aber als Sängerin eines zukünftigen Duos *Felizitas van Wassenaer, Sopran – Sibylle M. Rubin, Harfe,* gäbe es eine Art Einschwingen für ihre Stimme und übrigens auch einen Testlauf für ihr Durchhaltevermögen, was regelmäßiges Üben und Proben anging. Darin fand sie sich selbst nicht besonders gut.

Das alles erfuhr Sibylle während der zwanzigminütigen Frühstückspause, die abrupt mit Felizitas Aufbruch zu ihrer Gesangsstunde endete und Sibylle vor einem kalten Kaffee und einem angebissenen Eibrötchen zurückließ, auf eine unerklärliche Weise fasziniert und in Bann geschlagen von dieser in jeder Hinsicht überwältigenden Frau und endlich mit einer Vision, wie sich ihr Leben gestalten könnte.

In den folgenden Studienjahren arbeiteten sie an gemeinsamen Konzertprogrammen und Auftritten, Sibylle zusätzlich an der Beziehung zu Felizitas, die sie still für sich Freundin nannte. Dass sich ihr eine so vollkommen schöne und außergewöhnliche Frau zugewandt hatte, konnte sie lange Zeit nicht glauben. Kompromisse nahm sie in Kauf; es war ihr erstaunlich leicht gefallen, sich Felizitas extrovertiertem Charakter unterzuordnen, sie profitierte in jeder Hinsicht von dieser Verbindung.

Auch nach Beendigung des Studiums und ihrem Diplom als Harfenistin und Musikpädagogin blieb das gemeinsame Konzertieren Sibylles Hauptbeschäftigung.

Sie war 25 und hatte so wenige Schüler in der Winsener Musikschule, dass sie nur auf zwei Unterrichtsnachmittage kam – welches Kind wollte schon Harfe lernen. Sie war daran gewöhnt, dass ihr Instrument von Außenstehenden als exotisch wahrgenommen wurde und sah in der geringen Beschäftigung keinen Makel, sondern eher die Bestätigung des Außergewöhnlichen.

Dieser Status ließe sich aller Voraussicht nach halten, sollte es irgendwann zu einer Heirat mit Lorenz kommen, den sie seit einem knappen Jahr kannte. Es zeichnete sich ab, dass er für eine gesicherte Ökonomie sorgen wollte und auch konnte. Bedenken, wie groß ihr Anteil an der gemeinsamen Existenzsicherung sein würde, verscheuchte sie mit dem Argument, dass durch ihre Verbindung der Glanz eines Künstlerdaseins Einzug in sein Leben hielte.

Ehrgeizig und fleißig verbrachte sie Anfang der Achtziger Jahre viele Stunden mit dem Aufspüren von Veranstaltern kleinerer Konzertreihen, die es sich nicht erlauben konnten größere Ensembles einzuladen oder einfach nur ein Faible für das Duo hatten, die kammermusikalischste aller Formationen. Sie verfasste Anfragen in einem selbstbewussten Ton, über den sie selbst erschrak und beklagte andererseits Felizitas gegenüber, dass sie sich einen Impresario, der diese unangenehme Aufgabe hätte übernehmen können, nicht leisten konnten. Sie quälte sich mit einem Handwerk ab, das ihrem Naturell in keinem einzigen Punkt entsprach: sich und ihre Qualitäten an fremde Menschen verkaufen zu müssen. Felizitas' Anteil an der Organisation ihres Duos bestand hauptsächlich in der Finanzierung des Briefpapiers und der Druckkosten. Diese ungleiche Arbeitsaufteilung empfand Sibylle besonders dann als ungerecht, wenn bei Absagen oder zähen Honorar-Verhandlungen mit unbefriedigendem Ausgang Felizitas sie ganz allein für die Misere verantwortlich machte.

Sibylle gestaltete Prospekte mit Künstlerfotos und überschwänglichen Zeitungskritiken, die auf das Einmalige ihrer Programme hinwiesen, entwarf schließlich diese Programme selbst, indem sie stundenlang in Musikbibliotheken saß, kopierte, arrangierte und eingängige Titel erfand, die den Veranstalter ansprechen und dem Publikum einen Sinnzusammenhang suggerieren sollten, wie Amore – Musik des 17. und 18. Jahrhunderts für Sopran und Harfe.

In dieser Zeit, in der aufführungspraktische Originalität fanatisch gehandelt wurde, war ihr Duo ein musikalischer Leckerbissen, den man sich als Veranstalter einer Konzertreihe in einem kleinen Herrenhaus in Schleswig-Holstein oder als Kantor eines goldglänzenden, barocken Kirchleins im Oberbayerischen kaum entgehen lassen konnte. Adventskonzerte bei Kerzenschein war ein beliebtes, oft angefragtes Format und Sibylle störte zunehmend, dass sie kein historisches Instrument präsentieren konnte. Ihre klassische Harfe schien zu den meisten Stücken ihrer Programme nicht mehr passen zu wollen; zu groß, zu laut, zu gewaltig, einfach untypisch. In dieser Zeit nahm sie Kontakt zu einem Harfenbauer auf und bestellte ein Instrument nach einem Original des frühen 17. Jahrhunderts.

Alles in allem war die Konzert-Bilanz des Duos Rubin/van Wassenaer nicht schlecht. In guten Monaten brachten sie es auf vier oder fünf Konzerte. Sie übernachteten in kleinen Pensionen, so einfach wie möglich, oder auch privat. Es gab begeisterte Kulturfreunde, die den nahen Kontakt zum Künstler liebten und dafür mit Freude letzte Reste von Privatheit aufgaben. Sibylle fürchtete sich vor solchen Angeboten, den Gästebetten in Kinderzimmern und der automatisch dazu gehörigen Gesellligkeit, konnte sie aber nicht ausschlagen, denn sie minderten die Hotelkosten und erhöhten damit die Honorare. Außerdem liebte Felizitas es, sich im Glanz der Anbetung zu sonnen, die ihr vom jeweiligen Gastgeber entgegengebracht wurde. Sie saß bis spät in die Nacht bei Schnittchen und Salzgebäck an fremden Wohnzimmertischen, noch immer im tief dekolletierten Konzertkleid, die rotwallende Haarpracht offen, entspannt lächelnd und mit einem Glas Wein in der Hand, ganz Diva. Sibylle, längst in Jeans, trittsicheren Turnschuhen und Sweatshirt, hatte bereits ihre Harfe verpackt und ins Auto verfrachtet und sehnte sich in solchen Momenten nach einer Flasche Bier und – wenn sie schon nicht in den Genuss von Felizitas ungeteilter Aufmerksamkeit kommen konnte – der Einsamkeit ihres eigenen Schlafzimmers.

Der Konzertanfrage aus dem Pfälzischen Wald, Burg Trifels, hatte Sibylle nur widerstrebend zugestimmt. Ihre Recherche über die Örtlichkeit ergab, dass die mittelalterliche Burg vor dem Zweiten Weltkrieg von den Nazis entdeckt und in Besitz genommen worden war; infolgedessen hatte sie sich diffus eine Dritte-Reich-Atmosphäre vorgestellt und sich selbst Harfe spielend mittendrin. Felizitas bezeichnete ihre Bedenken als unprofessionell und realitätsfern; eine Ablehnung des Engagements wäre weder vor dem Veranstalter vertretbar und auch nicht vor ihr, ihrer Duopartnerin, die das Geld brauche und sich ein übersensibles Verhalten nicht leisten könne. Jedenfalls nicht jetzt, wo ihre Karriere langsam Fahrt aufnahm. Falls Sibylle bei ihrer hoffnungslosen Einstellung bliebe, würde sie das Konzert ohne sie spielen, sie könne sich notfalls auch eine Klavierbegleitung vorstellen. Rupert zum Beispiel.

Rupert war schon häufiger als Drohkulisse zum Einsatz gekommen und Sibylle wusste, dass Felizitas ihn nicht nur als Pianisten attraktiv fand und er, Chancen gleichwelcher Art witternd, sich mit allen Mitteln ins Zeug legen würde, das Duo Felizitas und Sibylle in zwei Solistinnen zu zerlegen, von denen am Ende nur eine das Nachsehen hätte. Aus diesen Erwägungen heraus hatte Sibylle sich schließlich geschlagen gegeben und dann waren sie unterwegs den steilen, kurvenreichen Waldweg hinauf, der nur für den Hausverwalter und das Personal der Burg, bei Veranstaltungen auch für die Kulturamtsleute freigegeben war. Als klar wurde, dass die Harfe nicht den zwanzigminütigen Fußweg hinaufgeschleppt werden konnte, durften auch sie mit dem Auto passieren, sie und Felizitas, die neben ihr im Volvo saß und sich mit jaulenden Glissandi chromatisch aufwärts einsang, während Sibylle, die befürchtete, dass ihr Instrument diesen Gefahrentransport nicht unbeschadet überstehen würde, mit wildem Herzklopfen und dröhnendem ersten Gang die Anhöhe hinaufkroch.

Oben angekommen, hatte sie niemand in Empfang genommen. Die aus rostroten Steinquadern zusammengesetzte Burg, bedrohlich monumental, abweisend und kalt, verwies jeden Gedanken an ein romantisches Konzert in das Reich der Utopie. Sibylles Stimmungsbarometer glich sich unverzüglich der frostigen Außentemperatur an. Sie spürte Feindseligkeit in sich aufflammen, dieser Lage, aber auch ihrem Beruf insgesamt gegenüber, der sie Situationen wie dieser aussetzte. Felizitas zeigte sich demonstrativ unbeeindruckt und hatte sich nach einigen abschließenden Koloraturen auf die Suche nach dem Hausmeister gemacht. Sibylle bewachte währenddessen das Auto mit ihrer Harfe; was überflüssig war, denn hier gab es weit und breit niemanden, der sie hätte bestehlen können. Sie vernahm nur das Krächzen der Dohlen und das Heulen des Windes, der an ihrer Jacke zerrte und die Wipfel des Waldes unterhalb der Burgmauern zum Wogen brachte.

Während der Probe im Rittersaal, einem Gemäuer mit Pechfackeln an den Wänden, hatten sie Mühe gegen den kalten Luftzug anzuspielen, den der Wind durch die von Ritzen und Spalten durchzogenen alten Holztüren blies. Felizitas hatte ihren dicken, grobgestrickten Wollschal um Hals und Kopf geschlungen, kleine Hauchwölkchen standen vor ihrem Mund, der gerade *Amarilli mia bella* singen wollte, aber nur ein Räuspern hervorbrachte, von einem zu hart angezupften, trockenen Akkord begleitet, den Sibylles kalte und steife Finger ihrer Harfe abgerungen hatten. Die Pedalmechanik reagierte schwerfällig, wie eingefroren, das ganze Instrument hatte sich binnen Minuten verstimmt, Sibylle merkte, wie sich ihre Rückenmuskulatur verspannte bis hinauf in die rechte Schulter. Ein plötzlicher Schmerz beim Heben des rechten Armes machte weiteres Spielen unmöglich. Sibylle brach den *Caccini* mitten im Takt ab und ließ die Arme sinken. Sie blickte auf ihre bis auf die Fingerspitzen in schwarzen Pulswärmern aus Angorawolle steckenden Hände, die schwach und zusammengefallen auf ihrem Schoß lagen wie kleine tote Pelztierchen, bereit für die Verfütterung an Greifvögel, deren Schreie hin und wieder aus dem hohen Himmel über der Burg zu hören waren. Sie rechnete sich nicht die geringste Chance aus, diesen Abend mit Anstand zu überstehen. Felizitas warf entnervt ihre Noten auf den Steinboden, wo sie mit einem klatschenden Geräusch landeten, als seien sie ein nasser

Putzlappen. Sie setzte sich auf den groben Holzhocker, den man ihr hingestellt hatte, falls sie für die Dauer von Sibylles Solostücken nicht stehen wollte. Sich zurückzuziehen, zum Beispiel durch eine Tür in eine Künstlergarderobe oder auch nur in einen Abstellraum, wo sie auf ihren nächsten Auftritt hätte warten können, war hier unmöglich. Bei Kirchenkonzerten gab es wenigstens die Sakristei, in der man sich zwischen Messgewändern und abgestellten Kandelabern umziehen und einspielen konnte. Es war auch schon vorgekommen, dass sie zwischen Paletten mit Weingläsern, Eimern mit Mayonnaise und anderen Großhandelsprodukten ihre Kleider gewechselt hatten, weil es in dem Restaurant, wo sie eine Hochzeitsfeier musikalisch umrahmten, keinen geeigneten Rückzugsort für die Künstlerinnen gegeben hatte. Hier würden sie sich in der einzigen, engen Toilette im Pförtnerhaus umziehen, dann im viel zu leichten Konzertkleid über den Burghof laufen, um nach Erklimmen unzähliger Steinstufen atemlos im eisigen Rittersaal anzukommen, wo zwei Pechfackeln ein düsteres, unheilvolles Licht auf die Interpretinnen eines lieblichen italienischen Programms werfen würden, dessen Musik von heißen Momenten in warmen Regionen erzählte.

Für dieses Programm hatten etwa dreißig Zuhörer den Weg herauf zur Burg auf sich genommen. Ein Abonnentenpublikum, das in dicke Mäntel gehüllt auf mitgebrachten Stuhlkissen saß, die Füße in gefütterten Stiefeln. Sie wussten, welche Temperaturen sie hier erwarteten. Dabei war es gerade einmal Anfang Oktober.

Felizitas trug ein weit ausgeschnittenes Taftkleid, das ihr Brünnhilde-Dekolleté wirkungsvoll zur Schau stellte, bewusst einkalkulierend, dass die hauchdünnen Träger, die es hielten, zusätzlich für Aufmerksamkeit und Spannung sorgten. Bei aller Kunst waren solche Aspekte nicht zu vernachlässigen. Sibylle sah Kälteschauer in Wellen über Felizitas bloße Arme laufen, aber sie war eine Meisterin im Überspielen des größten Ungemachs, auch für diese Professionalität bewunderte Sibylle sie. Allerdings war es ihr schwergefallen – zum ersten Mal wirklich schwergefallen – ihr die kleine gehässige Attacke in der Umkleidetoilette zu verzeihen, wo Felizitas wieder einmal ihr Aussehen kritisiert hatte, indem sie besonders geringschätzig und doppeldeutig ihre Farblosigkeit erwähnte. Obwohl Sibylle nicht wagte in den Spiegel über dem verdreckten Waschbecken zu sehen, ahnte sie, dass sie nicht unrecht hatte. Sie fühlte sich blutleer, bis auf den letzten Tropfen ausgesaugt und kalt bis ins Mark, obwohl sie ihre samtene Konzerthose trug und ein langärmeliges Wolloberteil, das aber, großmaschig wie ein Netz, die kalte Luft bei jeder Bewegung ins Wallen brachte und ihr zufächelte. Am Hals fiel der Stoff kaskadenartig auseinander und ersetzte nur notdürftig einen wärmenden Schal, der ihre Muskulatur hätte geschmeidig halten können.

»War nur ein Witz, Bille! Nun lach schon!«, Felizitas hatte sich besonnen und versuchte die Stimmung zu retten.

»Dann gib mir einen Anlass«, war alles, was Sibylle hatte hervorbringen können, bevor sie ohne ein weiteres Wort hinaus auf den windigen Burghof in Richtung Rittersaal gelaufen war.

Das Konzert war ohne größere Katastrophen über die Bühne gegangen. Doch wie sie im Einzelnen gespielt hatten, wusste Sibylle schon nach wenigen Stunden nicht mehr. Sie hatte sich von Stück zu Stück gehangelt, mit der widerspenstigen Pedalmechanik gekämpft und in den wenigen Augenblicken, in denen sie sich auf die Musik konzentrieren konnte, bemerkt, dass Felizitas auch nicht ihren besten Tag hatte – sie musste sich wiederholt räuspern und hatte sich zwischen zwei Arien sogar einmal vom Publikum abwenden müssen, um verstohlen zu husten. Von all dem kältebedingten Ungemach war die Gefühlskälte zwischen ihnen das schlimmste. Ohne inneren Gleichklang, ohne die Blicke, mit denen man sich der Freude und des musikalischen Einverständnisses versicherte, war jedes Konzertieren sinnlos, wenn nicht unmöglich, hatte Sibylle deprimiert gedacht, so erreichte man die Herzen des Publikums wahrhaftig nicht, selbst bei einem makellosen Ablauf, ohne einen einzigen falschen Ton.

Als Sibylle am nächsten Morgen in ihrer Hälfte des Doppelbettes aufwachte, konnte sie sich nicht mehr bewegen.

Bei dem Versuch auch nur den Kopf zu heben, schossen glühende Stiche durch ihre Beine, wobei sich ihr Rücken so taub anfühlte, als gehöre er nicht zu ihr.

»Hexenschuss«, diagnostizierte Felizitas kühl und ergänzte, »hatte ich auch mal, wo ich bei einer Passion in einem eiskalten Dom mitsingen musste.« Zum ersten Mal hörte Sibylle die kleine sprachliche Eigenheit mit einem Gefühl der Geringschätzung. Sie hatte sie immer charmant und rührend gefunden, nie korrigiert, obwohl es ihr stets auf der Zunge gelegen hatte.

»*Als*, Felizitas! *Als* du bei einer Passion mitsingen musstest!«, brach es jetzt aus ihr heraus während sie auf allen Vieren ins Bad kroch, wo sie es schließlich mühselig und unter Schmerzen in ihre Kleider geschafft hatte.

750 Autokilometer lagen vor ihnen, die Sibylle halb liegend und mit dem Kopf bei jeder Bremsung gegen die Harfe stoßend durchleiden musste. Sie hatten fast neun Stunden gebraucht. Felizitas überschritt die 100 Stundenkilometermarke höchstens bei drei Überholmanövern, was sie später mit der gebotenen Vorsicht angesichts der kostbaren Instrumentenfracht begründete. In Wirklichkeit fuhr sie so gut wie nie selbst, sie hatte ja Sibylle.

Sibylle sah auf die Uhr. Anstatt sich die liegengebliebenen Ordner vorzunehmen saß sie hier minutenlang in trüber Stimmung, versunken in Erinnerungen an eine Zeit, an die sie mehr und mehr mit Sehnsucht dachte, obwohl sie durchaus von grauen und schmerzlichen Empfindungen durchwirkt war. Bilder, die durch ein Atmen durchs Telefon lebendig geworden waren.

Sie vermisste Peer, der ihr in tristen Momenten und dem Gefühl von Leere vor Augen führte, auf wie vielen Hochzeiten sie gleichzeitig tanzte, ihre Stimmungen mit Überlastung erklärte und damit gleichzeitig von dem schwerwiegenden Verdacht ablenkte, dass alle Arbeit ihr aufs ganze Leben gesehen womöglich nicht genügen würde. Felizitas hatte immerhin drei Kinder.

Lorenz und sie hatten nur selten und halbherzig über Kinder nachgedacht. Wenn Sibylle es gewagt hatte, einen Blick in ihre

Zukunft zu werfen, konnte sie keine Kinder darin entdecken und auch Lorenz schien sich in der bequemen, kinderlosen Variante einer Ehe gut eingerichtet zu haben. Falls es nicht so war, hatte er jedenfalls nie ein Wort darüber verloren. Erst als ihre Konzerttätigkeit absehbar über einen gewissen Rahmen nicht hinauszuwachsen schien, war bei ihr der Gedanke an ein Kind wie aus dem Nichts aufgetaucht. Da war sie fast vierzig. Felizitas hatte kurz nacheinander zwei Söhne und eine Tochter bekommen. Mit der Unterstützung von Christian, der als Kantor mit günstigen Arbeitszeiten mindestens die Hälfte aller anfallenden Hausarbeiten erledigte, konnte sie ohne Unterbrechung ihren beruflichen Verpflichtungen nachgehen. Kam es zu Terminüberschneidungen, bestellte sie ihre Mutter ein, die nur ein paar Kilometer entfernt wohnte.

Sibylles Mutter hatte ihre Wohnung in Winsen nie verlassen, auch nicht nach Hariolfs Tod, der für alle nach einem einzigen Herzinfarkt vollkommen überraschend gekommen war. Dieser Zeitpunkt wäre für Sibylles Zugriff auf die Mutter und deren Einbindung in ihr Familienleben günstig gewesen, aber Hildegard Rubin weigerte sich, einen Schritt in ein Leben zu tun, das ihr so fremd war wie das ihrer Tochter. Felizitas hatte mit dem Konzertieren nie aufgehört, lediglich die Häufigkeit ihrer Engagements war in den ersten Monaten nach den Geburten etwas zurückgegangen. Wieso hätte das nicht auch bei ihr funktioniert? Weil Lorenz nicht der Mann war, der seinen Beruf mit dem eines Hausmannes eingetauscht hätte, um die Aufzucht seiner Nachkommenschaft zu übernehmen, argumentierte Sibylles innere Stimme. Sicher war sie sich allerdings nicht, sie hatten nie weiter darüber gesprochen.

Jetzt war sie 55 und hätte eine erwachsene Tochter haben können. Auch Felizitas' Kinder müssten über zwanzig sein und aus dem Haus. In gewisser Weise lägen sie und Felizitas jetzt wieder gleich auf. Eine Wiederaufnahme ihrer Beziehung hätte womöglich Chancen auf einen lebenslangen Bestand. Sybille staunte über diesen Gedanken, der ihr so unaufgeregt in den Sinn kam, als hätte er schon lange in ihr geschlummert.

Es klopfte und Peer kam herein. Sibylles Herz stolperte.

Er zog die Tür hinter sich zu, hielt aber noch die Klinke in der Hand als warte er auf etwas, vielleicht auf einen Ausbruch überbordenden Glücks.

Tatsächlich war sie froh, sogar heilfroh, dass er wieder aufgetaucht war. Allerdings unangemeldet. Ihr dichter Terminplan ließ keine Überraschungsgäste zu. Um 14.00 Uhr müsste sie in die Berufungskommission und vorher wollte sie eine Kleinigkeit essen. Aber nicht in der Mensa, was er ihr vermutlich vorschlagen würde.

»Tut mir leid«, sagte sie schroff, »beim nächsten Mal bitte mit Terminabsprache.«

6

Kurz vor zwei machte sie sich auf den Weg zum Kammermusiksaal. Beim Durchqueren des Vorzimmers bekam sie mit, dass Frau Sommer mit Frau Meyer vom Büro für Öffentlichkeitsarbeit telefonierte. *Neues Logo*, mal wieder, und erneute Terminfindung, nachdem Frau Meyer den vorgeschlagenen Termin für nächste Woche brüsk abgelehnt und darauf bestanden hatte, heute Nachmittag vorgelassen zu werden. Frau Sommer ließ Sibylle mithören. Dieses wäre die dritte Verschiebung, sagte Frau Meyer mit schneidender Stimme, und die Gründe dafür sähe sie nicht ein.

Meike Sommer entgegnete ruhig und mit freundlicher Gelassenheit, Frau Rubin hätte nächste Woche mehr Muße und könne sich dann voll und ganz auf ihre Vorschläge konzentrieren. Natascha Meyer schwieg sekundenlang und Frau Sommer setzte gerade zu einer kleinen freundlichen Plauderei an, mit der sie ihre Kollegin versöhnlich stimmen wollte, da fiel Natascha Meyer ihr ins Wort und machte ihr unmissverständlich klar, dass sie die Missachtung ihrer Person und damit auch die ihrer Arbeit nicht länger hinnehmen würde. Dann legte sie wortlos auf. Frau Sommer sah beunruhigt aus, aber Sibylle war nur flüchtig irritiert und beschloss, das Thema *Neues Logo* an Peer zu delegieren. Es gab Wichtigeres zu tun, als grafische Entwürfe zu begutachten. Jede neue Professur an einer Hochschule hatte größere Aus- und Außenwirkung, als ein Logo es jemals haben konnte, deshalb hatte ihre Anwesenheit bei dem Berufungsverfahren absoluten Vorrang und Frau Meyer musste sich gedulden. Außerdem, aber das Argument hätte sie nicht gut ins Feld führen können, gaben ihr Berufungsverfahren wenigstens für ein paar Stunden das Gefühl am richtigen Platz zu sein und waren eine kleine Entschädigung für den erzwungenen Verzicht auf ihre eigentliche Profession. Und ganz nebenbei bekam sie durch die Lehrproben neue Impulse für ihr eigenes Unterrichten, auch wenn das im Moment nicht stattfand.

Im Treppenhaus kam ihr Prof. Hammersson entgegen. Er grüßte mit einem nur angedeuteten Kopfnicken, wortlos und ohne Lächeln. Sie grüßte zurück, grundlos laut und freundlich.

Von ihm hatte sie, unmittelbar nachdem sie im Rektorat den Vorschlag *Hochschuldidaktische Fortbildungsmaßnahme für das künstlerische Personal der G.Fr.Schnittspahn* auf die Tagesordnung gesetzt hatte, eine unangenehme Mail erhalten. Seine unverzügliche Reaktion unmittelbar nach der Sitzung ließ auf eine undichte Stelle im Rektorat schließen. Sibylle verdächtigte Krüger. Er, Baumgartner und van Papen hatten Sibylles Idee, gegenseitiges Hospitieren von Unterricht zu institutionalisieren, keine Zukunft vorausgesagt. Ohne es freilich belegen zu können, sei keine Zustimmung vom Kollegium zu erwarten, hatten sie einstimmig verlauten lassen. Hammerssons Mail, der Verdacht war naheliegend, sollte dem Nachdruck verleihen und ein erneutes Auftauchen dieses TOPs auf einer der folgenden Sitzungen vereiteln. Selbstverständlich sei er jederzeit bereit, seinen Unterricht zu öffnen, er hätte schließlich nichts zu verbergen – so Hammersson – er gäbe nur zu bedenken, dass möglicherweise Neid und Missgunst innerhalb der Professorenschaft Einzug halten könnten, angesichts der hochbegabten Schüler, die sich speziell in seiner Klasse befänden. Umgekehrt wolle er keinesfalls dem Unterricht von Kollegen beiwohnen, da er die Unterstellung fürchte, Kontrolle ausüben zu wollen. Die Argumente glichen aufs Haar denen von Krüger. Sibylle konnte einzelne davon sogar nachvollziehen, sah jedoch die positiven Aspekte in der Überzahl, wie zum Beispiel das Kennenlernen unterschiedlicher Methoden oder neuer Ansätze, die sich auf jede Art langjähriger Tätigkeit in ein und demselben Metier belebend und inspirierend auswirkten. Sie selbst beobachtete leidenschaftlich gerne die pädagogischen Kunstfertigkeiten anderer und verglich sie mit der eigenen Herangehensweise an Stücke ihres Harfenrepertoires. Leider gab es zu wenig Vergleichbares, immer erschienen ihr die Harfenstücke kleiner, begrenzter, nicht unbedingt gehaltloser, aber auf jeden Fall kürzer.

Das Bild ihrer *Schönen Laura* schob sich vor ihr inneres Auge. Das Repertoire für diesen frühen Harfentypus umfasste Musik von genau 40 Jahren, die um 1600 speziell nur für dieses Instrument komponiert worden war. Aber so wenige Stücke es auch sein mochten, dieses Repertoire würde sie ausfüllen, das wusste Sibylle sonderbarerweise und ohne dafür einen Grund zu finden. Der Gedanke, dass sie ihr italienisches Kleinod, das sie ein kleines Vermögen gekostet hatte, seit Jahren nicht mehr richtig gespielt hatte, schmerzte sie wie eine heimtückische Krankheit, die sich manchmal vergessen ließ, aber trotzdem da war. Selbst vor ihrem erzwungenen Verstummen durch das Amt war *Laura* nur in seltenen Momenten erklungen und nie außerhalb des Hauses. Sie verbarg ihr granatapfelrot leuchtendes Holz unter einer mit Goldtrassen besetzten Samtdecke im Arbeitszimmer, das mit mehreren Sicherheitsschlössern und einer Alarmanlage gesichert wurde, wenn Sibylle das Haus verließ.

Es war schwül im Kammermusiksaal.

Das Interesse an diesem Berufungsverfahren war unerwartet groß. Etwa zwanzig bis dreißig Kollegen und Studierende hatten in den Stuhlreihen vor der erhöhten Holzbühne des weißgetünchten und mit zwei Fensterreihen versehenen Saales Platz genommen. Auf dem Podest standen neben zwei Notenpulten und dem großen Konzertflügel, an dem bereits der Korrepetitor saß, nur noch einige Stühle. Auf einem saß die Studierende, die dem Kandidaten zum Zwecke der Vorführung seiner Fähigkeiten zugewiesen worden war; sie hielt ihre Bratsche auf dem Schoß und sah apathisch aus. Der erste Bewerber, Laslo Enescu, war am Bühnenrand damit beschäftigt sein Instrument auszupacken. Während Dekan Baumgartner für eine kurze Begrüßung nach vorne kam, bestrich Enescu seinen Bogen mit Kolophonium und lächelte dabei munter ins Publikum. Für die Vorstellung des Kandidaten erntete Baumgartner nur schwachen Applaus, denn die meisten der Zuhörer hielten große Wasserflaschen wie einen lebensspendenden Tropf in ihren Händen. Sibylle saß in der ersten Reihe, konnte von allen gesehen und beobachtet werden und fand das Trinken aus der Flasche für eine Rektorin unangemessen. Sie war durstig und wünschte sich ein Glas herbei, das es hier oben jedoch nicht gab.

Laslo Enescus sonore Stimme riss sie aus ihren Gedanken. Die Lehrprobe mit dem Thema *Viola-Konzert D-Dur von Hofmeister* hatte begonnen.

»Wenn du bei jedem Impuls mit der Bratsche nach unten gehst, verlierst du unnötig viel Energie ... «, sagte Herr Enescu, tippte zur Veranschaulichung mit der Bogenspitze auf den Bauch der Studierenden und drückte dort eine kleine Delle ein. Sibylle bemerkte das ruckhafte Heben des Kopfes von Henriette Mandt, die jetzt mit Wachhundblick den Kandidaten Enescu fixierte. Ist das schon ein sexueller Übergriff? Als ginge es sie nichts an, sah die Studierende unbeeindruckt und gleichgültig auf ihre Noten, was ihren Lehrer veranlasste, sie zum Weiterspielen aufzufordern.

Der Korrepetitor und Begleiter Hannes Wieland lauerte an seinem Flügel auf seinen Einsatz, atmete ein, hob die Hände zum Anschlag, aber schon hatte Laslo Enescu seine Schülerin unterbrochen, sie senkte ihr Instrument. Beim nächsten Bratscheneinsatz, Auftakt zu Takt 36, D-Dur-Akkord, brachte Hannes Wieland es auf ganze vier Takte Begleitung. Hoffnungslosigkeit breitete sich auf seinem Gesicht aus und trieb die Spannung aus seinem Körper. Zusammengesackt hockte er auf seinem Klavierschemel und blickte trübsinnig auf die Tastatur hinunter. Sibylle schloss nicht aus, dass die jahrelange Ausübung seines Berufes äußerlich zutage förderte, woran er innerlich litt: Jederzeit wie ein Spielautomat anund abgestellt zu werden, degradiert und reduziert auf jemanden, der für die Bereitstellung von Begleitakkorden zu sorgen hatte und nur bei schlechtem Abschneiden des Solisten zu trauriger Berühmtheit gelangte, indem er zum Hauptverantwortlichen aufstieg, den man zur Rechenschaft ziehen konnte.

Die Studierende spielte mit dem Rücken zu Hannes Wieland, als gäbe es ihn nicht, schien aber wie selbstverständlich davon auszugehen, dass er sofort einsetzte, wenn sie mit dem Bogen die Saite berührte. Entweder hatte Sibylle die Begrüßung verpasst oder aber die Beiden kannten sich gar nicht. Andererseits war die Körperhaltung der Studierenden zum Kandidaten Laslo Enescu, der ihr ja immerhin etwas beizubringen versuchte, keinen Deut zugewandter. Sie stand mit gesenktem Kopf und verkantetem Becken vor ihrem Notenpult und wendete sich ihm nur unwillig zu, wenn er sie ansprach. Erstaunlich, dachte Sibylle, wie phlegmatisch und gleichgültig hier mit der eigenen künstlerischen Zukunft umgegangen wurde, denn immerhin konnte es ja sein, dass die Studierende den Rest ihres Studiums – mindestens noch vier Semester – mit Laszlo Enescu zubringen musste.

Das Ende der Vorstellung dieses Kandidaten und die angesetzte zehnminütige Pause rettete die Berufungskommission und die Bratschenschülerin vor dumpfem Ausharren in der schlechten Luft des Kammermusiksaales und bescherte Sibylle einen Cappuccino, den sie, als Herr Enesco seine abschließenden Worte sprach, die noch einmal die Wichtigkeit des täglichen Tonleiterstudiums betonten, mit dem Handy heimlich unter dem Tisch bei Frau Sommer bestellt hatte.

Während sie vom Kammermusiksaal in ihr Büro hinunter hastete, fragte sie sich verdrossen, wie es möglich war, dass überall die Lustlosigkeit zu und die Leidenschaft abnahm; das jedenfalls beobachtete sie bei den Studierenden in vielen Zusammenhängen. Sie kannte die Antwort. Es musste um nichts gerungen werden. Mangelnder Leidensdruck hatte Werteverlust im Schlepptau. Konzertkarten des Staatstheaters wurden automatisch mit Rabatten an den AStA geliefert, waren sogar ganz umsonst, wenn die Furcht der hiesigen Veranstalter vor leeren Rängen besonders groß war. Sibylle, die über die Kontingente informiert wurde, musste zur Kenntnis nehmen, dass das Angebot nur lahmen Zuspruch erfuhr und auch nur dann, wenn der jeweilige Fachlehrer die Veranstaltung in höchsten Tönen anpries und – besser noch - seine Studierenden dahin begleitete. Ihr schien Druckausübung das geeignetere Mittel zu sein, weshalb sie vorgeschlagen hatte, das regionale Konzertangebot als verpflichtenden Bestandteil der Ausbildung ins Curriculum aufzunehmen; ein Konzept, das aufgrund seiner rigorosen

Ausrichtung jedoch keine Mehrheit in der Großen Rektoratsrunde gefunden hatte.

Frau Sommers professioneller Cappuccino erhellte Sibylles graue Gemütsverfassung zumindest soweit, dass sie nicht ohne ein Gefühl gespannter Erwartung in die zweite Vorstellungsrunde ging, zu der die Kandidatin Frau Shiori Hasegawa eingeladen worden war.

Henriette Mandts Stimme war mittels eines Sondervotums ausschlaggebend dafür gewesen, dass sie gegen den Widerstand einiger Kommissionsmitglieder eingeladen wurde, da Frau Hasegawas Karriereverlauf, wie häufig bei weiblichen Bewerbern, Lücken aufwies. Während männliche Kollegen mit monatelangen Konzertreisen auf andere Kontinente auftrumpften und mit Kurstätigkeit an den entlegensten Orten der Welt glänzten, in denen Sibylle nicht einmal eine Grundschule vermutet hätte, waren Frauen in Lebensphasen, in denen sie Kinder bekamen. Wollten sie auf ihrem Instrument weiterkommen, mussten sie nachts üben. Wenn sie es aber, wie Frau Hasegawa, gegen alle Widernisse geschafft hatten, an einer Musikhochschule einen Lehrauftrag zu ergattern, konnten sie außerdem einige CD- und Rundfunkaufnahmen vorweisen und die Unterbringung besonders begabter Schüler in renommierten Orchestern oder Ausbildungsstätten belegen, verdienten sie es nach Sibylles Meinung, auch eingeladen und angehört zu werden.

Frau Hasegawa zeigte eine ganz andere Herangehensweise als Herr Enescu.

»Darf ich mal?«, fragte sie, indem sie die junge Frau am Handgelenk fasste, um dessen Lockerheit zu überprüfen. Dabei stellte sie fest, dass diese eiskalte Hände hatte. Sie ließ sie das Instrument weglegen und wärmte ihre Hände mit reibenden Bewegungen und einem herzlichen Lächeln, das Gegner der Frauenquote als ein mütterliches beschreiben würden, das wusste Sibylle jetzt schon.

Sie ließ die Studierende wieder ihre Bratsche ansetzen, legte ihr dann den Arm auf die Schulter und bewegte ihren Bogenarm hin und her. Das alles mit einer natürlichen Selbstverständlichkeit, als arbeiteten die beiden schon ewig miteinander. Und tatsächlich verfolgte die Gleichstellungsbeauftragte den Unterricht mit gelangweiltem Gesichtsausdruck, als gäbe es hier nichts zu holen und auch nichts zu erwarten. Dabei hätte die Situation, wäre die Studierende männlich, entschieden anders aufgefasst werden können, dachte Sibylle, die in den Anblick der drahtigen Japanerin versunken war. Unwillkürlich erinnerte sie sich an das Berufungsverfahren für die Akkordeonprofessur, das mit einem Eklat geendet hatte. Die damalige Bewerberin hatte sich hinter den an seinem Akkordeon sitzenden Studenten gestellt, seine rechte Hand ergriffen, deren Haltung korrigiert und seine Finger auf der Tastatur umsortiert. Dabei muss ihr Busen seine Schulter gestreift haben, denn seine gleichmäßigen Kieferbewegungen, mit denen er bis dahin ein Kaugummi gekaut hatte, waren jäh erstarrt. Außer Henriette Mandt hatten weitere Mitglieder der Berufungskommission den Vorgang beobachtet und ihm keinerlei Bedeutung beigemessen. Im anschließenden Kolloquium sprach der Studierende der Bewerberin jegliche pädagogische Qualifikation ab, was zu stundenlangen Diskussionen führte und verhinderte, dass die Kandidatin einen Listenplatz bekam – und das, obwohl Sibylle sie für die Fähigste von allen vier Bewerbern gehalten hatte. Der bei weitem größere Fehler war allerdings das Nachrücken von Birger Stölzl auf den ersten Platz der Berufungsliste. Aber das hatte zu diesem Zeitpunkt noch niemand ahnen können.

Die ersten Takte von Brahms Es-Dur Sonate erklangen. Sibylle ging das Herz auf, sie musste unwillkürlich lächeln und nutzte die warme Empfindung, indem sie innerlich einige Sätze formulierte, mit denen sie im späteren Verlauf des Verfahrens Frau Hasegawas Unterrichtsstil zusammenfassen wollte. Obwohl sehr sensibel für die seelisch-körperliche Verfassung der Studierenden – Sibylle wollte es bewusst nicht fürsorglich nennen – hatte Frau Hasegawa alle instrumentaltechnischen und künstlerischen Vorgänge im Blick – ihr entging nichts, sie sprach jede Ungenauigkeit an, allerdings niemals, bevor nicht die Schülerin in Ruhe die Phrase oder den Abschnitt zu Ende gespielt hatte. So kam auch Hannes Wieland zum Zuge, der mit der Exposition des ersten Sonatensatzes, die er am Stück hatte begleiten können, merklich aufgeblüht war.

Frau Hasegawa berührte nur leicht mit dem Zeigefinger den Bogenarm der Studierenden und schon veränderte sich der Klang, wurde voller, weicher; die Studierende spielte sichtbar entspannter und mit einem zufriedenen Gesichtsausdruck. Frau Hasegawa klatschte lautlos Applaus, blickte auf ihre Uhr und brach bei der nächsten Zäsur ab, um alle Aspekte, die bei der weitergehenden Beschäftigung mit dem Stück zu beachten waren, zusammenzufassen. Die Studierende, die im Verlaufe der halben Stunde eine rosige Gesichtsfarbe angenommen hatte, bemühte sich bei der Verabschiedung um unparteiische Zurückhaltung, aber Sibylle fand, sie wirkte wie innerlich erwärmt, sträube sich aber, das zur Kenntnis zu nehmen und positiv zu bewerten.

Der letzte Bratschenkandidat war ein smarter Zweiunddreißigjähriger, der nur unwesentlich älter zu sein schien als die Bratschenstudierende, die jetzt den Eindruck machte, als könne ihr niemand mehr etwas beibringen. Ob Heiner Rennings das Problem ihres festen Streicherarmes erkannte, behielt er für sich. Er arbeitete stur und trocken am Notentext entlang, lächelte selbstgefällig über seine eigenen Worte, die ihn mehr zu faszinieren schienen, als die der Studierenden und garnierte seine Rede mit historischen Zitaten, die niemand aus der Kommission auf ihren Wahrheitsgehalt hin überprüfen konnte. Immerhin hinterließen sie einen nachhaltigen Eindruck von Informiertheit. Zweifel kamen Sibylle, als er, anstatt eine intensive Arbeitsatmosphäre herzustellen und seine Schülerin zu einem ernsthaften Gedankenaustausch anzuregen, wie ein Showmaster ins Publikum blickte und der Kommission erklärte, der Begriff *Pavane* sei von *Pfau* herzuleiten, dementsprechend rege er an, ein *stolzierendes* Tempo zu wählen. Dabei riskierte er einen falschen Vokal zugunsten des Effektes. Vertraute er auf die Ahnungslosigkeit der Kommission, was besonders perfide wäre, oder wusste er es schlichtweg nicht besser? Sibylle schrieb mit harschem Strich *Pfau = Pavone, nicht Pavane!* in ihr Notizbuch, *Pavane kommt von Paduana, was eindeutig auf ihren Entstehungsort Padua hin-*

weist. Pavanen wurden in einem *schreitenden* Tempo getanzt. Sibylle stellte sich beide Begriffe musikalisch umgesetzt vor und musste einräumen, dass es bis auf die falsche Herleitung des Begriffes und den unterschiedlichen Ausdrucksgestus der Bewegung höchstwahrscheinlich auf das absolute Tempo wenig Auswirkung hatte. Mit dieser Erkenntnis wollte sie sich nachher aber zurückhalten.

Noch lächelte Heiner Rennings ein strahlendes Gewinnerlächeln in die begeisterten Gesichter der meisten Anwesenden, die er unverständlicherweise für sich einzunehmen verstanden hatte, nicht ahnend, dass die Rektorin schon an einem schlagkräftigen Kommentar für den Fall feilte, dass sich die Begeisterung der Kommission in der Listenfähigkeit des Kandidaten niederschlagen sollte. Die verbleibende Zeit seiner Unterrichtsdemonstration setzte er weiterhin auf das Konzept eitler Selbstdarstellung und parlierte in unterhaltsamer Weise über seine Erfahrungen, die er mit Hofmeisters Bratschenkonzert bei einer Aufführung im südamerikanischen Regenwald machen durfte. Im Hintergrund hatte die Studierende leise ihr Instrument eingepackt und war erschöpft auf einen Stuhl gesunken, wo sie in Vergessenheit geriet, bis sie sich zu den verschiedenen Unterrichtsstunden vor der Kommission äußern durfte. Zu Sibylles größtem Erstaunen sagte sie, dass sie sich gut vorstellen könne, bei Heiner Rennings für den Rest ihres Studiums Unterricht zu nehmen. Sie begründete das mit seiner frischen Art, die auf sie sehr inspirierend gewirkt habe.

Sibylles fester Vorsatz war, sich in dieser Berufungskommission zurück zu halten. Sie war nicht mehr und nicht weniger als eins von neun Kommissionsmitgliedern, wenngleich eine der fünf Professorenstimmen, die am Ende der Abstimmung über die Platzierung auf der Dreierliste den Ausschlag gaben.

Nachdem alle Zuhörer und auch Heiner Rennings, der sich für die Verabschiedung von jedem Kommissionsmitglied viel Zeit genommen hatte, indem er ausufernd für die kollegiale Freundlichkeit bedankte und es nicht lassen konnte, auch die Rektorin für die außerordentlich gute Atmosphäre in ihrem Haus zu loben – nachdem auch er endlich den Kammermusiksaal verlassen hatte, bildeten die Mitglieder der Berufungskommission aus den Stühlen der ersten Reihe einen Kreis und setzten sich.

Sibylle hatte den auswärtigen Viola-Kollegen aus Hannover, Prof. Rolf Gebauer, rechts neben sich, einen bieder aussehenden Orchestermusiker im akkuraten dunkelblauen Anzug, weißem Hemd, jedoch mit einer auffälligen schwarz-weißen Krawatte, auf der Sibylle bei näherem Hinsehen Notenlinien und Noten erkennen konnte; eine Melodie war nicht identifizierbar. Sie wendete schnell ihren Blick ab, denn Prof. Gebauer sah sie an, als wollte er sie ihr im nächsten Moment vorsingen. Links neben ihr saß die Ninova für das Fach Violoncello, heute weniger freizügig bekleidet als bei ihren nächtlichen Exerzitien und wohl deshalb stark schwitzend. Dunkle Flecken hatten sich unter den Armlöchern ihres Leinentops ausgebreitet und in ihrer Hand hielt sie ein zerknülltes Tuch, mit dem sie sich im Minutentakt über Stirn, Oberlippe und Dekolleté wischte. Susanne Willhardt, die erstaunlich dünne Lehrbeauftragte für Rhythmik und Ensembleleitung, hatte sich neben sie gesetzt und zerrte an ihrem sehr kurzen Baumwollkleid mit schwarz-weißen Blockstreifen, das nur knapp ihre Oberschenkel bedeckte. Sie blickte eingeschüchtert in die Runde. Sie muss sich unsicher fühlen, dachte Sibylle, die wusste, dass Frau Willhardt erstmalig Mitglied einer Berufungskommission war und die Abläufe nicht kannte. Es musste ihr aber klar sein, dass auch von ihr Kommentare zu den Bewerbern erwartet wurden – vielleicht hatte sie ihren Platz strategisch gewählt, denn in welche Richtung die Abfragerunde auch gehen würde, vor ihr käme entweder die viel ältere Ninova oder Dekan Baumgartner dran, der zudem noch den Vorsitz hatte und mit frisch gestutztem, weißen Bärtchen unter wachen, hellblauen Augen bestens vorbereitet wirkte. An die Beurteilungen der Beiden könnte die Willhardt sich möglicherweise dranhängen, sinnierte Sibylle; sie wollte das im Blick behalten. Eine Berufungskommission war nun mal das wichtigste Gremium. Sie fand, wichtiger als der Senat, da es um das künstlerische Kerngeschäft ging, und zwar hautnah. Insofern war auf allerhöchste

Kompetenz zu achten. Allerdings hatte sie da nicht viel Auswahl. Karel Achtelik, Lehrauftrag Cello, ein jüngerer, engagierter Kollege, der ihr sympathisch war, saß heiter plaudernd neben den AStA-Vorsitzenden Karina und David, ebenfalls Streicher, die stellvertretend für die Gruppe der Studierenden in die Kommission hineingewählt worden waren. Die Kommission war vollständig versammelt.

Sibylle hatte schon eingeatmet, daran gewöhnt, jede Sitzung mit einigen Begrüßungssätzen einzuleiten, obwohl das an dieser Stelle die Aufgabe des Vorsitzenden Baumgartner gewesen wäre, da ergriff wie selbstverständlich der Kollege aus Hannover das Wort. Sibylle gelang es unbemerkt wieder auszuatmen. Äußerst engagiert und lautstark gab Prof. Gebauer ein positives Votum für Lazlo Enescu ab und hatte damit die volle Aufmerksamkeit aller Anwesenden. Er unterstrich seine Ausführungen über den bewusst theoretischen, körperfernen Ansatz des Kandidaten durch Armbewegungen, die weit über seinen Kopf in luftiger Höhe Schwünge beschrieben. Die Kommission machte auf Sibylle einen reservierten Eindruck. In den Augen einiger Mitglieder meinte sie Zweifel, gar Skepsis, zu erkennen und keinen Funken Sympathie für die Exaltiertheit des Bratschers aus Hannover, der mehr und mehr Gefallen an seiner Rede zu finden schien und jetzt erst so richtig in Fahrt kam. Als wolle er den Radius seiner Ausführungen erweitern, stand er auf und klappte den Flügel auf, um der Kommission einige Takte des Hofmeister-Konzertes, deren Vermittlung er besonders gelungen fand, in Erinnerung zu bringen. Sibylle versprach sich augenblicklich Chancen für Frau Hasegawa, auch ohne die kämpferische Fürsprache der Gleichstellungsbeauftragten.

Baumgartner dachte offenbar dasselbe, denn er machte Gebrauch von seiner Position als Vorsitzender und schnitt dem Fachkollegen das Wort ab:

»Wir müssen leider die Uhr im Auge behalten, werter Herr Kollege ... «

Sibylle klappte mit Nachdruck ihr Notizbuch zu. Falls es so weiterginge, käme sie mit ihrem Kommentar heute nicht mehr dran.

Aber da hatte sie nicht mit der Korrektheit des Kollegen Baumgartner gerechnet.

»Frau Rubin, gibt es von Ihrer Seite Anmerkungen?«

»Ja, durchaus. Ich fand seine Stunde nicht schlecht, aber auch nicht brillant. Etwas besser als durchschnittlich. Wie seine kurzen Vorspiele übrigens auch, da bin ich anderer Meinung als Herr Gebauer. Auf mich wirkte es so, als würde er ins Unreine spielen – Sie wissen, was ich meine – zu oberflächlich, nicht in die Tiefe gehend, keine beeindruckende musikalische Vorgabe für den Studierenden. Allerdings kenne ich das Hofmeister-Konzert nicht gut genug, mir fehlt der Vergleich ... «

Sie warf einen kurzen Blick auf den Fachvertreter Gebauer, der hochkonzentriert in seine Notizen starrte. Damit war klar, dass er sich dazu nicht äußern wollte oder aber keine erhellenden Kommentare über die Interpretation des Kandidaten Enescu beizusteuern hatte.

Sibylle fuhr fort, um Gelassenheit bemüht und so emotionslos wie möglich.

»Sonst ist bereits alles gesagt, außer vielleicht, dass er im Kolloquium auffällig oft seine drei kleinen Kinder im Zusammenhang mit seiner Präsenzpflicht erwähnt hat. Wollte er damit vielleicht besonders hervorheben, dass von ihm keine ausschweifende Konzerttätigkeit mit wochenlangem Unterrichtsausfall zu befürchten ist? ›Nicht auszudenken, mit drei kleinen Kindern!‹ Zitatende. Ich frage mich, wer sich um die Kleinen kümmert, wenn er hier seinen Hochschuldienst versieht – immerhin einundzwanzig Semesterwochenstunden, die Teilnahme an Prüfungen, Konzerten und Gremien nicht mitgerechnet ... «

»Ja, er wird doch sicher eine Frau haben?!«

Die Frage kam von der Ninova. Während Sibylle diesen Wortbeitrag einen kurzen Augenblick auf die Kommission wirken ließ, machte sie sich eine Notiz: *Diese Frage, wenn nötig, umgekehrt bei Hasegawa stellen.*

Nach zwei Stunden eingehender Beurteilung aller Bewerber, dem Abwägen aller Vor- und Nachteile und dem hitzigen, sich zuweilen bis ins Hochemotionale steigernden Verfechten von Argumenten, befragte Baumgartner der Reihe nach die Kommissionsmitglieder nach ihrer Einschätzung. Die letzten in der Runde waren die Studierenden, die sich in dürren Sätzen den am häufigsten gehörten Kommentaren ihrer Vorredner anschlossen. So wenig prägnant und aussagekräftig diese auch in musikalischer, künstlerischer und pädagogischer Hinsicht sein mochten, so eindeutig hörte Sibylle eine positive Tendenz für den Kandidaten Heiner Rennings heraus, die sich auf eine Zustandsbeschreibung zu verengen schien, die alle Mitglieder mit »frischem Wind« umschrieben. Von Rennings sei zu erwarten, dass er die verkrusteten Streicherklassen aufbrechen und in eine kammermusikalische Avantgarde führen könne. Sibylle fragte sich, was für diesen Eindruck Anlass gegeben haben mochte und was genau unter kammermusikalischer Avantgarde zu verstehen sei.

Nach weiteren zwei Stunden ermüdender Diskussion zeichnete sich trotz der eindringlichen Fürsprache von Sibylle und des vehementen Einsatzes von Frau Mandt nur ein zweiter Listenplatz für die weibliche Kandidatin ab, der sich, so prognostizierte Sibylle düster, durch kein noch so positives Gutachten aus den Reihen internationaler Viola-Koryphäen in einen ersten Listenplatz verwandeln ließe.

Aufgebracht und erschöpft zugleich sank Sibylle gegen halb acht in den Sitz ihres Volvo. Während ihrer Autofahrt nach Frankfurt, wo sie zu einem Festkonzert der dortigen Musikhochschule eingeladen war, hatte sie zunächst desillusioniert und mutlos, was die Erhöhung des Anteils weiblicher Professuren an ihrer Hochschule anging, dann wütend und kämpferisch beschlossen, von ihrem Recht als Rektorin Gebrauch zu machen und gegen alle Abstimmungsergebnisse Frau Hasegawa von ihrem zweiten Listenplatz weg auf die Stelle zu berufen.

Auf der Autobahn hangelte sie nach ihrem Handy und drückte Peers Kurzwahlnummer. Sie war bereit, die Eiszeit zwischen ihnen zu vergessen; es ginge alles so weiter wie bisher, jedenfalls von ihrer Seite. Sie war nicht nachtragend, vor allem aber brauchte sie ihn dringend, um all das loszuwerden, er war die einzig richtige Adresse. Peer meldete sich sofort und zeigte sich über die Bratschen-Vorstellungen informiert, da er die Abstimmungsergebnisse bereits vom Vorsitzenden Baumgartner eingeholt hatte.

»Ich nehme an, das ist nicht dein Favorit«, sagte er.

»Noch ist nicht aller Tage Abend!«, antwortete Sibylle,

»Und damit meine ich, es ist schon öfter eine Frau berufen worden, die nicht auf dem ersten Listenplatz stand. Ich zitiere: ›Bei gleicher Qualität ist den weiblichen Bewerbern der Vorzug zu geben‹ – und du kannst mir glauben, die Qualität der weiblichen Bewerberin war ungleich besser!«

»Wenn es das ist, was ich glaube, das du jetzt vorhast«, sagte Peer bedächtig nach einem kurzen Moment des Nachdenkens, »würde ich dir dringend davon abraten.«

»Lass uns morgen darüber sprechen, ja? Ich habe einen entsetzlichen Tag hinter mir und einen ermüdenden Abend vor mir ... «

Sibylle hörte Peer einatmen, als wollte er noch etwas sagen, aber was es auch gewesen wäre, sie wollte es nicht wissen. Für Kritik war jetzt nicht der richtige Zeitpunkt, schon gar nicht für solche von Peer. Ihre seelische Befindlichkeit ihm gegenüber war noch zu labil.

Um kurz vor acht kam sie in der Frankfurter Hochschule für Musik an und lenkte ihren Wagen auf den für Hochschulbesucher reservierten Parkplatz in der Tiefgarage. Für die Toilette reichte die Zeit nicht mehr, der Blick in den Rückspiegel zeigte ihr ein blasses Gesicht, von ungekämmten, glanzlosen Haaren eingerahmt, keine Augenweide. Politikerinnen, die sie im Fernsehen sah, waren stets gut gekleidet, perfekt geschminkt und immer ausgeschlafen.

7

Eine halbe Stunde später wusste Sibylle, dass es ganz unnötig wäre, gegen alle Einwände die Bratschenstelle weiblich zu besetzen, nur um den Frauenanteil in der Gruppe der Professoren zu erhöhen und damit selbst auf der Beliebtheitsskala des gesamten Kollegiums um mehrere Punkte nach unten zu fallen.

Sie saß neben Rektor Reuther, ihrem Frankfurter Kollegen, dessen mächtige Körperfülle einen Teil ihres Zuhörersessels beanspruchte, so dass sie sich wünschte noch schlanker zu sein, damit sie sich zwischen seinem Anzug und ihrem Leinenblazer wenigstens zwei Zentimeter Abstand vorstellen konnte. Aber schon nach den ersten Tönen der Sonate für Flöte und Klavier von Francis Poulenc hatte Sibylle ihn und ihr Unbehagen restlos vergessen. Die Solistin hieß Mia Wunderlich und absolut alles an ihr war kunstvoll, selbst ihre Lippen, die beim Spielen lächelten, so ganz anders als die Lippen anderer Querflötisten, die zwischen tiefen Kerben rechts und links des Mundes fahl und trocken aussahen, wie abgenutzte Werkzeuge. Die Klänge, die Mias Körper zu entströmen schienen, ließen Sibylle von einer Sekunde auf die andere wie durch den Zauberstab einer guten Fee zu einem glücklicheren Menschen werden. Sie fühlte sich befreit und gefangen genommen zugleich und tauchte aus ihrer tiefen Versunkenheit erst wieder auf, als der letzte Ton verklungen war und sie den besorgten Blick Reuthers auf sich ruhen fühlte, der anscheinend auf die Antwort einer Frage wartete, die sie nicht gehört hatte.

»Sie ist wirklich unglaublich«, sagte Sibylle unverfänglich und war froh, nicht weiter auf Reuther, der sich auf seinem Sessel zurecht ruckelte und sich leutselig zu ihr beugte, eingehen zu müssen, denn ein junger Pianist betrat unter Applaus die Bühne und setzte sich an den Flügel.

So zwingend ihr die Einstellung von Frau Hasegawa gerade noch aus vielen Gründen erschienen war, so vollkommen war sie mit einem Mal verblasst und unbedeutend geworden. Es war Mia Wunderlich, die eine Bereicherung auf der ganzen Ebene wäre.

Eine Musikerin mit Können und Charisma. Zu ihrer größten Verwunderung sah Sibylle sich selbst zusammen mit ihr auf der Bühne, ein unglaubliches Bild, da es voraussetzte, dass sie etwas gemeinsam spielten, nämlich Musik für Querflöte und Harfe, das Repertoire, das sie bis vor wenigen Minuten mit Verachtung gestraft hatte. Eine allzu gefällige, zu gut harmonierende Kombination, zu schön um wahr zu sein, und daher war sie niemals eine Option für eines ihrer Konzertprogramme gewesen. Doch in diesem Moment erschien ihr nichts begehrenswerter als ein gemeinsamer Auftritt mit Mia und dem Doppelkonzert von Mozart. Sie verstieg sich in den Gedanken bis hin zur Wahl des Orchesters, von dem sie begleitet werden würden. Sicher hatte Frau Wunderlich auch diesbezüglich Beziehungen, warum sonst hätte Reuther ihr dieses Forum gegeben? Bestimmt nicht aus Selbstlosigkeit. Natürlich wollte er sich mit ihr schmücken; jede Hochschule profitierte von solchen Ausnahmeerscheinungen, ihre eingeschlossen, und zwar nachhaltig, falls sie Mia Wunderlich für die G.Fr.Schnittspahn erwärmen könnte. Etwas anderes als eine Professur käme kaum in Frage, Mia war künstlerisch nicht nur exzellent, sondern überragend. Die obligatorische Überprüfung ihrer pädagogischen Fähigkeiten durch Probeunterricht könne man sich und ihr ersparen. Sie traute Mia unbesehen auch auf diesem Gebiet höchste Qualifikation zu, auch wenn sie sich bestimmt diesem obligatorischen Teil des Berufungs-Procedere unterziehen wollen würde. Echte Weltklasse hatte nichts zu befürchten. Eine Persönlichkeit wie sie hätte im Handumdrehen eine volle Klasse und wäre in Gremien, Prüfungs- und Berufungskommissionen nach kürzester Zeit ein unverzichtbares Mitglied. Obendrein war sie eine zauberhafte, feengleiche Erscheinung, die auf Flyern und Broschüren der G.Fr.Schnittspahn zum Aushängeschild und Werbeträger werden könnte - ein nicht zu unterschätzender Faktor. Wobei all das voraussetzte, dass es ihr gelänge, sie Reuther auszuspannen, der sie vermutlich auf dem Wege dieses Festkonzertes, in dem die Hochschule üblicherweise mit eigenen Koryphäen glänzte, schon einmal seinem Kollegium präsentieren wollte. Nur eine Vermutung. Vorsichtshalber wäre es klug, den Plan einer möglichen Abwerbung vorerst geheim zu halten und auf seine Umsetzbarkeit hin abzuklopfen. Wenn es einträfe, was hinter vorgehaltener Hand auf Fluren geflüstert wurde, würde Prof. Hammersson bereits vorzeitig nächstes Jahr in den Ruhestand gehen wollen und sie könnte mit der freiwerdenden Stelle jonglieren. Sollte, müsste sie Peer einweihen? Nicht in diese ihr selbst auf einmal kühn erscheinenden Pläne, noch nicht, aber über die emotionale, die künstlerische Seite ließe sich bereits jetzt ein vorbereitender Zugang zu diesem Thema legen.

Es war spät, als sie nach Hause kam, viel zu spät für ein Dienstgespräch. Sibylle wollte sich Lorenz' prüfenden Blick ersparen und ging durch die Garage direkt in ihr Arbeitszimmer, um Peer auf seinem Mobiltelefon anzurufen. Wie immer peinigte sie der Gedanke, nicht zu wissen, wo sie ihn aufstörte und wie immer begann ihr Anruf mit einer Entschuldigung für ihr mutmaßliches Eindringen in seine Privatsphäre, von der sie hoffte, es gäbe sie nicht. Peer hörte ihr so aufmerksam zu, als hätte er ihren Anruf erwartet. Sie verschwieg ihm, wie sehr es sie enttäuscht hatte, den Abend nicht mit ihm gemeinsam erlebt zu haben, besonders den Augenblick, als Poulencs Sonate durch die Seele und das Instrument der Musikerin Mia Wunderlich floss. Worte konnten nicht ausdrücken, was sie empfunden hatte, als das leichte, so elegant und transparent geblasene erste Motiv im Raum schwebte. Sie wollte auf keinen Fall so floskelhaft klingen wie sämtliche Musikkritiker, deren Kommentare sie tagtäglich las und die sie niemals zutreffend fand.

»Mia Wunderlich, mein Lieber, den Namen vergisst man per se nicht und schon gar nicht, wenn man sie gehört hat. Sie ist phänomenal – ich hätte es wirklich bereut, nicht hingefahren zu sein. Aber ich will dir so spät nichts vorschwärmen ... Du musst sie dir unbedingt bei nächster Gelegenheit anhören.«

Von Peer kam ein zustimmender Laut, vielleicht eine Aufforderung, das Telefonat doch zu einer Art Abendplausch auszudehnen.

»Ich habe die Idee, ihr bei uns ein Forum zu geben, vielleicht in der Reihe der Dozentenkonzerte, unter dem Titel *Auswärtige Gäste stellen sich vor*, oder etwas Ähnlichem, was hältst du davon?«

»Na ja ... «, meinte Peer gedehnt.

Vielleicht war es doch zu spät, besonders für Halbdienstliches, und er hatte schon mehrere Gläser Wein getrunken. Möglicherweise war er auch gar nicht zuhause, sondern saß an irgendeinem Tresen, aber routiniert wie er war, ließ er sich nichts anmerken. Plötzlich war sie müde.

» ... bedenke, wie du das der Veranstaltungskommission vermitteln willst«, fuhr Peer fort, »schließlich gibt es das Fach Querflöte überhaupt nicht bei uns, und du hast jeden Versuch, es einzuführen, abgeschmettert – übrigens, nimm es mir nicht übel – aus dem nicht nachvollziehbaren Grund, weil du selbst kein Faible dafür hast – unter uns gesagt ... «

Es war eindeutig zu spät für dieses Gespräch. Sibylle bereute ihren Anruf, sie spürte Widerstand, mit dem sie nicht gerechnet hatte und etwas sirrte in ihren Ohren, das sie unbedingt korrigieren musste, nicht nur Peer gegenüber, sondern grundsätzlich. Es traf nicht länger zu, dass sie kein Faible für dieses Instrument hatte, nicht, seit sie Mia damit gehört hatte. Aber sie schwieg und verzichtete darauf, ihn an die offizielle Begründung zu erinnern, nämlich, dass die Querflöte schon vor ihrer Zeit hier nicht zum Fächerkanon gehörte; sie hatte die Tradition lediglich fortgeführt. Anfragen wurden automatisch mit der Begründung abgeschmettert, der Schwerpunkt der G.Fr.Schnittspahn Musikhochschule läge im hervorragenden pianistischen Bereich; man empfehle für das Fach Querflöte die Hochschulen in Mainz, Karlsruhe und Stuttgart zu kontaktieren. Der wahre Grund, nämlich, dass die G.Fr.Schnittspahn zu klein war für ein umfassenderes Fächerangebot, nicht nur räumlich, auch von der personellen Ausstattung her, wurde natürlich nicht nach außen getragen, »kommuniziert«, wie Frau Meyer von der Öffentlichkeitsarbeit sagte. Sibylle würde sich also etwas einfallen lassen müssen.

»Schlechter Zeitpunkt, mein Lieber, ich merke es gerade. Du bist verständlicherweise so spät nicht für meine spontanen Ideen zu begeistern. Wir vertagen das, ja? Und entschuldige nochmal die nächtliche Störung.«

Sibylle wartete Peers Protest nicht ab und drückte das rote Hörersymbol. Sie blieb ein paar Minuten lang vor ihrem kleinen Schreibtisch sitzen und starrte über die blanke Holzplatte hinweg durch das Souterrainfenster hinaus in das düstere Gewirr von Zweigen und Blättern. Im schwachen Schein der Außenleuchte, die sie immer brennen ließen, bis sie ins Bett gingen, bemerkte sie kleine stachelige Dornen im Gestrüpp, anstelle von Blüten.

8

Peer Siblewski ließ sein Mobiltelefon in seine Hosentasche gleiten.

»Sorry, dienstlich.«

Das *Du* war noch zu neu, aber er würde sich schnell daran gewöhnen, das wusste er, als er ihr Lächeln sah. Vorläufig vermied er die direkte Anrede. Gewöhnlich war er, was das anging, zurückhaltender, »ritardiert«, hatte Sibylle mal treffend diagnostiziert.

Mia Wunderlich drehte mit zwei Fingern den Stiel ihres Rotweinglases und stellte es schließlich auf dem Tresen ab, als wolle sie den Abend beenden, der für ihn gerade erst begann. Es war noch keine Stunde her, dass sie den letzten Ton gespielt hatte.

»Ich fürchte, ich muss gleich schnellstens nach Hause, ein Glas ist fast schon zu viel für mich ... «

Mia Wunderlich hatte sich nur auf ein einziges Glas Wein eingelassen, sie wirkte erschöpft, jetzt, wo die Anspannung nachließ und ihr Adrenalinspiegel sank.

Peer bedauerte ihren Aufbruch, wusste aber gleichzeitig, dass der Zeitpunkt für ein erstes Treffen, das zudem für Mia wie ein Zufall aussehen musste – er hatte es sorgfältig so arrangiert – angemessen war.

Im Konzertsaal hatte ihn glücklicherweise niemand gesehen. Sibylle und der Frankfurter Rektor saßen bereits in der ersten Reihe, als er in letzter Sekunde hereingeschlüpft war und sich auf einen der Stühle gesetzt hatte, die für Sanitäter und Saaldiener vorgesehen waren, direkt neben einer der Eingangstüren mit schnellem Fluchtweg. Bedauerlich, dass er so auch für Mia unsichtbar blieb; im Überschwang hätte er ihr fast seine Anwesenheit angekündigt, pennälerhaft, als wäre er nicht älter als sechzehn, obwohl er sich nicht daran erinnern konnte, in diesem Alter ein einziges Mädchen angesprochen zu haben.

Für seine Verhältnisse benahm er sich draufgängerisch; letzte Woche Stuttgart, am Wochenende Berlin, heute Frankfurt. Es war nicht zu leugnen, dass er ihr nachgereist war wie ein Groupie, seitdem er sie in Stuttgart, am ersten Abend der Rektorenkonferenz in der Hochschule kennengelernt hatte, wo ihm auf der Suche nach einem Kaffeeautomaten lange, tiefe Querflötentöne aus einem der Übezimmer entgegen geweht waren. Er hatte wie von einer unsichtbaren Hand gelenkt seinen frisch rasierten Kopf durch die offene Tür gesteckt, was er niemals zuvor getan hatte. Ihm mit dem Rücken zugewandt stand eine junge, zierliche Frau mit blinkender Flöte, die sich im Fenster spiegelte.

Sie spiele sich für einen Auftritt im *Neuen Schloss* ein, man hätte ihr freundlicherweise hier einen Raum zur Verfügung gestellt, erklärte sie entschuldigend – vermutlich hielt sie ihn für den Hausmeister – eine Medaillenverleihung an einen Ehrenbürger der Stadt, die sie musikalisch umrahme. Veranstaltungen dieser Art und Größenordnung hätte Peer nur gezwungenermaßen als Amtsvertreter besucht. In diesem Fall aber wollte er sofort als Hauptperson in der ersten Reihe sitzen.

Er hatte eine Nachricht für Sibylle hinterlassen *Bis morgen Vormittag – komme direkt zur Konferenz,* und war dann zur Medaillenverleihung ins Schloss rüber gelaufen, gewissenlos, wie er sich plötzlich vorkam und von einer unvernünftigen Stimme in seinem Kopf verführt, die ihm Zukunftsmusik versprach, wie er sie noch nie gehört hatte.

Mia Wunderlich hatte die Solosonate von C.Ph.E.Bach gespielt, mit Pausen zwischen den einzelnen Sätzen für die verschiedenen Reden, was ihm Gelegenheit gab, ihren Mund ohne die instrumentenbedingte Verdeckung genauestens zu betrachten. Einen kurzen Moment hatte er sich gefragt, wie es dazu kam, dass sie von Krysztof Potocnik begleitet wurde, seinem intriganten Kollegen und nun auch noch Mitwisser von einem Tatbestand, den es noch nicht gab. Beim Empfang anschließend war er so beherzt wie nie auf Mia zugegangen, hatte ihr ein Glas Prosecco in die Hand gedrückt und gehofft, sie mit seinem kühnen Vorstoß zu beeindrucken, aber es schien genau das gewesen zu sein, was sie erwartet hatte.

Die nächsten Tage verbrachte er in zwei Parallelwelten, die der Konferenz mit Sibylle, die ein grämliches Verhalten ihm gegenüber an den Tag legte, als ahne sie etwas, obwohl sie unmöglich mitbekommen haben konnte, dass auch er im Unger übernachtet hatte, und die seiner wahnhaften Zukunftsplanungen, die nach einem Blick auf Mias Website in seinem Gehirn Gestalt annahmen und es schließlich besetzt hielten wie eine bunte, anarchische Horde ein altes, bereits abgeschriebenes Haus. Unter *Termine* hatte er gelesen, dass sie am Wochenende in Berlin, beim Alte-Musik-Symposion spielte, Thema *Fridericus Musicus – Hofmusik in Preußen.*

Es konnte kein Zufall sein, dass er mit seinem Spezialgebiet, die Gebrüder Graun, hundertprozentig in dieses Thema hineinpasste und ganz sicher war es ein Fingerzeig Gottes, hierzu mit einem Vortrag eingeladen zu werden, denn ein Referent erkrankte kurzfristig und er wurde gebeten, einzuspringen.

Mia warf sich ein kurzes schwarzes Jäckchen über die Schultern. Peer, der in den Genuss ihrer rückwärtigen Ansicht kam, sah Sibylles Beschreibung in allen Punkten bestätigt. Körperlich eine Elfe, im Herzen ein Kobold war seine Vermutung, und dazu passte auch ihre ungewöhnlich helle Stimme. Sie trug ihre ebenfalls hellen Haare burschikos kurz wie eine Schelmenkappe, und er dachte, dass er sich seine wieder wachsen lassen würde, um den Altersunterschied durch die Radikalrasur nicht noch zu betonen. Sein altes, weicheres Aussehen brächte ihm eine Verjüngung von gut zehn Jahren ein, eine Annäherung an Mias geschätzte dreißig.

»Also, dann ... «, sagte Mia »jetzt muss ich aber wirklich los ... «

Sie streckte ihm ihre zarte Hand hin, ringlos, wie er erleichtert feststellte, was allerdings kein zuverlässiger Hinweis war, da Musiker aus Gründen der Beweglichkeit häufig auf Schmuck verzichteten, wie er wusste. Aber was wusste er schon sonst noch? Es kam ihm vor, als betrete er Neuland. Als hätte er sich bis zu diesem Augenblick nie für Musik interessiert.

Ihm war, als hielte Mia ihm eulenspiegelgleich die Sinnlosigkeit seiner Verwaltungsaufgaben vor Augen, als risse sie ihn heraus aus seinen papiertrockenen Forschungsarbeiten mit Internetexzessen als einzigen Höhepunkten. Seine Bühne war der Hörsaal, seine Erfolge die spontanen Lacher seiner müden Seminaristen nach gekonnt platzierten Anekdoten, mit denen er vor allem sich selbst wiederzubeleben versuchte. Leben, das wusste er jetzt, war woanders, an der Seite von Mia Wunderlich und ihren betörenden Tönen, deren Wirkung auf den Hörer er erforschen wollte, als nächstes Projekt zusätzlich zu Mia selbst. Jeden Winkel ihres Repertoires wollte er ausleuchten, jede Note kennen, die sie spielte, er wollte sie bis aufs Zwerchfell ausforschen, um zu wissen, wie es zu solchen Tönen bei ihr kommen konnte. Dieser Künstlerin Raum zur Entfaltung zu verschaffen, dazu war er auserkoren. Mit ihm an ihrer Seite könnte sie ohne Not Engagements ablehnen, die ihre Karriere nicht voran brächten, andererseits solche mit wochenlangen Reisen annehmen, was bei einer festen Stelle mit Studierenden, die ihre Anwesenheit einforderten, unmöglich wäre. Er würde dafür sorgen, dass sie es nicht nötig hätte, ihren Lebensunterhalt mit einer Lehrtätigkeit verdienen zu müssen. Plötzlich dachte er praktisch und ökonomisch wie nie zuvor in seinem Leben.

»Und nochmal«, sagte er, »ich fand es wunderbar – ehrlich gesagt, könnte ich gar nicht sagen, was genau mich am Poulenc so fasziniert hat – mit Sicherheit deine Interpretation ... «

Mia lächelte ein koboldhaftes Lächeln mit tiefen Grübchen links und rechts und erwähnte den Pianisten, der an dieser Aufführung auch großen Anteil gehabt hätte. Peer spürte einen Schatten auf seine Begeisterung fallen. Sie griff nach ihrer Tasche mit Flöte, Noten und Konzertutensilien – er hatte sie ihr bis zu dieser Bar getragen – und wehrte seine Absicht ab, sie auch jetzt wieder an sich reißen zu wollen. Er hatte gehofft, damit noch den gemeinsamen Weg zu ihrem Auto rauszuschlagen, das in der Tiefgarage der Hochschule parkte.

Lorenz, bei einem Whisky im Henry sitzend, schaute auf die alte englische Wanduhr, ihre erste gemeinsame Anschaffung, die mehr Geld gekostet hatte, als es ihr gemeinsames Budget damals eigentlich zuließ. Sie hatten sie auf einem Antikmarkt gesehen; so teuer wie sie war, war sie vermutlich wirklich von ungefähr 1920. Sie tickte altertümlich laut und Sibylle fühlte sich in letzter Zeit häufig durch sie gestört, besonders, wenn sie Musik hörte, deren Metrum schneller oder langsamer war als das Ticken der Uhr, und das war fast immer der Fall. Lorenz musste sich verrenken, um aus seinem Sessel zu sehen, dass es Viertel nach elf war.

»Das muss ja ein sensationelles Konzert gewesen sein, das fast drei Stunden dauert ... «

»Wenn du mitgegangen wärest, wüsstest du es – im Übrigen habe ich noch mit Peer drüber gesprochen ... «

Ich kann ja sonst mit niemandem drüber reden – ließ sie ungesagt.

Sibylle streifte die Pumps ab und warf ihren Blazer über einen Stuhl, bevor sie sich am englischen Teewagen ein Glas Rotwein einschenkte und sich auf die Sofalehne setzte wie für einen kurzen Zwischenstopp. Außer einer großen Müdigkeit breitete sich Resignation in ihr aus. Wie sollte sie *ihm* eine Musik beschreiben, wenn es ihr schon bei Peer nicht gelang? Die letzten Anläufe, Lorenz ein klassisches oder romantisches Repertoire schmackhaft zu machen, lagen Jahrzehnte zurück. Damals hatte er noch Konzerte mit ihr besucht, vor allem die, in denen sie selbst spielte. Aber das Hochgefühl nach der Anstrengung des Spielens, die Analyse eines jeden Tones und seine Wirkung auf den Zuhörer, hatte sie noch nie mit ihm teilen können. Stattdessen Schweigen. Kaum hatte Lorenz den Konzertsaal verlassen, war auch schon die Musik in ihm verklungen. Außer gemurmelter Zustimmung war ihm nichts mehr zu entlocken gewesen.

Sie hatte es noch einige Male versucht, wollte geduldig und verständnisvoll sein, nahm in Kauf, dass sie sich wie ein Kind fühlte, das um Anerkennung bettelte, aber es entspann sich einfach kein Gespräch. Kein Wort ergab das andere. Schließlich hatte sie es dabei bewenden lassen.

Lorenz zündete eine Kerze an und Präses ließ seinen Kopf mit einem Aufseufzen auf seine Pfoten fallen. Mit einem Auge beobachtete er Sibylle, die unruhig mit einem Bein wippte und unwillig erkannte, dass der gemütliche Teil des Abends erst noch kommen würde. Halb zwölf war noch nicht ihre Schlafenszeit und Lorenz war in Plauderstimmung, wirkte aufgeräumt, wie früher oft an Freitagabenden mit der Aussicht auf ein freies Wochenende und Kurzausflüge, manchmal ins Ausland. Seit sie Rektorin war, waren diese Städtetouren Sibylles berufsbedingter Erreichbarkeit zum Opfer gefallen, obwohl Lorenz zwei Semester lang beharrlich versucht hatte, ihr den in seinen Augen übertriebenen Bereitschaftsdienst auszureden. Er scheiterte schließlich an ihrem Argument, dass er sich nicht annähernd den Betrieb in einer Kunsthochschule vorstellen könne. Dem konnte er nicht widersprechen. Ihn traf der Verzicht auf die Kurztrips mehr als sie, die als Rektorin hin und wieder reisen musste, einmal sogar bis Indien, wo sie als Mitglied einer Rektorendelegation den Standort Jaipur für eine mögliche Dependance der deutschen Musikhochschulen begutachten musste.

Nach London, Paris und Madrid war zuletzt Lissabon für ein verlängertes Wochenende im Gespräch gewesen. Das war vor gut zwei Jahren. Sibylle hatte ersatzweise einen aufwändigen Bildband mit farbenprächtigen Fotos aller Lissaboner *Azulejos* besorgt, nur um sich von Lorenz sagen lassen zu müssen, dass er nicht an Kacheln, sondern an einem gemeinsamen Drink mit ihr in der Abendsonne am Tejo interessiert gewesen sei.

Jetzt kam es ihr so vor, als habe er alle Reisepläne für immer begraben und begnüge sich mit dem wenigen, was ihm noch realisierbar erschien, denn er berichtete angeregt von seinem Abendspaziergang im Park und vom Zusammentreffen mit der Schriftstellerin aus der Nachbarschaft. Auf Sibylles Nachfrage verblüffte er sie mit Detailwissen über deren Leben; schließlich sei sie Darmstädter Prominenz und trotz ihres Alters von einer gewissen überregionalen Popularität. Ihre 79 Jahre sähe man ihr nicht an, obwohl sie am Arm ihres weißhaarigen Gatten heute ein wenig unsicherer ging als noch vor ein paar Wochen. Sibylle erinnerte sich an die schmale Person, die sie einmal von weitem gesehen hatte, an ihre aufgebauschten, vom Kopf abstehenden schwarzen Haare und ihren raschen Gang. Sie verband nichts mit ihr, auch nichts Literarisches, keinen einzigen Titel, wohl, weil sie nichts von ihr gelesen hatte.

»Kürzere Texte stehen schon mal im *Echo*«, hatte Lorenz angemerkt, als hätte sie die Muße, morgens bei ihrem Stehkaffee Schöngeistiges zu konsumieren. Ihm gefiel sie, das merkte Sibylle, und sie stellte sich ihren Mann vor, der gezielt seine Hunderunden durch den Park nach den Spazierzeiten der »Poetin«, wie Lorenz sie hochtrabend nannte, ausrichtete. Freitags war er schon am frühen Mittag zu Hause. Aber wochentags? Montags?

»Was hältst du von einem Gängelchen am Wochenende? Beste Rosenzeit, die sollten wir nicht verpassen.«, sagte Lorenz mit dem aufmunternden Tonfall, mit dem er sonst Präses zum Gassigehen aufforderte. Sibylle spülte den Gedanken mit einem großen Schluck Rotwein herunter. Er blickte sie an, unübersehbar freundlich. Ihr fiel auf, dass sie schon lange nicht mehr in seine bemerkenswert blauen Augen geschaut hatte. Einfach so, wortlos und länger als eine Sekunde. Plötzlich wollte sie seine Freundlichkeit unbedingt belohnen.

»Okay!«, sagte sie, »Abgemacht.«

9

Es waren Lorenz' Augen, die Sibylle in ihren Bann gezogen hatten. Nie zuvor hatte sie so ein leuchtendes Blau gesehen.

Er hatte in der ersten Reihe des Werk-Festsaals im Kerzenlicht einer riesigen Tanne gesessen, die für die Betriebsweihnachtsfeier aufgestellt worden war. Sibylle war auf der Bühne immerhin so gut ausgeleuchtet gewesen, dass sie gerade noch ihre Noten lesen und vom Publikum betrachtet werden konnte. Sie spürte seinen Blick, aber zweifelte für die Dauer von *The first Noel* daran, dass er tatsächlich sie unverwandt ansah. Das konnte doch nur Felizitas gelten; anders wäre es ihr selbst auch nicht ergangen, hätte sie im Publikum gesessen, dachte Sibylle vollkommen neidlos. Felizitas in weinrotem Samt mit engelhaft gelöster Lockenpracht, wie Botticellis menschgewordene *Verkündigung,* war an Lieblichkeit kaum zu übertreffen. Sie, Sibylle, groß, schmal und dunkel, war der Gegenentwurf und sie hoffte, der Hochgewachsene mit den blonden Haaren, der sie vage an einen ritterlichen Helden einer Fernsehserie erinnerte, zöge das Herbe dem Süßen vor. Zwischen *Avec les séraphins du ciel* und Händels *Er weidet seine Herde* hatte sie ihren Blick über sein Gesicht gleiten lassen und war für Sekunden seinen Augen begegnet, die ihre ganze Strahlkraft in ihre Richtung sandten. Sein Lächeln ließ sie augenblicklich alle Bedenken vergessen, die sie wegen des wilden Potpourris von Weihnachtsmusikbearbeitungen, das sie hier spielten, gequält hatten.

Obwohl sie nach der Feier wegen der langen Autofahrt zurück nach Hamburg die Einladung zum anschließenden Weihnachtsessen abgelehnt hatte, ließ sie sich jetzt Zeit und trieb Felizitas, die charmant mit einigen Opelanern plauderte und Komplimente entgegennahm, nicht wie gewöhnlich zur Eile an. Sie hatte sich gemächlich umgezogen und ihre Harfe verpackt und sie ertappte sich dabei, dass sie bewusst trödelte, als sie zum Parkplatz ging, um den Volvo zu holen. Als sie vor dem Hinterausgang des Backsteinhauses hielt und ausstieg, um die Harfe zu verladen, sah sie Ivanhoe auf sich zukommen. Ohne Rüstung und Pferd, aber mit dem

Gang eines Siegers und Sibylle hatte überraschenderweise und ganz untypisch für sie keinen Moment daran gezweifelt, dass Lorenz Blumenthal, Ingenieur für Sitztechnik bei Opel in Rüsselsheim, ein Mann mit dem Aussehen eines angelsächsischen Ritters und einer Freundlichkeit, die sie wie ein warmer Sonnenstrahl einhüllte, vom lieben Gott selbst für sie ausgesucht worden war, und ohne ihn zu kennen, fühlte sie, dass sie die Einzige war, die für ihn in Betracht kam. Deshalb war sie nicht verwundert gewesen, dass er Felizitas, als sie im Türrahmen erschienen war, wie die Callas in einen bodenlangen schwarzen Teddymantel gehüllt, dessen breiter Kragen am Hals zurückgeschlagen war und ihr üppiges, cremeweißes Dekolleté aufleuchten ließ, kaum angesehen hatte, was Felizitas basaltgraue Augen um zwei, drei Grad kälter werden ließ und ihre Lippen zu einem burgunderroten O formte.

Sibylle hatte schattenhaft den Gedanken, dass offensichtlich auch ein mageres Dekolleté, schmale Augen und eine dunkle Kurzhaarfrisur anziehend wirken können. Und warum sie das nicht schon früher gewusst hatte.

Dass er sie angesprochen hatte, sei ein ganz und gar einmaliger Vorgang, hatte er ihr sofort gesagt und auch, dass ihm die Übung fehle. Daran hatte sie auch Jahre später noch große Zweifel und sie konnte auch lange nicht glauben, dass er aus ärmlichen Verhältnissen kam. Bis auf wenige einsilbige Informationen über seine Kindheit vermied Lorenz das Thema und geriet bei Nachfragen in eine düstere Stimmung, die Sibylle zurückschrecken ließ. Ihr Haus in Darmstadt hatte er jedenfalls, als sie drei Jahre später heirateten, bar bezahlt; samt Grundstück in allerbester Lage. Da war er gerade 28 und, vollkommen überraschend selbst für ihn, Erbe eines Vermögens, dass sich seine Mutter vom Munde abgespart haben musste. Späte Reue für ihre ständige Abwesenheit, seine triste Jugend in Internaten, für nie erlebte Familienfeste, Kindergeburtstage und gemeinsame Ferien, sagte Lorenz und das war lange Zeit das Einzige, was sie aus ihm herausbringen konnte. Erst nach und nach setzten sich die Bruchstücke zu einem Bild der Einsamkeit zusammen, die ihre selbsterlebte weit in den Schatten stellte. Annemarie. Das war alles, was Sibylle über Lorenz' Mutter wusste. Es gab nicht einmal ein Foto von ihr. Und auch keins von Lorenz.

Als sie am Morgen ihrer Hochzeit, bevor sie sich auf den Weg ins Standesamt machten, zufällig bemerkte, wie er verstohlen einen Zettel in ihre kleine Handtasche steckte, dachte sie erfreut, es könne ein Hochzeitsgeschenk sein, ein Gutschein für etwas Besonderes, eine Reise vielleicht.

In einem unbeobachteten Augenblick hatte sie ihn hastig entfaltet und die vier Zeilen gelesen, die er darauf geschrieben hatte.

Liebst du mich?
Ja.
Das musst du auch.
Das weiß ich.

Ein Liebesbrief? Ein Gedicht?

Sie spürte, es war viel mehr als das. Es war das einzige Mal, dass er sie tief in sein Herz schauen ließ. Aber wie sie diesen Dialog auch las, mit seiner oder ihrer Stimme, er legte sich wie ein Stein auf ihre Seele und sie hatte Angst, dass sie seinem Inhalt niemals gerecht werden könnte.

Den Zettel trug sie immer bei sich. Er steckte, brüchig vom hundertfachen Anfassen, im hintersten Fach ihrer Brieftasche, neben dem Generalschlüssel der Hochschule.

10

Am nächsten Samstag blieb Sibylle bis 8.00 Uhr im Bett.

In der vergangenen Woche hatte es bis auf mehrere mehrstündige Planungssitzungen im Kulturamt wegen eines Franz Liszt-Musikfestes anlässlich seines 200. Geburtstages keine weiteren Termine gegeben. Seit ihrem nächtlichen Telefonat mit Peer nach dem Festkonzert in Frankfurt meldete er sich wie gewohnt morgens telefonisch im Büro und sie besprachen das Nötigste. Gemeinsame Sitzungen gab es keine, aber einmal sah sie ihn flüchtig auf dem Flur, als sie zur Toilette ging. Er hatte mit Wolff und Krüger zusammengestanden und ihr war aufgefallen, dass das Gespräch zwischen ihnen abrupt abbrach und außer einem kurzen »Guten Tag« und »Hallo« in ihre Richtung Stille herrschte, bis sie an ihnen vorüber war. Danach war sie zwar im Abtragen des Aktenberges auf ihrem Schreibtisch ein gutes Stück vorangekommen, aber auch das hatte eine unterschwellige Beunruhigung und die Sorge, dass sie möglicherweise gar nicht ahnte, was sich alles an Unerledigtem hinter ihr auftürmte, nicht vertreiben können.

Der Gedanke an das hochschullose Wochenende hatte ihr schon am Freitagabend, als sie Lorenz in merkwürdiger Stimmung beim Zappen durch das Vorabendprogramm vorgefunden hatte, den bitteren Geschmack in den Mund getrieben. Vom späten Aufstehen versprach sie sich eine Verkürzung des langen Tages, an dem sie sich trotz der freien Zeit nicht würde überwinden können, die Decke von der *Schönen Laura* zu ziehen, um ein bisschen zu spielen. An Üben war gar nicht zu denken. Das hieße ja, einen Prozess in Gang zu setzen, der kontinuierlich weiterverfolgt werden müsste. Aber wofür? Mit welchem Ziel? Es gab weder Konzerte noch einen Schüler, für den sie sich zumindest technisch fit halten müsste. Die Grübeleien über den Grund ihrer Passivität, die sie schon beim Betreten ihres Arbeitszimmers befielen, hatten sie nachts um den Schlaf gebracht. Sie war erst gegen vier eingeschlafen, aber schon um sechs weckte sie das Gezwitscher der Vögel und sie spürte den glühenden Ring, der ihren Brustkorb umfangen hielt.

»Einmal durch den Park vor der Pasta?«, fragte Lorenz am späten Vormittag und griff auch schon nach der Leine, die auf dem kleinen Korbstuhl in der Diele lag. Bevor Sibylle den zerstörerischen Einwand, dass seine Antidepressionsstrategie nur allzu offensichtlich wäre, aussprechen konnte, stand Präses auch schon neben ihm. Beide schauten sie an – Lorenz, anscheinend in bester Wochenendlaune und Präses mit einem pessimistischen Ausdruck im Blick. Er hielt nichts von ihr, das war unübersehbar. Sie beschloss mitzugehen, aber nur, um den Hund eines Besseren zu belehren.

Tatsächlich hob sich ihre Stimmung, als sie das *Löwentor* passiert hatten. Sie schlenderte gedankenlos neben Lorenz dahin, da zog Präses plötzlich an der Leine und strebte einem Paar entgegen, das zwischen Beeten mit gelben und weißen Spalierrosen auf sie zu kam.

Ohne Sibylle vorzuwarnen ging Lorenz mit in überschwänglicher Geste erhobenen Händen auf die Frau zu, eine zierliche, schwarzhaarige Person. Die Poetin. Lorenz ergriff deren Rechte und führte sie in der Andeutung eines Handkusses in die Nähe seiner Lippen. Das Gesicht der Schriftstellerin, die gerade noch am Arm ihres Gatten einen unsicheren und schwachen Eindruck auf Sibylle gemacht hatte, bekam umgehend einen koketten Ausdruck. Aber der Blick, mit dem sie Sibylle betrachtete, war wach und aufmerksam und ihre hellbraunen Augen waren flink wie die einer Äffin.

»Wie nett, endlich auch Sie kennenzulernen!«, sagte sie und Sibylle war von ihrer erstaunlich tiefen Stimme eingenommen, die sie in diesem schmalen Körper nicht vermutet hätte.

»Sie sind eine vielbeschäftigte Person, wie ich hörte ... « Sibylle lächelte und gab ihr statt einer Antwort die Hand. Raphaela Wolkens Händedruck war unerwartet kräftig, der ihres Mannes weich und widerstandslos, wie Sibylle feststellte, nachdem Lorenz sie bekannt gemacht hatte. René Wolkens weiße, etwas zu lange fransige Haare, die seinen kahlen Hinterkopf umrahmten, hätten ihm ein clowneskes Aussehen verliehen, wären seine Gesichtszüge nicht die eines Intellektuellen, ernst, mit einer Idee Verschmitztheit um die Augen, aber auch einem skeptischen Blick. Er machte nicht den Eindruck, als sei er über die Begegnung erfreut und zupfte ungeduldig am Jackenärmel seiner Frau, als wolle er sie zum Weitergehen auffordern.

»Seltsam, dass Sie uns nicht kennen, meine Frau ist ja schließlich keine Unbekannte ... «, sagte er unverblümt kritisch zu Sibylle, dabei blickte er sie herausfordernd an und sein höfliches Lächeln erstarrte sekundenlang zu einer Maske. Sibylle überhörte die zweite Satzhälfte und bemühte sich um einen heiteren Tonfall, schon, um auf Raphaela Wolken einen schlagfertigen Eindruck zu machen.

»Wir scheinen unterschiedliche Parkzeiten zu haben – ich schaffe die Hunderunde nur am Wochenende, der Hund wird auch unter der Woche ausgeführt ... Sie haben sich ja schon häufiger getroffen, wie mein Mann mir erzählte.«

Obwohl René Wolken ihre Antwort mit einem kleinen Lacher quittierte, hielt Sibylle ihn vom ersten Augenblick an für eine schwer einzunehmende Festung und hätte sich mit ihm kein leicht dahinplätscherndes Tischgespräch vorstellen können. Trotzdem hatte sie sich beim Verabschieden weniger angespannt und nervös gefühlt wie sonst bei unverbindlichem Geplauder und hatte eine gewisse Zuversicht geschöpft, was mögliche geplante oder ungeplante Zusammentreffen mit den prominenten Nachbarn anging, so dass sie den Heimweg in halbwegs gelöster Stimmung in Erinnerung hatte.

Nachmittags kam aus dem Wohnzimmer leise Musik. Sibylle lugte durch den Spalt der nur angelehnten Wohnzimmertür und blickte geradewegs in Präses Augen, der sie wie immer gehört hatte, wenn sie sich anschlich. Sein Kopf lag auf Lorenz' Knie. Der Hund rührte sich nicht und ließ mit keinem Wimpernschlag erkennen, dass er sie sah. Lorenz lauschte mit geschlossenen Augen, schwenkte nur hin und wieder mit einer langsamen Bewegung seiner Hand ein bauchiges Glas, in dem goldbraune Schlieren träge abwärts rannen. Sibylle ertappte sich, wie sie die Luft anhielt, als sei sie Zeugin einer unzüchtigen Handlung geworden. Hörte er Radio? Das kam fast nie vor, trotz der Anlage in Hifi-Spitzenqualität. Aber die war doch wohl eher für ihre Ansprüche angeschafft worden. Sollte er sich eine CD aufgelegt haben? Unwahrscheinlich, dafür müsste er minutenlang vor dem CD-Regal gestanden haben – zwei Meter mal zwei Meter – dicht bestückt mit klassischer Musik – und was sollte er da gesucht und schließlich gefunden haben? Jedenfalls keine Jazz-CD, die er üblicherweise auflegte, wenn Gäste eingeladen waren.

Sibylle erkannte den langsamen Satz der Poulenc-Sonate; die Cantilena erklang zart und verhalten hinter der Tür; magisch angezogen von der Musik ging sie hinein und setzte sich in den kleinen, gepolsterten Cocktailsessel, ihren Sessel, der seinem schweren Henry gegenüber stand – eine radikale Anordnung, die Gesprächsbereitschaft jeweils erzwang oder signalisierte. Wann hatte sie zuletzt hier gesessen? Sie streifte ihre Schuhe ab und zog die Beine hoch. Jetzt wäre es möglich, nach Rüsselsheim zu fragen.

Lorenz zielte mit der Fernbedienung auf die Musikanlage und stoppte die Poulenc-Sonate. Die Musik brach mitten im Takt ab, Sibylle sah das langsame Erlöschen des iPod-Displays und schluckte die Bemerkung herunter, dass es sich bei der Sonate um ein dreisätziges Werk handelte und auch der dritte Satz anhörenswert wäre. Warum nur unterstellte sie ihm, heilfroh für diese Unterbrechung zu sein? Es wäre doch nicht Lorenz, wenn seine volle Aufmerksamkeit der Musik und nicht ihr gälte. Außerdem musste sie anerkennen, dass er die Sonate, von der sie ihm gestern Nacht versuchsweise doch noch vorgeschwärmt hatte, heute gesucht und auf dieses Gerät geladen hatte.

»Jerome war da, falls du es noch nicht bemerkt hast«, sagte Lorenz. Er war offenbar nicht gewillt seinen Ausflug ins Reich der klassischen Musik zu kommentieren, sondern zog sich auf heimischeres Terrain zurück, dem des praktischen Zugriffs auf alle Angelegenheiten der Alltagsbewältigung, in diesem Fall der Organisation ihres Putzmannes, des schwarzen Jerome.

Sibylle war ihm seit seiner Einstellung vor über einem Jahr konsequent aus dem Weg gegangen. Sie hatte Lorenz beschworen, dafür zu sorgen, dass Jeromes wöchentliche drei Arbeitsstunden von vornherein auf den Freitagnachmittag, den Gremientag der Hochschule, gelegt wurden. Da würde sie ganz sicher nie zuhause sein, Lorenz dagegen schon, wenn ihn nichts Außergewöhnliches in Rüsselsheim festhielt. Sibylle, die Jerome nach einer Schrecksekunde flüchtig begrüßt hatte, stellte sich entsetzt ein Südstaatenhaus in Virginia vor, mit ihr selbst als einer Art Scarlett O'Hara, die ein Heer von Sklaven befehligte. Daran änderte auch die Tatsache nichts, dass Jerome gebürtiger Darmstädter war, akzentfrei Hessisch sprach und an der TU studierte. Er hatte einen athletischen Körperbau und eine Zahnlücke zwischen den Schneidezähnen, die sein sympathisches Lächeln nicht beeinträchtigte, aber Sibylles Blick magnetisch anzog und in einer Art hypnotischer Starre festhielt. Es gab nicht das Geringste an ihm auszusetzen, er erledigte seine Arbeit schnell, gewissenhaft und gründlich, aber Sibylle lehnte es kategorisch ab, die Kommunikation zu übernehmen. Ganz offensichtlich hatte Lorenz ihn für diesen Samstagnachmittag bestellt und er wäre der ahnungslosen Hausherrin um ein Haar über den Weg gelaufen, wenn diese sich nicht nach dem Spaziergang über die Rosenhöhe und der anschließenden Samstags-Pasta für die Dauer einer ausgedehnten Mittagspause in ihr Arbeitszimmer zurückgezogen hätte, zunächst dösend auf der Récamière liegend, dann am Schreibtisch sitzend mit planerischen Gedanken, Mia betreffend.

Jeromes unplanmäßiger Einsatz war wieder einmal ein Beispiel für Lorenz' Unberechenbarkeit. In Sibylle keimte Ärger auf. Absichtlich oder nur gleichgültig agierte er häufig an ihren Interessen vorbei und überraschte sie mit Entscheidungen, die ihr oft nicht passten. Ganz sicher war es auch kein Zufall gewesen, beim vormittäglichen Rosenhöhen-Spaziergang der Poetin über den Weg gelaufen zu sein.

Und tatsächlich, kaum hatte sie den Gedanken zu Ende gedacht, da eröffnete ihr Lorenz als Nächstes, dass er plane, die
Wolkens für Sonntag zum Essen einzuladen; nichts Besonderes,
ein kleiner Brunch auf dem Balkon, also ganz ungezwungen, sagte
Lorenz abschwächend.

Sibylle durchlebte ein paar qualvolle Minuten, in denen sie sich
an ihren kurzen Dialog mit Raphaela Wolken zu erinnern versuchte und an den Eindruck, den sie bei ihr hinterlassen haben könnte.

»Und übrigens, nimm dich vor der Poetin in Acht«, fügte Lorenz noch hinzu, »überleg dir, was du sagst – sie ist eine scharfe
Beobachterin und soviel ich von ihr gelesen habe, geht sie nicht
gerade sanft mit Menschen um, an denen sie einen Makel entdeckt.
Und den haben wir doch alle – mehr oder weniger ... «

Mit den Fingern seiner rechten Hand durchpflügte er sein dich-
tes, immer noch dunkelblondes Haar, eine Verlegenheitsgeste, die
immer dann zum Einsatz kam, wenn er meinte, in ein Fettnäpf-
chen getreten zu sein.

»Vielen Dank«, konterte Sibylle umgehend, die erst durch seinen
abschwächenden Nachsatz hellhörig geworden war, nun seine
musikalischen Bemühungen mit der Poulenc-Sonate auf der Stelle
als Beschwichtigungsversuch empfand und sich nicht länger zu
Freundlichkeit durchringen konnte.

»Da ich bestimmt zu denen mit Makel gehöre, kann das ja ein
unterhaltsamer Vormittag werden. Höchstwahrscheinlich sogar mit
der Aussicht, in ihrem nächsten Bändchen verewigt zu werden,
oder?« Ihr dämmerte inzwischen, dass Lorenz in seiner heimlichen,
langfristigen Planung der Nachbarschaftszusammenführung Jerome heute zum Einsatz gebracht hatte, damit man sich nicht der
vernachlässigten, von ihnen nie benutzten Gästetoilette schämen
müsse und auch die Küche keinen irgendwie unbehausten Eindruck machte, falls sich einer der beiden dorthin verirren sollte.

»Deshalb also Jeromes Putzeinsatz! Es war längst abgemachte
Sache, sie für morgen einzuladen!«

»Es muss mal sein, Bille. Sie sind unsere Nachbarn, es ist überfällig. Außerdem mag ich die Beiden. Sie haben Humor, nehmen

sich selbst nicht zu ernst, sind unterhaltsam, gebildet – was will man mehr ... «

»Was *man* will, kann ich dir beim besten Willen nicht sagen, *ich* jedenfalls will meine Ruhe haben und außerdem habe ich im Moment ganz andere Dinge im Kopf ... «

»Ein paar Stündchen um die Mittagszeit wirst du doch wohl einräumen können – ich kümmere mich um alles. Ein paar Drinks, Salat, was zum Grillen. Ist doch kein Aufwand ... «

Lorenz drehte die Fernbedienung in seinen Händen, bevor er sie entschlossen auf den kleinen Kirschholztisch vor sich legte und aufstand.

»Also. Ich ruf sie an. Um diese Zeit nehmen sie ihren Nachmittags-Espresso, da ist es günstig.«

Sibylle schaute ihn kalt an.

»Du scheinst sie ja schon gut zu kennen. Sollte ich da was verpasst haben?«

11

Über ihr Gesicht, das ihr am späten Sonntagvormittag blass aus dem Badezimmerspiegel entgegensah, legte sich, begleitet vom leisen Summton der Automatik, Zentimeter für Zentimeter der milde, rötliche Schein der Balkon-Jalousie, die Lorenz vom Wohnzimmer aus betätigte. Gedämpft hörte sie Dionne Warwicks Stimme mit *Friends can be lovers*, Lorenz' Lieblings-CD, die ihn an Zeiten vor ihrer gemeinsamen erinnerte, und ihn in etwas versetzte, das er »Partystimmung« nannte, sie hörte Schritte auf dem Balkon und ein Zurechtrücken des Elektrogrills. Was Lorenz alles vorbereitet hatte, wusste sie nicht, sie hatte es morgens, nach der üblichen Tasse Tee im Stehen, vorgezogen im Arbeitszimmer zu verschwinden. Das sonntägliche Frühstück zu zweit war vor vielen Monaten Sibylles früher Aufstehroutine zum Opfer gefallen, oder war es Lorenz, der jetzt länger schlief? Sie hatte nie darüber nachgedacht, die Veränderung hatte sich unmerklich eingeschlichen.

Jetzt war sie bereits beträchtliche Zeit im Bad mit ihrem Gesicht beschäftigt, das durch den warmen Lichteinfall eine erträgliche Nuance erhielt. Für wen der ganze Aufwand, fragte sich Sibylle, die sehr wohl wusste, dass vor allem sie selbst als Adressatin infrage kam.

»Schönheit liegt im Auge des Betrachters«, lautete Lorenz' routinemäßiger Kommentar zu diesem Thema, was sie stets augenblicklich tiefer deprimierte. Dabei war dieser Standardsatz der erträglichere von zweien, die er zu zitieren pflegte, da er eine ihr zugetane Haltung darin einzunehmen schien. Griff er dagegen zu Herders »Nur die Bedeutung innerer Vollkommenheit ist Schönheit«, war sie erst recht skeptisch. Damit könne er ja wohl nicht sie meinen. Sibylle war von äußerer Hässlichkeit ebenso angezogen, wie sie von Makellosigkeit fasziniert war, ihrem Blick entging keine Unebenheit und damit auch keine an ihrer eigenen Erscheinung. Das Einheitsschwarz der Kleidung ihrer jungen Erwachsenenjahre hatte sie Lorenz zuliebe nach und nach durch eine abwechslungsreichere Farbskala ersetzt, bei der sie zwanghaft auf Harmonie der jeweiligen Kleidungsstücke untereinander achtete und außerdem nie unberücksichtigt ließ, zu welchem Anlass sie sich ankleidete.

Nach Lorenz' Theorie von der inneren Vollkommenheit würde in weniger als 30 Minuten Geist und Seele der Poetin Sibylles Bemühungen an sich selbst verblassen machen, da war sie sich sicher. Sie würde alle nicht nur mit dem, worüber sie sprach, sondern auch wie sie sprach, in Bann schlagen und währenddessen wäre sie schön, egal wodurch. Bei ihrer kurzen Begegnung im Park schien ihr Haar frisch gefärbt und ihre Augen waren von schwarzem Kajal umrandet gewesen. So hatte Sibylle mit knapp 20 ausgesehen. Die Poetin wurde 80.

Sibylle legte bronzefarbenen Puder auf und zog mit zwei Fingern ihrer linken Hand ihre rechte Augenbraue hoch, um einen blaugrauen Lidschatten auf ihr Augenlid zu pinseln. Anschließend fuhr sie sich mit beiden Händen durch die Haare und fixierte die gewollte Unordnung mit einem Hauch Haarspray. Sie war froh, dass niemand ihre Gedanken lesen konnte. Sie hielt sich entschieden zu viele Stunden mit Grübeleien über ihr Aussehen auf. Das war nicht immer so gewesen und sie argwöhnte dahinter eine Art Ersatzhandlung, die mit dem Anwachsen der Probleme in der Hochschule zu tun haben musste. Eine Verschiebung vom Beruflichen aufs Private. Eine Zwangsneurose, die kein angemesseneres Betätigungsfeld gefunden hatte als ihren eigenen Körper. Denn sonst gab es nichts Privates in ihrem Leben, seit sie die Verantwortung für die Hochschule übernommen hatte. Selbst jetzt sollte sie, anstatt ihre Energien sinnlos in die von vorneherein zum Scheitern verurteilte Nachbarschaftspflege zu investieren, im Arbeitszimmer sitzen und sich Gedanken darüber machen, wie sie sich in der Sache Meyer/*Neues Logo* Peer gegenüber positionieren sollte. In letzter Zeit machte er sich auffällig stark für die Meyer und zwar mit einer Energie, als hinge mehr davon ab als das verdammte neue Logo, von dem man nur eins ganz bestimmt wusste, dass es einiges kosten würde. Diesbezüglich fühlte sie sich gedrängt, fast genötigt. Und auch im Fall Mandelbaum hätte sie sich mehr Bedenkzeit nehmen sollen, bevor sie dessen Antrag, im Großen Hörsaal seine Verabschiedung in den Ruhestand mit einem kleinen Büffet und musikalischen Beiträgen seiner Studenten feiern zu wollen, abschmetterte. Wenn das um sich griffe, könnten bald keine Vorlesungen mehr stattfinden, hatte sie argumentiert, sie würde das für sich selbst auch nicht in Anspruch nehmen. Trotzdem machte sich ihr Magen empfindlich bemerkbar, wenn sie drüber nachdachte. Mandelbaum hatte keinen weiteren Versuch unternommen.

Alles in Allem gab es wenig Positives. Da war es gut, dass sie nächste Woche Mia Wunderlich mitsamt der Querflöten-Professur aus dem Hut zaubern würde. Sie wünschte sich, dass man mit dem neuen Instrumentalfach an der G.Fr.Schnittspahn für alle Zeiten den Namen der Rektorin in Verbindung brachte, dann gäbe es wenigstens etwas, das von ihr bliebe.

Sie griff zum Lippenstift, der perfekt zu ihrer korallenroten Bluse passte, die sie locker in die Jeans gesteckt trug, um einen möglichst lässigen Eindruck zu machen und zog ihre Lippen nach.

Für ein sommerliches, geplant ungezwungenes nachbarschaftliches Brunchen war sie ideal angezogen, vielleicht etwas zu bunt.

Die Poetin kam in Schwarz.

Lorenz hatte nach dem ersten Glas Prosecco angeregt, dass man sich beim Vornamen anredete. Er tat das Sibylle zuliebe, der die Anrede mit dem Professoren-Titel verhasst war. René Wolken war nicht begeistert, gab sich aber schließlich, angesichts der vehementen Zustimmung seiner Frau, geschlagen, die – Lorenz wusste es längst, und Sibylle hätte es auch wissen müssen, wäre sie dem Literarischen gegenüber auch nur einen Funken aufgeschlossener – den klangvollen Namen Raphaela trug, aber nicht mit der Kurzform Ela angesprochen werden wollte.

René Wolken warf einen kritischen Blick nach oben auf die Jalousie und drückte sich so weit es ging an die Hauswand in den Schatten, in der linken Hand das Sektglas, während er mit der rechten die Temperatur auf seiner Kopfhaut kontrollierte. Er wirkte griesgrämig und bestätigte Sibylles ersten Eindruck, dass man kein leichtes Spiel mit ihm haben würde. Präses saß aufrecht vor Raphaela, die den weißen, hölzernen Gartensessel mit den bunt gestreiften Sitzkissen nur zur Hälfte ausfüllte und mit ihren nackten, übereinander geschlagenen, sehr weißen Beinen wippte, die Füße in rustikalen Laufsandalen. Sie hielt eine Zigarette in der rechten Hand und blickte Sibylle aufmunternd an, wie ein Therapeut, der gelassen das erste Wort des Patienten abwartet. Da hob Präses eine Pfote und legte sie schwer auf Raphaelas Knie. Das Gewicht zog den dünnen Stoff ihres ärmellosen, schwarzen Baumwollkleids nach unten, so dass die magere, von keinem Hemd bekleidete Brust der Poetin halb zum Vorschein kam.

»Viel zu heiß heute«, sagte sie mit ihrer tiefen Stimme, als hätte sie nichts bemerkt und streichelte Präses, der sie aufmerksam anblickte.

»Gewöhnlich würden wir keinen Fuß nach draußen setzen, sondern uns hinter unseren Rollos im kühlen Wohnzimmer verkriechen. Die Ausnahme machen wir heute nur für Sie! Bilden Sie sich was drauf ein!«

»Wir sind uns der Ehre bewusst!« Lorenz beförderte mehrere Lammkoteletts mit einer Zange auf einen Teller und zwinkerte ihr zu.

»Wir konnten der Aussicht auf ein Gratis-Mittagessen einfach nicht widerstehen – bei uns hätte es heute Tomatensuppe aus der Dose gegeben ... «

»Nein, Chili!«, warf René ein, der offensichtlich für die Versorgung der Beiden verantwortlich war und gekränkt wirkte. Sibylle beeilte sich, Mineralwasser in die Gläser zu füllen und wollte gerade, eine Entschuldigung murmelnd, Salat, Brot und Kräuterbutter aus der Küche holen, als sie die Poetin in Lorenz' Richtung sagen hörte:

»Ich weiß rein gar nichts von Ihnen, Lorenz. Sie haben doch sicher einen Beruf?«

Sibylle zuckte zusammen. Wie unhöflich und unverblümt diese Frage war und wie leicht sie ihr über die Lippen kam! Raphaela wirkte ganz unbefangen, sie war offenbar daran gewöhnt, sich alles erlauben zu können. Sibylle ging nur zögernd weiter und blieb hinter der Balkontür stehen, um zu lauschen.

Als hörte sie die Stimme ihres Mannes zum ersten Mal und als wolle er sich nicht den Nachbarn, sondern seiner Frau vorstellen, sagte Lorenz:

»Ich bin Ingenieur bei Opel. Fahrzeugtechnik. Genauer gesagt: Ich arbeite in der Konstruktion. Sitztechnik.«

»Aha«, sagte Raphaela, »interessant.«

Und René: »Da haben Sie ja entschieden was hinter sich ... «

»Das kann man wohl so sagen.«

Lorenz schien zu wissen, was René meinte.

Sibylle hörte am Zischen des Fetts, dass er weitere Fleischstücke aufgelegt haben musste. Sie hielt die Luft an.

»Sie gehören doch hoffentlich nicht zu den 5400 ... ?«

»Hoffentlich nicht«, schnitt Lorenz ihm das Wort ab, es klang ungewöhnlich barsch, aber schon fügte er in lorenzischer, abschwächender Art hinzu, dass das letzte Wort noch nicht gesprochen sei, immerhin ging es um insgesamt 9000 Arbeitsplätze, auch außerhalb Deutschlands, und da könne man nicht mal so eben das Fallbeil herabsausen lassen.

Sibylle spürte einen kalten Zug im Nacken, als wäre es ihr Kopf, der da unter dem Schafott läge und der bittere Geschmack eroberte umgehend ihren Mundraum, gallig und brennend.

»Sicher, gerade jetzt ist es schwer mit der täglichen Ungewissheit, aber wenigstens ist seit November klar, dass die Schließung vom Tisch ist.«

Lorenz' Stimme klang wieder ruhig, als spräche er von einem Arbeitskollegen. Sibylle schlich lautlos in die Küche und stellte die Essenszutaten auf ein Tablett. Als sie es hochheben wollte, zitterten ihre Hände, ihre Arme und auch ein wenig ihre Beine. Sie zog den Küchenhocker unter der Anrichte hervor und setzte sich erst einmal. Wie war es möglich, dass sie von all dem nichts wusste? »Tägliche Ungewissheit«? Welche Art von Bedrohung hatte es gegeben?

»So schlimm es auch ist, aber es ist für Sie nicht wirklich existenzgefährdend, oder? Ihre Frau kann Sie beide doch notfalls über Wasser halten – ich meine, ein Professorengehalt reicht doch mindestens für zwei, oder?«

Ein kleines Lachen begleitete die dunkle Stimme der Poetin durch das gekippte Küchenfenster.

Sibylle lauschte angestrengt hinaus, hörte Lorenz unverständlich, aber zustimmend murmeln. Was war vor November gewesen? Was hatten sie im letzten Oktober gemacht? Das Semester hatte begonnen, sie war ganztägig in der Hochschule gewesen – die ersten Semesterwochen waren immer chaotisch – Lorenz kam höchstwahrscheinlich zu den üblichen Zeiten nach Hause, sie hatte es nicht mitbekommen. Im September, in ihrer vorlesungsfreien Zeit, hatte Lorenz vier Wochen Urlaub gehabt, das war ungewöhnlich, sie wusste nicht mehr, weshalb. Vielleicht musste er Überstunden abfeiern. Gefragt hatte sie nicht. Sie hatten wie immer für zwei Wochen ein Hotel gebucht, in jenem Jahr in Bruneck. Hatte er belastet gewirkt? Ihr war nichts aufgefallen. Worüber hatten sie bei ihren Bergwanderungen gesprochen? Sie konnte sich an nichts erinnern. Danach war sie täglich nur ein paar Stunden im Büro gewesen und er wie gewöhnlich im Werk, hatte sie geglaubt.

Sibylle zwang sich zu einem Lächeln, als sie mit dem Tablett zurück auf den Balkon ging.

12

Lorenz' Blick glitt über Sibylle hin wie ein Scanner, dann bot er Raphaela ein Glas Sekt an. Raphaela machte eine abwehrende Handbewegung und Lorenz zuckte zurück, als hätte sie ihn einer Belästigung bezichtigt und nicht nur »Keinen Alkohol, nur Wasser, bitte« gesagt.

So hatte Sibylle ihn noch nie gesehen, empfindlich wie eine offene Wunde. Sein Blick schien nicht zu ihm zu gehören, alle Überlegenheit war daraus verschwunden. Das Tablett in ihren Händen bebte, sie stellte es ungewollt heftig auf dem Tisch ab. Zwei Stücke des aufgeschnittenen Baguettes hüpften vom Brotteller und das Salatbesteck klapperte in der Schüssel.

»Ihr habt über Opel gesprochen?«, fragte sie so beiläufig, als hätte sie sich nach der Reparatur einer undichten Waschmaschine erkundigt, aber Lorenz Kopf fuhr herum und er sah seine Frau an wie eine Fremde, deren Mitspracherecht durch jahrelange Abwesenheit verfallen war.

Sibylle spürte ihre Kehle eng werden, sie musste sich räuspern, bevor sie weitersprach.

»Ehrlich gesagt hatte ich keine Zeit, mich damit auseinanderzusetzen. Wie es aussieht, werde ich auch so bald nicht dazu kommen. In der Hochschule stehen Wahlen an, alle Bereiche, auch das Rektorat ... Möglicherweise steht mein Amt zur Disposition« – Hatte sie das gesagt? Sie war so erschrocken, dass sie kaum weitersprechen konnte.

» ... das hat erst einmal Vorrang – ich kann mich im Moment um nichts anderes kümmern, bin also gar nicht auf dem Laufenden ... « Sie versuchte ein professionelles Lächeln aufzusetzen, während sie sich bestürzt mit solcher Arroganz reden hörte.

Lorenz wandte sich brüsk ab und nahm eine Mineralwasserflasche aus dem Kasten, betrachtete sie sekundenlang, als hätte er vergessen, was er mit ihr machen wollte. Sibylles streckte ihm ihr Wasserglas entgegen und versuchte gleichzeitig Renés Blick auszuweichen, der sie erstaunt ansah und in gedehntem Hessisch anmerkte:

»Na ja, aber die Zeitung werden Sie doch lesen – die sind ja voll davon, täglich neue Schreckensmeldungen. Die kann man ja fast nicht übersehen ... Schließlich betrifft es die ganze Region und nicht nur Einzelne, wie Sie.«

Sibylle spürte, wie sich zwischen ihrer Handfläche und dem Wasserglas, das sie hielt, Schweiß bildete.

Raphaela sagte nichts, sah aber aus, als erwarte sie eine kleine Sensation oder die Auflösung eines Rätsels. Ihr rechtes Bein wippte nicht mehr und die Asche ihrer Gauloises drohte auf ihr Kleid zu fallen, wäre ihre Hand nicht so bewegungslos gewesen wie die einer Stillsteherin in der Einkaufszone.

Sibylle musste sich setzen und stellte das Glas ab. Sie sah die Bewegungen ihres Armes verschwommen und unscharf, wie auf einer verwackelten Fotografie.

Es war sehr ruhig, aber sie fühlte, dass sich hinter der trügerischen Kulisse dieser frühsommerlichen Mittagstunde ein Inferno zusammenbraute. Dionne Warwick war verstummt. Die Lammkoteletts brutzelten von kurzem Zischen unterbrochen auf dem Grill und in regelmäßigen Abständen ertönte der langgezogene Zirplaut eines Grünfinks aus der Lärche vor dem Haus. Ihre letzten Worte wiederholten sich in ihrem Kopf wie ein unendliches Echo. War das wirklich sie, die Gremien-Wahlen – auch wenn sie unmittelbar von ihnen betroffen war und einiges davon abhing – wichtiger fand, als den offensichtlich katastrophalen seelischen Zustand ihres Mannes? Und damit auch den Zustand ihrer gesamten, gut funktionierenden Existenz. Ihrer nur scheinbar gut funktionierenden Existenz. Sie rang den Impuls nieder aufzustehen und wegzulaufen. Ihr war klar, sie musste antworten, es ließ sich nicht mehr hinauszögern. Dieses war der Prüfstand, auf den sie schon lange gehörte; sie wünschte sich nur, die Untersuchung würde ohne Publikum stattfinden und die Diagnose weniger niederschmetternd ausfallen, als sie jetzt schon wusste. Unübersehbar sammelte Raphaela bereits alle noch so kleinen Details dieses menschlichen

Desasters, um sie demnächst zu einer Paargeschichte auszubauen. Nichts Ausgedachtes kann interessanter sein als das Leben selbst, das las sie in Raphaelas Blick, der sie bis ins Mark auszuforschen schien. Sie und Lorenz würden sich in einem Vorabdruck ihres nächsten Buches im Feuilletonteil des *Echos* wiederfinden, ältliche Protagonisten einer Geschichte über den äußeren Schein einer Ehe, in der es in Wirklichkeit um die Auslöschung einer Existenz mit den Mitteln seelischer Grausamkeit ging. Eine banale Beziehungsgeschichte mit nur halbherzig abgeänderten Namen.

Eine unbändige Sehnsucht nach dem Klingelton ihres Handys erfasste Sibylle, und nach Peers Stimme am anderen Ende, die sich nach ihr mit der nie geklärten Anrede »meine Liebe« erkundigte – warum hatte sie niemals auch nur spaßeshalber nachgefragt:

»Wie meinst du das eigentlich, doch nicht etwa ernst?«

Er hätte geantwortet: »Ich war niemals ernster!«, und seine Stimme, immer mittellaut und samtig verhaucht, hätte sie weiterhin im Ungewissen gelassen. Was ein Vorteil war.

Da hörte sie Lorenz: » ... und betriebsbedingte Kündigungen soll es auch nicht geben ... «

Er sprach weiter, als hätte es diese furchtbare Stille mit dem vernichtenden Urteil über sie nicht gegeben:

» ... allerdings zum Preis von Lohn- und Gehaltsverzicht. Inwieweit mich das betrifft, ist noch nicht genau raus, vielleicht ein paar Monate, ein halbes Jahr ... Ganz sicher aber ist meine geplante Beförderung vom Tisch ... «

Er klang so neutral, als ginge es nicht um ihn und diese Worte wären nicht an sie, sondern an eine andere, gänzlich Unbeteiligte, gerichtet. Sibylle spürte, wie sich ein Vakuum in ihr ausbreitete. Sie griff nach ihrem Sektglas, in dem eine Flüssigkeit gelblich und unbewegt stand wie das Wasser eines Ententümpels in der Mittagshitze.

»Und was hat es mit dem milliardenschweren Bürgschaftsantrag von General Motors auf sich?«, fragte René nach.

»Am Mittwoch vom Bundeswirtschaftsminister abgelehnt.«

»Und? Mit welcher Konsequenz?«

»Angeblich soll sich nichts ändern am Sanierungsplan.«

René wanderte mit dem Schatten weiter unter die Jalousie, in der einen Hand seinen Teller, mit der anderen seinen Stuhl hinter sich herziehend und Raphaela bestrich sichtlich mit Vorfreude ein Stück Baguette mit einer Portion Knoblauchbutter und biss davon ab. Lorenz hatte sich gefasst. Er wandte sich den Lammkoteletts zu und rettete sie gerade noch rechtzeitig davor, in ein schwärzliches Stadium zu geraten. Als er sie auf die Teller legte und Sibylle mit enger Stimme bat, die Salatschüssel herumzureichen, stieg in ihr die Verzweiflung einer zum Tode verurteilten Verräterin auf. Da sagte Raphaela:

»Na Gott sei Dank, dann bleibt ja wohl vorerst alles beim Alten« und dann mit einem aufmunternden Lächeln in Sibylles Richtung: »Also alles nur halb so schlimm.«

Als hätte sie nicht bloß einen beiläufigen Satz gesprochen, sondern mit ihrer schönen, dunklen Stimme und der größten Wärme und Freundlichkeit, zu der sie fähig war, *Ach süßer Trost* gesungen, Sibylles Lieblingsarie von Bach, brach etwas in ihr auseinander. Etwas, das sie in der Tiefe ihrer Seele seit einer Ewigkeit eisern umklammert gehalten hatte, und das nun eine Fontäne aus Trauer, Angst und dumpfer Bedrückung freisetzte. All das schnellte hinauf durch ihre Brust, durch ihre enge Kehle bis in ihre Augen. Sibylle vergaß das Glas in ihrer Hand. Es fiel klirrend zu Boden und ließ eine lauwarme kleine Welle über ihre Füße fließen. Sie sah Lorenz auf sich zukommen, so langsam, als bewege er sich in Zeitlupe und auch seine Stimme war sonderbar verzerrt, als er sie jetzt ansprach, aus dem Stuhl hochzog und am Arm zur Balkontür führte.

»Du hattest zu viel Sonne, Bille, du legst dich am besten kurz hin.« Seine Worte wurden übertönt von einem vielstimmigen Chor, der jetzt in ihrem Kopf übermäßig laut und von einer klagenden Oboe begleitet *Ich hatte viel Bekümmernis* sang und ihre Tränen hemmungslos fließen ließ. Nichts würde sie stoppen können, schon gar nicht das Gefühl der Scham, das ihrer unaussprechlichen Trostlosigkeit beigemischt war. In diesem Moment war sie sich restlos fremd, als hätten Seele und Körper sich voneinander gelöst, um zukünftig getrennte Wege zu gehen.

Ich werde verrückt, vollkommen verrückt, dachte Sibylle schmerzhaft klar, kein vernünftiger Mensch reagiert so auf eine lapidare Bemerkung.

Verschwommen sah sie René in ihre Richtung blicken, die Gabel in der erhobenen Hand, wie zu einem Standbild erstarrt. Raphaela, hinter einem Tränenschleier im gleißenden Licht der Mittagssonne, biss von ihrem Brot ab, als wäre alles in bester Ordnung.

Nur Präses hatte sich erhoben und kam auf Sibylle zu. Er blickte sie verständnisvoll an und dafür liebte sie ihn plötzlich mit unsinniger Heftigkeit.

Die Stangen der halb heruntergelassenen Stoffrollos stießen im leichten Wind gegen den Fensterrahmen und klapperten in einem zufälligen Rhythmus, die grau-rosa Rautenmuster tanzten dazu verschwommen auf der vanillefarbenen Schlafzimmertapete.

Sibylle sah keinen Ausweg aus dieser sonntäglichen Brunch-Misere, die draußen auf dem Balkon ohne die Gastgeber ihren Fortgang nahm. Lorenz saß neben ihr, betrachtete sie und streichelte wortlos ihre Hand. Das machte sie noch elender. Sie fühlte sich schuldig für einen unbenennbaren Tatbestand. Ihre Schuld schien grenzenloses Ausmaß zu haben und mehrere Minenfelder zu umfassen, die sie in den letzten Monaten, vielleicht Jahren, erfolgreich zu umgehen verstanden hatte. Ohne es zu merken, musste sie dabei von Lorenz beobachtet worden sein. Er hatte den Grad ihrer Versteinerung registriert und ängstlich auf den Moment gewartet, an dem durch einen äußeren Umstand, für den er nicht verantwortlich wäre, eine Sprengung herbeigeführt werden würde. Das warf sie ihm vor. Er hätte sie zur Rede stellen müssen. Sie versuchte ihre Gedanken einzufangen, die sie umtanzten wie Mücken in der Abendsonne und starrte unter geschwollenen Augenlidern geradeaus auf die beiden Schlafzimmerfenster. Gedämpftes Gemurmel drang mit einer Wolke von Fett und Rauch herein.

René und Raphaela schienen sie nicht zu vermissen, vermutlich aßen sie so viel wie möglich von Lorenz' marinierten Lammkoteletts. Auf Vorrat, dachte Sibylle, um das nächste Mittagessen einzusparen. In diesem Moment war die Gehässigkeit ihrer Gedanken das einzig Normale. Sie wollte die Gäste loswerden, obwohl sie ein unklares Gefühl der Dankbarkeit Raphaela gegenüber verspürte. Und doch war es undenkbar, ihnen noch einmal unter die Augen zu treten.

Lorenz stand auf und räusperte sich. Sibylle sah zu ihm auf, er sah grau und müde aus. Ein Ärmel war bis zum Ellbogen hochgekrempelt, der andere hing bis über seine Hand, sein Hemd war halb aus der hellen Baumwollhose gerutscht und sein Gürtel hatte sich geöffnet, als hätte er gekämpft oder sich von etwas zu befreien versucht.

»Was meinst du, wollen wir es nochmal wagen?«

Die Unsicherheit in seiner Stimme hatte sie zu verantworten. Sie gab ihr das Gefühl, über eine hauchdünne Eisdecke zu rutschen, bedroht vom Versinken in eine eiskalte, bodenlose Finsternis.

Ihr schossen erneut die Tränen in die Augen.

»Nun dramatisier das alles nicht, Bille«, sagte Lorenz, der Gedankenleser, »dafür gibt es keinen Grund. Katastrophen sehen anders aus. Wir könnten krank sein. Zum Beispiel.«

»Geht's wieder besser?«, fragte Raphaela. Sie sprang auf, füllte ein Glas mit Mineralwasser und streckte es Sibylle entgegen.

»Ich hätte sonst Skrupel, Sie mit meinem kleinen Anliegen zu behelligen – nur eine unverbindliche Anfrage, die Sie sofort abschmettern können. Was natürlich schade wäre ... «

»Ich glaube, ich brauche erst mal ein Glas Sekt, kalt, wenn möglich ... «

Lorenz stürmte in die Küche, als hätte er eine belebende Injektion bekommen. Sekunden später fiel die Tür des Kühlschranks schwungvoll zu und man hörte das Knacken von zerbrechenden Eiswürfeln.

Sibylle setzte sich – sie musste schrecklich aussehen, wenn sie von ihrer verknitterten Bluse auf den Rest schloss.

Als sie gerade zu einer Entschuldigung ansetzen wollte, erhob sich Präses von seinem Platz unter dem Balkontisch und setzte sich vor ihre Füße, sehr aufrecht und mit einem sanften Blick seiner fuchsbraunen Augen unter den borstig abstehenden Augenbrauen. Ach, Bello, dachte Sibylle, und sie meinte das italienische bello, obwohl er ja alles andere als schön war, und legte ihm zögernd ihre rechte Hand auf den Kopf. Er fühlte sich warm an, knochig und verblüffend weich. Genauso zögernd und langsam legte Präses seine Schnauze auf ihr linkes Knie.

»Präses, hierher!« rief Lorenz scharf, als er, ein silbernes Tablett mit vier gefüllten Sektgläsern tragend, aus der Küchentür auf den Balkon trat. Aber Präses zuckte nicht mit der Wimper und Sibylle sagte zu ihrer eigenen Überraschung:

»Ist schon gut«, und in Raphaelas Richtung:

»Ich muss mich entschuldigen. Beim nächsten Mal wird es heiterer – versprochen!«

»Schon gleich halb zwei, Raphaela ... «, ließ sich René aus seiner Schattenecke vernehmen, »Zeit für unseren Mittagsschlaf. Und furchtbar heiß ist es jetzt auch – zu gefährlich ohne zusätzlichen Sonnenschirm ... «

Er klang nicht so, als brenne er darauf einen Anschlusstermin festzumachen, sein leises, weiches Hessisch hatte einen nörgelnden Unterton. Als die zweite Hälfte eines bestens eingespielten Duos erhob sich Raphaela sofort aus ihrem Sessel.

»Also gut. Vertagen wir mein kleines Anliegen, es ist nicht dringend und außerdem gibt's ja das Telefon. Ich rufe Sie an, ja? Oder wir laufen uns im Park über den Weg.«

Sibylle fiel auf, dass als dritte Möglichkeit keine Gegeneinladung ausgesprochen wurde. Es war ihr nur recht.

13

Nachdem die Wolkens gegangen waren, schlief Sibylle zwei Stunden tief und traumlos. Spätnachmittags saßen sie und Lorenz bei heruntergelassenen Jalousien im halbdunklen Wohnzimmer, Lorenz mit einer Tasse Kaffee im Henry und Sibylle ihm gegenüber in ihrem Cocktailsessel mit einem Becher Kräutertee. Obwohl sie nichts gegessen hatte, verursachte ihr der Anblick der kalten Lammkoteletts großen Widerwillen und auch den kleinsten Brocken Brot hatte sie trotz Lorenz' Zureden nicht heruntergebracht.

Lorenz erwähnte ihren Zusammenbruch mit keinem Wort und sie brachte es nicht über sich, das Thema Rüsselsheim anzuschneiden. Trotzdem schien das Ungesagte seine bleierne Schwere verloren zu haben. Draußen hatte es sich abgekühlt und Sibylle dachte dankbar, dass auch die Atmosphäre zwischen ihnen alles Explosive verloren hatte. Sie fühlte sich unendlich matt, aber auch erlöst, wie nach einem Wolkenbruch, dem ein schweres Gewitter vorangegangen war.

Am nächsten Morgen musste Lorenz schon vor acht aus dem Haus. Sibylle stand auf dem Balkon und sah zu, wie sich das schmiedeeiserne Tor öffnete. Der silbergraue Insignia rollte hinaus und Lorenz' Hand erschien winkend aus dem Fahrerfenster. Sie winkte zurück für den Fall, dass er durch den Rückspiegel einen letzten prüfenden Blick auf sie und ihren Zustand werfen sollte, aber hinter den lautlos sich schließenden Torhälften war er schon nach rechts abgebogen und aus ihrem Blickfeld verschwunden. Sie fühlte sich zerschlagen und ausgelaugt, wie nach einer Woche schwerster, körperlicher Arbeit.

Präses hatte sich vor ihr ausgestreckt. Seit gestern folgte er ihr auf dem Fuße, nicht aufdringlich, aber wie ein Schatten.

»Ach, Bello«, sagte sie und er spitzte die Ohren, als kenne er den Namen aus einem früheren Leben.

Sie war überrascht und machte die Gegenprobe:

»Balu!«, aber Präses sah sie nur reglos mit schief gelegtem Kopf von unten an; ein Haarbüschel seiner rechten Augenbraue zuckte.

»Also gut. Dann Bello«, sagte Sibylle, »abgemacht. Aber nur unter uns. Und übertreib es nicht und nimm deine Schnauze von meinen Füßen, ich muss jetzt auch los.«

Im Büro hatte sie gerade ihren Laptop hochgefahren und einen flüchtigen Blick in den geheimen Wandspiegel geworfen, da klingelte das Telefon. Raphaela war dran. Ihre Stimme versetzte Sibylle augenblicklich in die katastrophale Stimmung des gestrigen Mittags. Sie wurde von einem großen Schamgefühl überwältigt, in ihren Ohren summte es und sie spürte das Pochen ihrer Halsschlagader.

Hatte sie ihr etwa die Nummer ihres Dienstanschlusses gegeben? Raphaela kam ohne Umschweife auf ihr sogenanntes Anliegen zu sprechen, als lägen nicht ein halber Tag und eine ganze Nacht zwischen ihrem gestrigen Gespräch und diesem Moment. Ihr achtzigster Geburtstag, zufällig heute, aber die unumgänglichen Feierlichkeiten dazu am kommenden Freitagabend, das Wochenende wollten sie sich nicht versauen lassen. Aber wenn es schon sein musste – sie und René seien genuin menschenscheue Geschöpfe und hassten nichts mehr als sogenannte gesellschaftliche Verpflichtungen – sollte es doch mit Anstand geschehen. Der Bürgermeister käme, der Pfarrer sowieso, eingeladen oder nicht. Ein Rahmen müsse her, irgendetwas, das sie vom ewigen Reden, Auskunftgeben über sich selbst, entlasten sollte. Am besten Musik. Und was könnte schöner sein als Harfenspiel?

Frau Sommer stand in der Tür und gestikulierte schuldbewusst, weil sie ohne Anzufragen durchgestellt hatte, wahrscheinlich war ihr nichts anderes übriggeblieben.

Geistesgegenwärtig gratulierte Sibylle. In diesem Augenblick war sie dankbar für die Reste von berufsbedingter Höflichkeit, die ihr Gehirn gerade noch rechtzeitig zum Einsatz brachte, denn sie bewahrten sie davor, barsch und ungehalten zu reagieren.

»Ich würde natürlich gerne helfen, aber aus meiner Klasse kann ich Ihnen niemanden vermitteln, ich habe zur Zeit keinen einzigen Studenten – es tut mir wirklich leid ...«

Schweigen am anderen Ende, dann ein Auflachen.

»Ich dachte selbstverständlich an Sie, darunter mache ich es nicht!«

Jetzt schwieg Sibylle. Ihr letztes Engagement lag fast vier Jahre zurück. Im Geiste sah sie sich im Wohnzimmer der Wolkens hinter ihrer Harfe sitzen, umringt von Gratulanten, die Kaffeetassen in den Händen hielten und ihre Unterhaltung nur unwillig unterbrachen, weil sie ihr zuhören mussten.

»Sibylle, sind Sie noch dran?«, rief Raphaela, und noch lauter: »Klar sind Sie das! Sie überlegen sich, was Sie spielen werden! Ich dachte an drei nicht allzu lange Stücke. Vielleicht was von Bach? Ein Choralvorspiel? Oder gibt es sogar was Originales für Harfe?« Offensichtlich kannte sie sich mit Musik aus, hatte jedoch keinen einzigen Gedanken an die Künstlerin verschwendet, sonst hätte sie gewusst, dass öffentliches Vorspielen nach jahrelanger Verwaltungsarbeit mit absoluter Harfenabstinenz unmöglich war.

Sibylle war klar, dass sie absagen würde, bat aber darum, abends zurückrufen zu dürfen und griff zu einer Notlüge, indem sie ein Gespräch mit einem Mitarbeiter vorschob, der angeblich bereits im Vorzimmer wartete. Als sie aufgelegt hatte, öffnete sich wie zur Strafe nach einem kurzen Anklopfen die Tür und Peer kam herein, hinter ihm Natascha Meyer mit einem dicken Aktenordner unter dem Arm.

»Sie haben mich auf einen Termin in einer Woche vertröstet – die Woche ist rum«, sagte Natascha Meyer ohne Begrüßung und setzte sich unaufgefordert an den Konferenztisch. Ohne eine Reaktion abzuwarten entnahm sie ihrem Ordner Papiere, die sie vor sich auf dem Tisch ausbreitete. In Sibylles Kopf summte es wie in einem Bienenstock. Zu viel Ungutes stürmte gleichzeitig auf sie ein, sie schwankte zwischen Verwirrtheit und Empörung über den respektlosen Überfall, aber bevor sie sich über Frau Meyers Ton entrüsten konnte, schaltete sich Peer ein, entschuldigend gestikulierend und mit einem beruhigenden Tonfall, als wäre sie ein Kind mit vorhersehbaren Trotzanfällen – der Termin *Neues Logo* wäre tatsächlich überfällig und nun nicht länger aufzuschieben.

In Sibylle loderte Widerstand auf. Was sollte sie tun; Peer war ihr Vertreter, sie vertraute ihm, er hatte nie gegen sie agiert.

»Also gut«, sagte sie und atmete einmal tief durch »dann schauen wir uns an, was Sie haben.«

»Eigentlich brauche ich nur noch Ihre Unterschrift. Herr Siblewski hat bereits einen Entwurf ausgesucht.«

Natascha Meyer sprach mit einer Entschiedenheit, die inakzeptabel war, aber zu dem hohen Stehkragen ihrer weißen Bluse und ihrer akkurat geschnittenen, gleichwohl asymmetrischen Frisur passte. Auch der Entwurf des neuen Logos, den sie nun Sibylle zuschob, war inakzeptabel. Innerhalb eines Umrisses, den man mit viel Fantasie als den des Hochschulgeländes erkennen konnte, waren in einem Gewirr floraler Ornamentik die Initialen der G.Fr.Schnittspahn Musikhochschule ineinander verschlungen, kaum identifizierbar und in einem botanischen Grün als Hinweis auf den historischen Standort. Man musste kein Designer sein, um diesen Entwurf für das Ergebnis eines seelischen Ausnahmezustandes zu halten. Sibylle hatte Peer im Verdacht, hier mitgewirkt zu haben, allerdings wurden üblicherweise Studierende aus dem Gestaltungsfachbereich der *Hessischen Universität* mit den kreativen Belangen der Öffentlichkeitsarbeit beauftragt. Sie wusste von keiner Ausnahme, aber von Peer ging ein unnatürliches Strahlen aus.

»Ich finde, es trifft den Nagel auf den Kopf. Außerdem nimmt die organische, etwas verspielte Gestaltung dem Namen die Strenge ... Was meinst du?« Peer sprach sanft und beugte sich tiefer über den Entwurf.

»Ich meine, dass man auch nach langem Grübeln nicht herausfinden kann, für welches Institut dieses Logo steht. Ich würde auf eine Gärtnerei um 1900 tippen – haben Sie noch was anderes im Angebot, Frau Meyer?«

Sibylle öffnete eine der kleinen Mineralwasserflaschen und goss sich ein Glas ein. In ihr tobte es. Zusammenarbeit sah anders aus. Dass man sie schlankweg überging, war noch nie vorgekommen.

Natascha Meyer schob die Papiere zusammen, auf allen befand sich dieselbe Skizze, mal variierte das Grün, mal die Größe.

»Es kann doch nicht sein, dass es nur diesen einen Entwurf gibt. Ich hatte mir etwas Klares, Nüchterneres vorgestellt. Frische Farben und eine eindeutige Information, etwas, das auch noch in 20 Jahren für dieses Haus stehen kann.«

Peer öffnete seinen zweitobersten Hemdknopf.

Natascha Meyer heftete wortlos die Entwürfe ab, stand auf, drehte sich auf dem Absatz um und verließ den Raum.

Sekunden später steckte Frau Sommer den Kopf herein, wortlos, aber mit hochgezogenen Augenbrauen, die Hände in einer Geste verzweifelter Resignation. Dabei war sie vollkommen schuldlos.

»Machen Sie uns einen Cappuccino?«, Sibylle zwang sich zum Äußersten, in diesem Fall zu Höflichkeit ihrem Prorektor gegenüber. Vielleicht wäre die alte Atmosphäre in Ansätzen herstellbar, der Cappuccino war dabei seit jeher fester Bestandteil. Peers Strahlen war verblasst, aber immer noch war etwas fremd an ihm.

Nach einigen quälenden Sekunden, in denen sie sich stumm gegenübersaßen, räusperte er sich. Er wolle noch einmal das Thema Querflöte ansprechen, das Sibylle unlängst abends am Telefon kurz angerissen hatte. Wie bereits angedeutet, hielt er es für keine gute Idee, das Instrument nach so vielen Jahren in den Fächerkanon aufzunehmen. Noch in der Hochschulrektorenkonferenz im letzten Jahr war es Konsens gewesen, dass darauf an der G.Fr.Schnittspahn verzichtet werden konnte und das hatte sich inzwischen auch herumgesprochen. Anfragen würden sowieso immer seltener. Warum also das Fass wieder aufmachen?

Frau Sommer kam herein und stellte zwei Tassen mit Cappuccino auf den Tisch, beide mit einer verführerischen Haube aus Milchschaum und jeweils einem Cantuccino auf dem Unterteller.

»Ganz einfach, weil wir mit Frau Wunderlich – und an sie denke ich – jemanden hätten, der ein Zugpferd sein könnte. Ein Aushängeschild und eine Mitarbeiterin, die, so wie ich sie einschätze, die Qualität unserer Gremienarbeit erheblich verbessern könnte. Sie ist intelligent, initiativ, außerdem eine Frau. Es wird Zeit, dass wir darauf mehr Wert legen. Was das angeht, sind andere Hochschulen viel weiter, da werden Professuren für *Gender und Diversity* ausgeschrieben. Frag mal unter unseren Kollegen nach, wer sich darunter was vorstellen kann ... «, dozierte Sibylle mit einer Kühle, für die sie sich in diesem Moment selbst bewunderte.

»Hast du schon mit ihr gesprochen?«

Peer kam ungewöhnlich schroff zur Sache, und auch noch etwas anderes in seiner Stimme ließ Sibylle aufhorchen.

«Nein, aber ich habe vor, sie gleich anzurufen, um mal vorzufühlen, ob das für sie eine Option ist.«

Peer sah sie an, als läge ihm noch etwas auf der Zunge. Aber er schwieg und griff nach dem Cantuccino, von dem Sibylle wusste, dass es steinhart war. Es ließe sich nur durch Ertränken im Cappuccino aufweichen.

»Haben wir sonst noch was zu besprechen? Soll ich Frau Sommer wieder hereinrufen? Ich habe hier nichts vorliegen – du hast mir ja keine Zeit gelassen ... «

»Entschuldige. Und ja, es gibt noch was. Potocnik hat mich angesprochen. Es geht um eine Schenkung.«

Peer versuchte vom Cantuccino abzubeißen, legte es nach einem erfolglosen Versuch aber wieder zurück auf den Unterteller.

Sibylle ertappte sich dabei, dass sie ihm einen abgebrochenen Schneidezahn wünschte. Sie war schon aufgestanden, um zu ihrem Schreibtisch zu gehen, eindeutiges Zeichen dafür, dass sie die außerplanmäßige Sitzung für beendet hielt. Dann aber setzte sich wieder, von der plötzlichen Vorahnung befallen, dass es sich um eine Intervention Potocniks handeln könne, von der er sich Zugang zu der gewünschten Professur versprach. Durchs Hintertürchen natürlich.

»Er möchte unserem Haus vier historische Tasteninstrumente aus seiner Sammlung vermachen. Ein Cembalo, ein Clavichord, ein Tafelklavier und einen Hammerflügel. Natürlich nicht bedingungslos. Die Instrumente sollen einer Klasse für Historische Tasteninstrumente zugutekommen, beziehungsweise, sie wären sozusagen die Voraussetzung dafür, dass man überhaupt so etwas hier einrichten könnte.«

»Haben wir entwicklungsplanmäßig jemals in diese Richtung gedacht?«, fragte Sibylle spitz nach einer Pause, in der sie Peer betrachtete wie ein seltenes Reptil.

»In den Masterstudiengängen bieten wir schon aufführungspraktische Module an, Generalbassunterricht für Tastenspieler. Von da aus ist es nur ein Schritt bis zum historischen Vorläufer des Klaviers. Er hat nicht ganz Unrecht damit, dass Unterricht diesbezüglich eine logische Konsequenz in der Ausbildung wäre, vom Alleinstellungsmerkmal ganz abgesehen. Damit hätten wir wirklich etwas, das Masterstudierende von außerhalb anziehen würde.«

Sibylle stand jetzt auf, sie musste sich unbedingt Bewegung verschaffen. Eine plötzliche Nackenstarre hatte sie befallen und ein schmerzhaftes Ziehen fuhr ihr über die Schulter bis hinunter in den rechten Arm. Sie schritt langsam durchs Zimmer und setzte sich hinter ihr aufgeklapptes Laptop. Peer saß kerzengerade am Sitzungstisch ohne mit dem Rücken die Stuhllehne zu berühren, er war offensichtlich entschlossen, diesen Zweikampf für sich zu entscheiden.

»Querflöte versus Hammerklavier, darauf läuft es doch hinaus, oder? Wir haben in nächster Zukunft nur die Stelle von Hammersson, die verhandelt werden kann, wobei generell die Frage war, ob sie überhaupt wieder mit Klavier besetzt werden muss – und jetzt gar mit *historischem* Klavier? Zweitens: Was wäre in dem Fall mit den dann zwingend notwendigen Ergänzungsfächern? Soviel ich weiß, bieten wir kein einziges sogenanntes *historisches Instrument* an; jemand, der hier *historische Tasteninstrumente* studieren wollte, könnte nicht einmal einen Kammermusikabschluss machen. Ich fürchte, das Thema hätten wir nach fünf Minuten durch, wenn wir vernünftig darüber nachdenken. Abgesehen davon, dass wir so eine Stelle selbstverständlich ausschreiben müssten.«

Sibylle massierte mit ihrer linken Hand den rechten Nackenstrang und sehnte sich nach einer Schmerztablette. Peer machte keine Anstalten aufzustehen.

»Schlaf noch mal drüber. Potocnik hat sich an Wolff gewendet und um einen Termin gebeten. Ich habe gehört, dass Wolff der Idee gegenüber aufgeschlossen ist. Expansion hält er ja grundsätzlich für richtig, deshalb würde er für Zusatzangebote in Richtung Alte Musik vermutlich was springen lassen. Ich hörte, dass er den Punkt auf die Tagesordnung des Senates setzen wird, ohne ihn vorher hier auf den Tisch zu bringen.«

»Das kann ich nicht glauben. Ich rede mit ihm. Der Senat ist in fünf Wochen, bis dahin sollte sich der Fall erledigt haben. In der letzten Sitzung des Semesters haben wir Wichtigeres zu diskutieren als größenwahnsinnige Ideen, von denen im Hochschulentwicklungsplan kein Wort steht. Und an den habe ich mich zu halten.«

»*Wichtigeres*? Sprich es aus!«, meldete sich mit kalter Stimme der Aufpasser. Sibylle tat, als hätte sie nichts gehört und zwang sich zu einem versöhnlichen Lächeln. Sie hatte es tatsächlich geschafft, sachlich zu bleiben; ein Beweis ihrer Theorie von der Einwirkung des Äußeren auf das Innere, die sie ihren Studenten predigte, wenn eine schlechte Körperhaltung am Instrument Auswirkung auf die Ausdruckskraft der Interpretation hatte. Gleichmäßig atmen, Stimme absenken, und schon verebbte das Ohrenrauschen und der giftige Geysir in ihr fiel in sich zusammen. Nur ihre Schulter schmerzte noch.

Zögernd stand Peer auf, er schien auf das stumme Friedensangebot einzugehen.

»Okay, wir werden sehen ... Vergiss deinen Cappuccino nicht.«

Damit ging er zur Tür, ein wenig gebeugt, die straffe Haltung schien ihn ermüdet zuhaben.

»O ja, danke. Wir sehen uns am Freitag zur Kleinen Rektoratsrunde.«

Sibylle war erschrocken über die Ruhe in ihrer Stimme.

Früher hätte sie ihm das etwas ironisch gemeinte »Und alles Gute!« hinterhergerufen, und wenn nicht sie, dann hätte er es getan; eine scherzhafte Angewohnheit seit Beginn ihrer Zusammenarbeit, mit der nur sie beide etwas anzufangen wussten. Sie empfand das Fehlen wie ein kleines hörbares Loch. Aber jetzt war nicht der Zeitpunkt, dem nachzutrauern. Sie griff zum Telefon und bat Frau Sommer, sie zu Wolff durchzustellen. Das Potocnik-Thema bedurfte einer umgehenden Klärung. Dass sie übergangen worden war, durfte sie keinesfalls hinnehmen. Sie musste es einige Male klingeln lassen, bis Stella Wirtz vom Kanzlervorzimmer abnahm und ihr sagte, der Kanzler sei nicht zu sprechen, er befände sich auf einer Dienstreise, Kanzlertreffen in Berlin, und käme erst in ein paar Tagen zurück.

Frau Sommer kam mit einem Tablett herein und räumte die Kaffeetassen ab. Auf Sibylles kaltem Cappuccino trieb der Milchschaum, grau und blasig zusammengefallen, wie giftiges Abwasser auf einem ehemals sauberen Biotop.

Der Nachmittag war sonnig und warm. Durch die offenen Bürofenster drangen Töne aus den verschiedenen Unterrichtsräumen, aber die heitere Stimmung war trügerisch. Sibylle saß hinter ihrem Schreibtisch, nahm die Puderdose aus ihrer Tasche und betrachtete sich im kleinen Spiegel. Nie waren äußerer und innerer Zustand übereinstimmender als jetzt.

Sie müsste sich dringend Gedanken darüber machen, wie sie sich in der Sache Potocnik verhalten wollte, um Peer und Wolff kompromisslos ihren Entschluss mitteilen zu können. Sie würde Potocnik niemals und schon gar nicht über die zugegebenermaßen großzügige und aufsehenerregende Schenkung von vier historischen Tasteninstrumenten – über deren Qualität im Übrigen noch kein Wort gefallen war – eine Professur in Aussicht stellen. Dass Peer ihr dieses an Korruption grenzende Ansinnen zugemutet hatte, konnte sie immer noch nicht glauben. Unfassbar außerdem, dass er in einem für sie nicht durchsichtigen Zusammenhang zu Potocnik zu stehen schien.

Was springt für Peer dabei heraus?

Das Abscheuliche dieser Frage entschuldigte sie umgehend mit ihrem desolaten Allgemeinzustand. War es möglich, dass die kleine Eiszeit zwischen ihnen solche Treuelosigkeit hervorbringen konnte? Er fiel ihr in den Rücken – und zwar bewusst und absichtlich – da er über alle Vorgänge, die realen wie die angedachten, von ihr in Kenntnis gesetzt wurde, in vollkommener Ehrlichkeit und ohne jedes Kalkül. Nein. Peer mochte Schwächen haben, aber gewiss litt er nicht unter gekränkter Eitelkeit, die von ihrer rüden Zurechtweisung in puncto Terminabsprache vor ein paar Tagen herrühren mochte. Er war ihr doch ganz normal vorgekommen – von seinem betont forschen Auftreten abgesehen. Es war allerdings auffällig, dass er anstelle von vorsichtigen Fragen, mit denen er gewöhnlich die Lage abzutasten schien, immer öfter Tatsachen präsentierte, als hätte er nicht nur die Vorschläge, sondern bereits die eigenmächtig erwirkten Endergebnisse in der Tasche.

Sibylle sehnte sich in den Park zwischen die Rosen, die in der Sonne besonders stark dufteten. Ein Spaziergang brächte die Stimmen in ihrem Kopf, von denen ihr keine einzige wohlgesonnen war, zum Schweigen. Der kämpferische Dialog in ihrem Inneren, bei dem ihre Argumente überstimmt wurden, ließe sich nur mit Lorenz und Bello an ihrer Seite vertreiben und vermutlich wäre auch der Nackenschmerz verschwunden, wenn sie sich bei Lorenz unterhaken könnte. Mit den Wolkens als unliebsame Überraschung wäre nicht zu rechnen; sie feierten im denkbar kleinsten Kreis zuhause. Sie durfte nicht vergessen ihr abzusagen; ein unangenehmes Telefonat, aber unumgänglich, an geburtstägliches Harfespielen war gar nicht zu denken. Noch brachte sie nicht den Mut auf zum Hörer zu greifen und sie fragte sich, warum allein die Vorstellung, auch nur als Gast am Freitag dabei sein zu müssen, eine diffuse Abneigung in ihr auslöste. »Genuin menschenscheu«, waren Raphaelas Worte gewesen – das waren nicht nur die Wolkens, sondern auch sie. Hätte sie Lorenz nicht, könnte sie die Menschen in ihrem Leben an einer Hand abzählen. Falls es nicht sowieso schon zu spät war für eine Kehrtwende, sollte sie sich aufrichtig um Freunde bemühen. Dann wäre vielleicht etwas gewonnen. Fürs ganze Leben.

Entschieden müsste dem Tag ein einziger guter Augenblick, ein winziges Erfolgserlebnis abzuringen sein; sie sollte Mia Wunderlich anrufen und dann nach Hause gehen. Sie sehnte sich nach einem Glas Wein und hoffte, Lorenz hätte gekocht, auch ohne es vorher mit ihr abgesprochen zu haben.

Frau Sommer war schon gegangen, hatte ihr aber die private Telefonnummer von Mia Wunderlich auf den Schreibtisch gelegt. Wie war sie daran gekommen? Höchstwahrscheinlich über das Rektorat an der Stuttgarter Hochschule, sie hatte so ihre Beziehungen.

Mia Wunderlich zeigte sich nicht besonders davon beeindruckt, die Rektorin der G.Fr.Schnittspahn Hochschule am Apparat zu haben. Es schien Sibylle sogar, als hätte sie mit ihrem Anruf gerechnet. Das nahm Sibylle den Anfangsschwung und auch die Begeisterung über den Vorschlag, den sie ihr machen wollte. Sie hörte sich sachlich und geschäftsmäßig reden, nur halbherzig enthusiastisch. Vielleicht war das ausschlaggebend dafür, dass Mia Wunderlich ablehnte, noch bevor Sibylle ihr überhaupt eine Vorstellung von der zukünftigen Stelle mit all ihren Vorteilen geben konnte.

»Um ehrlich zu sein bin ich schon ein bisschen vorinformiert«, sagte Mia Wunderlich knapp.

»Ich kenne Ihren Prorektor, Prof. Siblewski – er erwähnte, dass Sie vorhaben, diese Stelle einzurichten.«

Sibylle traute ihren Ohren nicht und hörte Mia Wunderlich wie aus weiter Ferne weitersprechen – sie fürchte, dass sie dafür nicht die Richtige sei. Sie wolle hauptsächlich spielen, wenn es irgend ginge, sie wäre in letzter Zeit ganz gut im Geschäft und könne eine Hochschulstelle zeitlich gar nicht unterbringen. So verlockend das auch sei, so verantwortungslos wäre es den Studenten und auch der ganzen Hochschule gegenüber, ständig Unterricht ausfallen lassen zu müssen.

Trotz der wie einstudiert wirkenden Rede mit der klaren Absage und der schockierenden Erwähnung von Peers Namen, fasste Sibylle sich und verspürte sogar eine kleine Sympathie. Etwas rührte sie.

»Ich verstehe Sie natürlich, Mia.« Die vertrauliche Anrede war ihr herausgerutscht.

»Vom Spielen leben zu können ist natürlich wunderbar, da sind Sie absolut privilegiert – «

Aber – lag ihr auf der Zunge und nur mit Mühe unterdrückte sie den Impuls, weiter zu sprechen, Konzertieren ist gut und schön, aber vergessen Sie nicht die leeren Sommermonate, das Ende der Saison, alle Konzerte sind gespielt, alle Sommerkurse sind gegeben! Das Publikum hat sich in Luft aufgelöst. Kein Applaus, keine Anbetung, keine Selbstbestätigung, nur das Gefühl von Bedeutungslosigkeit, wer weiß, sogar Identitätsverlust! Aber, werden Sie sagen, da ist doch noch das Instrument, es wird doch weiter geübt, Projekte werden geplant und organisiert, Kontakte aktiviert.

Ja, gewiss. Natürlich. Eine sichere Stelle jedoch …

All das hätte sie ihr sagen wollen, aber tatsächlich sagte sie nur: » … und dazu wünsche ich Ihnen weiterhin viel Erfolg. Ich bin übrigens restlos davon überzeugt, dass Sie es bis an die Spitze schaffen werden. Sonst hätte ich nicht angefragt. Ich hoffe, wir sehen uns irgendwann.«

Sibylles fester Ton stand in einem krassen Missverhältnis zu ihrer Empfindung. Sie fühlte sich leer und ausgebrannt, wie nach einem besonders heiklen Konzert.

Mia Wunderlich bedankte und verabschiedete sich und klang dabei weniger selbstsicher, als am Anfang des Gesprächs. Möglicherweise hatte sie nicht mit dem kampflosen Aufgeben der Rektorin gerechnet. Sibylle fragte sich, inwieweit sie Kenntnis hatte von den internen Verhältnissen an der G.Fr.Schnittspahn. Und welche Rolle Peer dabei spielte.

Kaum hatte sie aufgelegt, zeigte ihr Handy eine eingehende Mail an. Dr. Kalb vom Förderverein, Betreff: Anfrage wegen Bauvor haben. Sibylle las auf dem großen Display des Laptops weiter. Es gehe um die Unterbringung der Studierenden für diese Zeit – Herr Kanzler Wolff hätte einen Zeitraum von mindestens zwei Semestern ab dem kommenden Wintersemester in Aussicht gestellt. Genauere Informationen wolle Herr Wolff dem Vorstand nach der Sitzung mit dem Bauamt, die ja bereits eine Woche zurückläge, zukommen lassen. Das sei bisher nicht erfolgt. Er bäte jetzt höflichst um diese Informationen, da die nächste Fördervereinsvorstandssitzung am kommenden Freitag stattfände, in der über die Bereitstellung von Ersatz- und Überäumen bzw. deren Finanzierung, für die sich der Förderverein einsetze, gesprochen werden müsse.

Dr. Kalbs ausgedörrte Kanzleisprache – er führte mit einem Kompagnon die größte Rechtsanwaltskanzlei der Stadt – hatte einen gereizten Ton. Sibylle vergewisserte sich, dass sie die Adressatin dieser Mail war. *Sehr geehrte Frau Prof. Rubin.* Kein Zweifel, Herr Dr. Kalb ging davon aus, dass sie über diesen Sachverhalt informiert war. Und das müsste bei Bauvorhaben, welche die G.Fr.Schnittspahn betrafen, auch der Fall sein. Sie erinnerte sich schattenhaft an einen Punkt auf der Tagesordnung der Großen Rektoratsrunde letzten Monat, der die Diskussion über einen möglichen Erweiterungsanbau vorsah. Hatte sie diesen Punkt nicht auf die letzte Sitzung im Semester vertagen lassen? Soweit ihr jetzt dämmerte, war kein Erweiterungsbedarf zu erkennen gewesen und von einem Finanzierungsplan wusste sie auch nichts. Wolff hatte dieses Thema mit keinem Wort mehr erwähnt. Sie dachte, es sei vorerst vom Tisch.

Sibylle schickte die Mail an Frau Sommer weiter. Sie würden morgen darauf reagieren. Sibylle fragte sich, ob sie jetzt noch in der Verfassung wäre, Raphaela anzurufen. Erst wollte sie sich dagegen entscheiden, dann befand sie, deprimiert, wie sie ohnehin bereits war, kam es auf eine weitere Schrecklichkeit auch nicht mehr an. Und tatsächlich, als wollte Raphaela ihre düstere Prognose bestätigen, zeigte diese sich überraschend uneinsichtig am Telefon.

»Aber das Harfespielen verlernt man doch eben so wenig wie das Radfahren, oder?«

Auf so wenig Fachkenntnis war schwer in einem Satz zu antworten. Sibylle entschied sich für die pragmatische, auch für Laien verständliche Kurzversion.

»Abgesehen davon, dass ich meinen ganzen Notenschrank nach geeigneten Stücken durchforsten müsste – wozu ich im Moment überhaupt keine Zeit habe – bin ich einfach nicht im Training. Ein Radrennfahrer würde auch nicht nach einem Jahr Pause aufs Rad steigen und an der Tour de France teilnehmen ... nur, um im Bild zu bleiben ... «

»Du lieber Himmel, Sibylle ... aber ich will Sie nicht drängen. Sicher haben Sie Recht, auch wenn es ja gar nicht darauf ankäme in unserem bescheidenen Rahmen ... «

»Leider kommt es immer drauf an. Es ist ein hundsmiserables Gefühl schlecht gespielt zu haben und das wird man so schnell nicht wieder los. Das sollte einfach nicht passieren, in welchem Rahmen auch immer.«

»Aber wer merkt das schon, Sibylle, doch nur der halbwegs gebildete Konzertgänger. Wenn überhaupt.«

»*Ich* merke es, nur das zählt. Aber ich verspreche Ihnen, ich werde für Sie spielen, nur wird das dauern. Ich brauche mindestens ein paar Wochen, bis ich auf meinem Instrument wieder fit bin. Ich melde mich, wenn es soweit ist, ganz bestimmt. Versprochen!«

Raphaela lenkte ein. Sibylle hätte sie für den Fall, dass sie weiter insistierte, gefragt, ob sie denn als Gegenbeispiel im Hause Rubin/Blumenthal spontan einen ihrer neuesten, unveröffentlichten, nicht lektorierten Texte vorgetragen hätte. Sie war sicher, Raphaela hätte höhnisch aufgelacht, allein schon wegen der anmaßenden Gleichsetzung ihrer beruflichen Popularität.

14

Frau Sommer wich Sibylles Blick aus, als diese am Freitagmorgen gegen halb zehn das Vorzimmer betrat.

Sie tippte etwas in die Tastatur ihres PC. Merkwürdig, dass sie nicht aufstand, um die Espressomaschine einzuschalten. Nur eine halbe Stunde bis zur Kleinen Rektoratsrunde. Sibylle grüßte im Vorübergehen und betrat ihr Büro.

Peer saß am Konferenztisch und blätterte in einem dicken Aktenordner. Es war noch nie vorgekommen, dass er vor ihr da war. Sie hätte ein paar Minuten der Vorbereitung gebraucht, besonders nach dem irritierenden Gespräch am Montag. Seitdem hatte sie ihn nicht gesehen. Entschlossen, ihm nur die Hand und nicht wie gewohnt die Wange hin zu halten, ging sie auf ihn zu. Peer stand auf, kam um den Tisch herum und umarmte sie wie immer, kurz und so, dass sich höchstens Arme, Schultern und Wangen berührten. Auf einmal spürte Sibylle den zehn Zentimeter großen Luftraum zwischen ihnen wie einen stählernen Abstandhalter. Frau Sommer steckte ihren Kopf herein, wedelte mit einem Blatt und sagte:

»Die Tagesordnung«, dabei sah sie unglücklich aus.

»Prima, danke«, erwiderte Peer. »Dann können wir noch einen Blick drauf werfen, bevor Wolff kommt.«

Er nahm das Papier entgegen und zog sich wieder hinter den Tisch zurück.

Sibylle hängte ihren Blazer in den versteckten Garderobenschrank und betrachtete sich einige Sekunden lang im Spiegel, um Zeit zu gewinnen. Sie versuchte sich zu erinnern, wann genau sie mit Frau Sommer diese Tagesordnung durchgegangen war um spezielle Punkte vorzubereiten, aber all die Probleme, die plötzlich aus dem Boden schossen wie Pilze in feuchtwarmer Septemberluft, hatten sie vollkommen aus der Bahn geworfen.

»Ich muss sagen, ich bin gerade nicht ganz im Thema – gibt es was Besonderes? Frau Sommer?«

Frau Sommer hörte sie nicht, die Tür zum Vorzimmer war geschlossen.

»Deine Unterlagen sind schon hier«, sagte Peer und reckte sich über den Tisch, um die Tagesordnung auf die Mappe mit der Aufschrift *Rektorin* zu legen. Sibylle stutzte, setzte sich dann aber und öffnete eine der kleinen Apollinaris-Flaschen. Frau Sommer war offensichtlich zu beschäftigt, um wie gewöhnlich vor der Sitzung die erste Tasse Cappuccino zu servieren; es war überhaupt sehr still im Haus. Normalerweise fand freitags um neun im Raum über dem Vorzimmer Rhythmik-Unterricht statt, über den sie sich oft genug ärgerte, weil das einstündige Fußtrappeln, Hüpfen und Stampfen die Decke über beiden Räumen zum Beben brachte und an ihren Nerven zerrte. Vielleicht war die Willhardt krank und der Kurs abgesagt. Totenstille auch direkt über ihr, in S 21, ihrem ehemaligen Unterrichtsraum, wo Birger Stölzl an seinem einzigen Unterrichtstag bisweilen sirenenartige Töne absonderte, die sich durch die Decke hindurch in Sibylles Kopf bohrten und sie schmerzlich an seine Anwesenheit in ihrem ehemaligen Refugium erinnerten.

Plötzlich wusste sie, was sie von Anfang an irritiert hatte: Peers Haare wuchsen wieder, dafür war der kleine Kinnbart abrasiert. Er sah jünger aus, glatter, nicht nur um die Augen herum, auch sein Hemd war gebügelt, wenn nicht sogar neu. Es war seegrün und passte zur hellblauen Jeans, die eng saß. Das muss sie flüchtig wahrgenommen haben, als er auf sie zugekommen war. Sie hatte für den Bruchteil einer Sekunde auf seine Körpermitte gesehen, die nicht wie gewohnt von einem ausgebeulten Pullover verhüllt war.

Es klopfte und Wolff kam herein, wie immer wie aus dem Ei gepellt. Er grüßte wie üblich ohne den Blick zu heben und sah sich nach einem geeigneten Platz für sein Jackett um, das er nicht über seine Stuhllehne hängen wollte. Heute verkniff er sich seine mäkelige Bemerkung über das Fehlen eines Garderobenständers und schnippte eine unsichtbare Fluse von seiner Hose, bevor er sich setzte und seinen Füllhalter aus durchsichtigem Acryl aufschraubte. Die Kappe legte er ordentlich neben sein iPhone. Die pinkfarbene

Tinte passte haargenau zum Einband seines Notizbuches, das er jetzt aufschlug.

Anstelle einer Begrüßung bemerkte Sibylle:

»Ich denke, wir brauchen Frau Sommer nicht zum Protokollieren.«

Sie griff zu ihrem Kuli und wollte sich wie gewohnt die Tagesordnung vornehmen, da sagte Wolff:

»Angesichts des Punktes, den wir heute hauptsächlich haben, wäre ich doch dafür.«

Aufgeschreckt überflog Sibylle das Papier und las:

TOP 1 Wahl des Rektors/ der Rektorin.

»Das Thema hat Priorität, wenn wir nicht mit der Wahlordnung in Konflikt geraten wollen«, sprach Wolff in das Schweigen hinein, das sich unüberhörbar im Raum ausbreitete. Er klappte seine schwarze Ledermappe auf und las vor:

»Paragraph 1 Absatz 2: Mindestens sechs Wochen vor der beabsichtigten Wahl der Funktion der Rektorin/des Rektors ist ihr/ihm Gelegenheit zu geben, ihr/sein Interesse an der Wiederwahl bekannt zu geben.«

»Ich kenne die Wahlordnung«, unterbrach ihn Sibylle schroff.

»Ich muss sagen, ich bin überrascht. Ich hätte erwartet, dass man mich daran erinnert. Üblicherweise werden solche Termine vorbereitet. Ein Anruf hätte genügt.«

Die Scham, dass ihr ein unverzeihliches Versäumnis unterlaufen war, hatte ihr das Blut in den Kopf getrieben und der Schreck saß ihr in den Gliedern. Sie stand auf und rief Frau Sommer zum Protokoll herein. Als hätte es nur dieses Signals bedurft, brummte Sekunden später die Espressomaschine und Kaffeelöffel klapperten auf Untertassen.

Peer sortierte seine Unterlagen und legte Papiere von der einen auf die andere Seite und wieder zurück. Dann sah er Sibylle an. Mit einem neuen Blick, direkt und neutral, aber ungeübt. Wolff redete weiter und betrachtete dabei das Display seines iPhones, das in Abständen leise brummte.

»Heute Morgen gab es eine außerordentliche Versammlung in der Mensa, zu der einige Senatsmitglieder aufgerufen haben und wie es aussieht, ist der Zulauf groß; Unterrichte scheinen jedenfalls kaum stattzufinden. Ungeachtet der Möglichkeit, dass dort über Kandidaten nachgedacht wird – wenn wir ausschreiben müssen, ist laut Wahlordnung dafür heute der letzte Termin.«

Sibylle setzte sich und trank einen Schluck aus ihrem Wasserglas, aber der bittere Geschmack in ihrem Mund breitete sich aus und brannte in ihrer Kehle. Ihre Wangen glühten und ihre Hand zitterte, als sie das Glas wieder abstellte. Jetzt erst fiel ihr der Strauß Rosen auf, den Frau Sommer in die viereckige Glasvase in die Mitte des Tisches gestellt hatte. Sie waren reinweiß und verströmten einen zarten Duft.

»Die Stimmung gegen Sie ist schlecht, wie Sie ja vielleicht schon mitbekommen haben.« Wolff sprach mit einer Stimme, aus der jegliches Mitgefühl verbannt war. Er war unpersönlich bis zur Rohheit.

»Und da einige der Kritiker im Senat sitzen, ist zu befürchten, dass es keine Mehrheit für Sie als Rektorin gibt – für den Fall, dass Sie wieder kandidieren wollen. Ich möchte Ihnen Einzelheiten ersparen, ich sage nur, dass der Ausdruck »Lame Duck« fiel in Zusammenhang mit unseren Ambitionen im Ausland ... Ich muss Ihnen das so schonungslos sagen.«

Die Sitzfläche ihres Sessels schien sich abzusenken, es war, als führe sie in einem defekten Fahrstuhl in rasender Fahrt abwärts. Gleich würde sie auf dem Betonboden zerschellen.

Frau Sommer kam herein und stellte drei Tassen mit Cappuccino auf den Tisch. Sie sah Sibylle nicht an, füllte aber deren Wasserglas auf und setzte sich auf den Stuhl neben sie, wie immer etwas nach hinten gerückt; Block und Bleistift legte sie vor sich auf den Tisch.

Sibylle atmete langsam durch die Nase ein und durch ihre leicht geöffneten Lippen wieder aus, aber das taumelige Gefühl, das die Rosen vor ihren Augen hin- und herschwanken ließ, als wehe hier ein kräftiger Wind, wollte nicht verschwinden.

Sie durfte sich nichts aus der Hand nehmen lassen, noch war sie hier die Rektorin. Diesen Termin hätte sie im Fokus haben müssen. Diese Sitzung hätte sie anberaumen müssen. Sie hätte ungefragt ein Statement abgeben müssen, wenn sie diesem Amt gewachsen wäre. Aber sie war sich ja nicht einmal wirklich im Klaren darüber gewesen, was sie wollte. Jetzt erst, in diesem Augenblick, wusste sie, dass sie von weiteren vier Amtsjahren ausgegangen war. Andere hatten hinter ihrem Rücken für sie entschieden. In der Mensa wurden die Karten bereits neu gemischt. Es ging nur noch darum, ob man sich auf einen Kandidaten im Hause einigen würde oder die Stelle ausschreiben müsste. Und es war längst abgemachte Sache, dass sie mit Ablauf dieses Semesters nicht mehr in diesem Büro sitzen würde, sondern wieder in S 21, abwechselnd mit Stölzl und trostlos einsam, da es keinen einzigen Studenten gäbe, für den sie da sein musste.

Sie versuchte den Kloß weg zu räuspern, den der Schreck ihr in die Kehle geschoben hatte.

»Ich nehme an, dass Sie nun doch noch der Form halber meine Meinung hören wollen. Vorher wüsste ich aber gerne, was gegen mich vorgebracht wird.«

»Meine Liebe – «, schaltete Peer sich ein, und sie fragte sich, ob diese Anrede schon immer eine glatte Lüge gewesen war, »ist das wirklich nötig? Du kennst doch deine Pappenheimer. Potocnik, zum Beispiel, um den Engagiertesten zu nennen. Jetzt sieht er seine Chance gekommen. Oder aus der Verwaltung Frau Meyer. Du magst sie unwichtig finden, aber sie ist eine Gegenstimme. Henriette Mandt. Sie findet, du bist zu nachsichtig. Gerade von dir als Frau hatte sie sich mehr Solidarität und Engagement erwartet. Dann Krüger. Er trägt dir bis heute nach, dass er es vor vier Jahren nicht geworden ist.«

»Und – kandidiert er etwa wieder?«, Sibylle erkannte ihre eigene Stimme nicht wieder. Hatte sie jemals so fassungslos geklungen? Es war unbegreiflich, dass sie von alledem nichts bemerkt hatte. Sie hatte Krüger zu ihrem zweiten Prorektor gemacht – hatte Sitzung für Sitzung seine ans Anbiedernde grenzende Jovialität ertragen. Ohne ihn sympathisch zu finden, hatte sie ihm vertraut.

Peer rückte seinen Stuhl zurück, als wolle er Abstand schaffen und schlug die schmalen Jeansbeine übereinander.

Wolff antwortete an seiner Stelle:

»Es scheint alles auf einen anderen Kandidaten hinauszulaufen ... « Dabei hob er den Kopf und sah Peer auffordernd an. Der schob seine Papiere von rechts nach links und kritzelte etwas auf die Tagesordnung, dann sah es so aus, als hake er etwas ab. Sibylle starrte ihn an. Fragen formten sich in ihrem Kopf, sie verwarf alle als unwürdig. Sie würde den Mund halten. Sie würde ihn gar nichts fragen, möglicherweise niemals mehr.

»Also. Ich will nicht um den heißen Brei herumreden. Es ist tatsächlich so, dass verschiedene Personen an mich herangetreten sind ... « Peers Stimme klang belegt und wieder hatte er diesen herausfordernden Blick, eine kuriose Mischung aus kindlichem Trotz, neuer Überlegenheit und mangelnder Souveränität. Dabei wird er gerade die bitter nötig haben, sollte er sich tatsächlich für eine Kandidatur stark genug fühlen, dachte Sibylle, überrollt von einer Welle namenlosen Grolls. Sein Fanclub da draußen wird ihm mit einem Misstrauensvotum drohen, noch bevor er sich an den Chefsessel hinter ihrem Schreibtisch gewöhnen konnte. Sie hörte das Geraune und Getuschel auf den Fluren, die Klagen und Vorwürfe so laut und eindringlich, als sprächen Stimmen zu ihr. *Ein eingefleischter Wissenschaftler wie Siblewski soll die Belange eines Musikers verstehen? Sie auch noch* vertreten *wollen? Über kurz oder lang wird er alles dafür tun, seinen wissenschaftlichen Fachbereich zu stärken und das eigentliche Kerngeschäft, die exzellente künstlerische Ausbildung, vernachlässigen! Mit einem Wort: Er wird die gesamte Hochschule gegen die Wand fahren.*

Genau das wird es heißen. Absurderweise. Sein Grab war bereits geschaufelt. Aber so läuft das eben: Wenn jemand unbedingt verantwortlich gemacht werden will, tun ihm alle gerne den Gefallen!

Da brummte ihr Handy und auf dem Display erschien *Seniorenresidenz Weinstraße*.

»Entschuldigung, da muss ich ran ... Aber wir sind ja fertig, wie ich das sehe. Ich bin im Bilde. Haben Sie alles, Frau Sommer? Danke.«

Niemand sagte etwas, aber nach Paragraph 1 Absatz 2 war sie weder nach ihrem Interesse an der Fortsetzung ihres Amtes gefragt worden, noch hatte sie das Gegenteil bekundet.

Als sie aufstand, um mit ihrem Handy ins Vorzimmer zu gehen, gaben ihre Knie nach. Sie griff mit der linken Hand nach der Lehne ihres Stuhls, mit der anderen stützte sie sich auf dem Tisch ab, dabei musste sie ihr Handy loslassen. Es rutschte auf der spiegelglatten Tischplatte ein paar Zentimeter auf Peer zu, der es reflexhaft zurück schubste, als spielten sie ein kindliches Geschicklichkeitsspiel. Für eine Sekunde trafen sich ihre Blicke. Sibylle war, als hätte sie ihn noch nie gesehen. Unvorstellbar, dass sie noch in Stuttgart gefährlich kurz davor gewesen war, ihm eine Erklärung abzugeben, für die sie sich bis ans Ende ihrer Tage geschämt hätte.

Sie griff nach ihrem Handy und ging hinaus, Frau Sommer folgte ihr dicht auf den Fersen, als wollte sie ihr Rückendeckung geben. Aber Sibylle rettete ihre aufrechte Haltung durch die Tür, die Meike Sommer hinter ihr mit Nachdruck und ohne auch nur einen Blick zurück zu werfen, ins Schloss fallen ließ. Dann sank sie auf den Schreibtischstuhl, den Frau Sommer ihr hingeschoben hatte und nahm den Anruf an.

Schwester Elisabeth aus der Seniorenresidenz sagte mit einer routiniert klingenden Besorgtheit in der Stimme, dass es gut sei, wenn sie sofort käme, ihrer Mutter gehe es sehr schlecht.

Frau Sommer wählte umgehend die Nummer von Kaczmarek, dem Dienstwagenfahrer, den Sibylle selten in Anspruch nahm. Aber Kaczmarek war mit dem Van unterwegs und transportierte ausgeliehene Pauken zurück nach Frankfurt.

Unaufgefordert wählte sie eine weitere Nummer, Sibylle saß wie gelähmt vor ihr und war zu keiner Reaktion fähig, aber in ihrem Innern tobte ein Tornado und wirbelte alles durcheinander, was sie für halbwegs standhaft gehalten hatte. Sie war kurz davor die Fassung zu verlieren. Und nebenan waren immer noch Wolff und Peer und würden sich nicht heraustrauen, so lange sie hier saß.

»Ihr Mann ist leider auch nicht zu erreichen, er ist zu einem Lieferantengespräch unterwegs und nimmt das Handy nicht ab«, sagte Frau Sommer und setzte hinzu,

»Ich halte es für das Beste, dass Sie erst mal nach Hause fahren und sich ein paar Minuten Ruhe gönnen. Dann sehen Sie weiter. Ich bestelle Ihnen ein Taxi. Ihr Wagen bleibt hier stehen.«

Sibylle schloss die Haustür auf und stand vor Jerome, der einen triefenden Wischmopp am Ende eines türkisfarbenen Schrubbers befestigte und sie anlächelte. Seine Zahnlücke wurde sichtbar und trotz all des Elends musste Sibylle sie sekundenlang anstarren.

Falls er überrascht war, ließ er es sich nicht anmerken. Sibylle warf es völlig aus der Bahn; sie hatte vollkommen vergessen, dass dies seine Zeit war. Etwas breitete sich in ihr aus wie eine feuergefährliche Lache, in die jeden Moment ein brennendes Streichholz fallen konnte. Aber Jerome begann mit dem Schrubber lange feuchte Bahnen um sie herum zu ziehen und es war, als wische er die gefährliche Lache auf, bevor eine Katastrophe geschehen konnte. Dann räumte er im Souterrain die Putzutensilien in den Wandschrank der Abstellkammer und kam wieder herauf. Bello, der vor Sibylles Arbeitszimmer in seinem Korb gelegen hatte, folgte ihm vorsichtig und langsam auf den spiegelglatten Stufen der Granittreppe.

Sibylle ließ ihre Tasche auf den kleinen Korbstuhl neben dem Dielentischchen fallen. Sie hätte gleich mit dem Taxi in die Seniorenresidenz weiterfahren sollen, warum war ihr der Gedanke nicht gekommen? Wie immer in außergewöhnlichen Situationen schien sie wie von einer Lähmung befallen zu sein; ihr Kopf war so leer, wie nach einem plötzlichen Gedächtnisverlust. Jerome warf einen langen, prüfenden Blick auf sie.

»Kann ich irgendetwas für Sie tun?«

»Das können Sie tatsächlich«, hörte Sibylle sich sagen, »ich bin sozusagen in einer Notsituation und weiß mir keinen Rat mehr.«

Das Jämmerliche in ihrer Stimme, ob aus Sorge um ihre Mutter oder aus Selbstmitleid, hatte ihr die Tränen in die Augen getrieben. Sie war so hilflos wie ein Kind und jetzt schon von dem überfordert, was auf sie zukommen mochte. Sie wusste nicht einmal, was es war, aber es war nichts Gutes. Ihr fehlte Lorenz, der ihr Mut zusprechen, die Dinge in die Hand nehmen und ihr Anweisungen geben würde, die sie widerspruchslos befolgt hätte, weil sie das Richtige wären.

Zehn Minuten später saß sie im durchgesessenen Beifahrersitz von Jeromes honiggelbem Astra, der an mehreren Stellen andersfarbig ausgebessert war, aber sonst einen zuverlässigen Eindruck machte, wie Jerome selbst.

Über ihren Nacken strich ein warmer Hauch. Bello saß hinter ihr auf der engen Rückbank, aufrecht und viel zu groß für das schräge Heckdach, wie sie plötzlich besorgt dachte.

»Leg dich hin, Bello!«, rief sie über die Schulter und als er sich tatsächlich mit einem kleinen Aufseufzen auf den verschlissenen Velourbezug der Rückbank fallen ließ, war sie nahe daran, wieder in Tränen auszubrechen, diesmal aus Rührung und Erstaunen darüber, dass er auf sie hörte, womit sie nicht gerechnet hatte. Jerome neben ihr schwieg, aber es war kein Schweigen, das sie nötigte, eine Konversation in Gang bringen zu müssen. Mehr um den beklommenen Gedanken an ihre Mutter zu verdrängen, wollte sie ihn gerade fragen, warum er überhaupt eine Putzstelle angenommen habe – ein Mann seines Bildungs- und Intelligenzgrades – da bog er schon in die von blühenden Rot- und Weißdornbäumen eingerahmte Einfahrt der Seniorenresidenz ein und Sibylle wurde von einer bösen Vorahnung erfasst. Schwester Elisabeth kam ihr entgegengelaufen, als hätte sie bereits dringend auf sie gewartet. Sie signalisierte ihr mit einer Handbewegung gar nicht erst auszusteigen.

»Wir mussten Ihre Mutter ins Krankenhaus bringen, sie liegt auf der Intensivstation. Am besten Sie fahren sofort hin.«

Das Mütterchen trug alle ihre Ringe. Ihre Hände lagen links und rechts neben ihr auf der Bettdecke. Sie atmete nicht, es war keine Bewegung zu sehen. Eine Schwester schob Sibylle einen Stuhl ans Bett. Jerome stand unentschlossen in der Tür, dann wandte er sich ab und ging in den Flur. Das Mütterchen sah aus wie ein vertrocknetes, aus dem Nest gefallenes und am Boden verdorrtes Vogelküken.

»Es tut mir leid, ich fürchte, wir können nichts mehr für Ihre Mutter tun, Frau Prof. Rubin ... Ich bin der diensthabende Arzt, Dr. Esmail.«

Ein junger Mann streckte Sibylle seine Hand entgegen. Sie war bronzefarben, schmal und kühl. Seine Bestürzung schien nicht gespielt, vielleicht hat er das zum ersten Mal sagen müssen.

»Man hätte sie uns eher bringen müssen, das Fieber hat sie kolossal geschwächt ... Können Sie hierbleiben?«

Sibylle nahm die Hand ihrer Mutter, sie war heiß; in großen Abständen pochte es schwach unter der dünnen Haut ihres Handgelenkes. Sonst deutete nichts darauf hin, dass sie noch lebte.

»Wie ist das nur möglich?«, brachte Sibylle hervor. »Vor knapp vier Wochen machte sie noch einen ganz gesunden Eindruck auf mich ... schwach, ja, aber todkrank?«

»Wahrscheinlich ist der Grund eine verschleppte Lungenentzündung – manchmal geht es sehr schnell. Es tut mir wirklich leid.«

Dr. Esmail verließ das Zimmer und Jerome kam herein. Er stellte einen Becher Kaffee und ein Brötchen auf dem Tischchen neben dem Krankenbett ab.

Sibylle sah es wie im Traum, brachte es aber nicht mit sich in Verbindung.

Als sie wie in jeder Vorstellung die Stange ihres Trapezes loslässt, auf Peer zufliegt und ihm beide Arme entgegenstreckt, packt er nicht ihre Hände, sondern saust mit einem kleinen schurkischen Lächeln über sie hinweg in die luftige Höhe des Zirkuszeltes.

Sibylle fällt.

Sie sieht das Mütterchen, das ihr gerade noch freudig zugewunken hatte, entsetzt die Hände vor die Augen schlagen und von der Holzbank sinken. So federleicht fällt das Mütterchen in die braune Spreu unter der Zuschauertribüne, das nicht einmal Staub aufgewirbelt wird; nur ein kleiner Flügel löst sich von ihrem Körper, entfaltet sich wie ein Fächer und schickt einen farbigen Blitz durch die Manege.

Sibylle landet hart im Netz, dessen grobe Maschen sie wie durch eine Lupe sieht. Sie sind aus graubraunen Seilen, fadendünn und brüchig. Schon reißt eine Masche nach der anderen und sie stürzt kopfüber durch ein riesiges Loch, bis nur noch ihr Fuß in einer Schlaufe hängen bleibt. Ihr Kopf baumelt wenige Zentimeter über dem Boden. Der dumpfe Geruch von Pferdedung steigt ihr in die Nase und ihr Mund ist mit Sägemehl gefüllt. Oben auf der Schaukel fliegt Peer in großen Schwüngen durch das Zelt, glänzend wie ein Aal im hautengen Trikot, das durch blitzende Strass-Steinchen rund um sein Geschlechtsteil seine Männlichkeit präsentiert, als wäre dies seine Solonummer.

Als sie aufwachte, war es dunkel draußen, nur ein Notlicht leuchtete schwach über dem Betttischchen, auf dem ein Kaffeebecher und ein in eine Serviette eingewickeltes Käsebrötchen lagen. Auf der anderen Seite des Bettes saß Lorenz und sah sie an. Sibylle hielt immer noch die Hand ihrer Mutter. Sie war jetzt ganz kalt.

15

Sie hatte es Lorenz zu verdanken, dass alles Notwendige getan worden war. Er hatte das Zimmer in der Seniorenresidenz ausgeräumt, die Beerdigung organisiert und Sibylle das Einverständnis für ein anschließendes Kaffeetrinken mühsam abgerungen. Mehr aus Resignation als aus Einsicht hatte sie schließlich eingewilligt, aber nur unter der Bedingung, dass sie niemandem vom Personal der *Weinstraße* begegnen musste. Es gab keine Absolution für die Verhinderer ihres Abschieds von der Mutter, kein Vergeben für das Versäumnis, sie nicht rechtzeitig benachrichtigt zu haben. Sie wollte es wohl so, hatte Lorenz gesagt, aber Sibylle konnte nicht glauben, dass ihre Mutter veranlasst haben sollte, ihre vielbeschäftigte Tochter nicht anzurufen. Widerwillig hätte sich Schwester Elisabeth gefügt, sie sei untröstlich, so Lorenz, aber selbst am Grab hatte Sibylle ihr die Hand verweigert, obwohl sie den erschrockenen Blick des Mütterchens auf sich gerichtet fühlte, erschrocken über das schlechte Benehmen ihrer Tochter; daran änderte auch die Tatsache nichts, dass sie tot da unten lag. Wie es ihre Art gewesen war, hatte sie es vorgezogen wortlos zu verschwinden, ohne Mahnung und ohne der Tochter irgendein Versprechen abzuringen, das sie über ihren Tod hinaus zwänge, sich ihr nah zu fühlen, wenigstens für eine Weile. Und Lorenz? »Du willst dich doch nicht etwa vorzeitig aus dem Staub machen?«, hätte er seiner Schwiegermutter mit einem Augenzwinkern gesagt und damit in lorenzischer Art das Unaussprechliche angesprochen, worauf sie ihm ein letztes Lächeln geschenkt hätte und Sibylle wäre es leichtgefallen hinzuzufügen:

»Er hat Recht, bitte jetzt noch nicht, wo ich dich doch brauche, Mama.«

Aber das hatte sie seit ihrer Kindheit nicht mehr gesagt.

So warf sie nur eine weiße Rose auf ihren Sarg. An Lorenz' Arm hatte sie auf die gemurmelten Worte von Krüger und Wolff nur mit einem stummen Kopfnicken geantwortet, Frau Sommers tränennasse Wange an ihrer gespürt und unbekannten Greisen, die sich mit Rollatoren in die Schlange der Kondolierenden eingereiht hatten, die Hand geschüttelt. Von Peer hatte sie sich abgewendet und seine ausgestreckte Hand Lorenz überlassen. Aber dass Raphaela Wolken sie wortlos in den Arm nahm, brachte sie augenblicklich aus der Fassung und sie musste über alle Toten hemmungslos weinen, auch über den Hund ihrer Tante, Kalle, den sie vor vielen Jahren nicht hatte betrauern können. »Sie ist ein herzloses Kind«, hatte die Tante zu ihrer Mutter gesagt und diese Worte brannten bis heute in ihrer Seele. Über den Rand des Grabes hinweg sah sie ihre beiden Cousins und zwischen ihnen, gebrechlich und von ihren Söhnen gestützt, die alte Tante, die auch bald sterben würde.

Es waren nicht viele zum Kaffee mitgekommen. Während Sibylle blass und teilnahmslos wie eine Statistin auf dem Sofa saß, kümmerte sich Lorenz um die Gäste und auch Jerome, das fiel ihr erst zuhause auf, war die ganze Zeit dabei gewesen. Jetzt hatte er die Bewirtung übernommen und räumte das schmutzige Geschirr in die Küche. Auf dem Esstisch brannten weiße Kerzen und ein Strauß weißer Rosen stand neben einem silbernen Bilderrahmen, aus dem Hildegard Rubin hinter großen Brillengläsern mit einem zaghaften Lächeln auf ihre schwarzgewandeten Besucher blickte. Auch das war vermutlich Jerome zu verdanken. Er hatte es für Sibylle getan, diskret und unauffällig. Soweit das bei seiner Erscheinung möglich war.

Einige Stunden später, nachdem alle das Haus verlassen hatten, ging Sibylle hinunter in ihr Arbeitszimmer und nahm die Decke von der Harfe. Durch das wilde Gestrüpp vor dem Fenster fielen die Strahlen der Abendsonne wie spitze Nadeln auf den dunkelroten Lack der *Schönen Laura*. Sie strich über die Saiten und lauschte dem zarten Klang nach, dann zog sie den Hocker heran, setzte sich und begann das Instrument zu stimmen.

Kaum hatte sie den Stimmschlüssel auf den Wirbel gesteckt und die linke Hand an die Saite gelegt, war es, als hätte sie eine Schwelle überschritten. Eine sonderbare Ruhe erfüllte sie bei der vertrauten

Berührung, sie hörte sich aufseufzen, als hätte sie etwas hinter sich gelassen, das ihr alle Freude genommen hatte, dann aber, kurz vor dem Loslassen der Saite, schoss ein jäher Schmerz durch ihren linken Zeigefinger, ein Brennen unter der Haut, die so zart war wie die eines Kindes und, als breite sich das Dünnhäutige aus, schmerzte plötzlich alles. Der Schmerz senkte sich tief in ihren Körper und umklammerte sie wie ein großes Unglück. Ein bitterer Verlust, den sie längst überwunden zu haben glaubte, stand ihr plötzlich klar vor Augen und mischte sich in die Trauer um ihre Mutter; jetzt wusste sie, dass sie ihn nur weggeräumt hatte, irgendwohin, wo sie hoffte, ihm nie wieder zu begegnen. Der Tod des Mütterchens hatte Felizitas lebendig werden lassen. Auch von ihr war sie ohne ein Wort verlassen worden.

Mit brennenden Augen starrte sie ihren pochenden Finger an, der mit dem Anzupfen ein leises, schnurrendes C ausgelöst hatte. Der untere Rand des Fingernagels bewegte sich und winzige, feine Spitzen, wie dünne Federkiele, bohrten sich durch die Nagelhaut, sprossen heraus und entfalteten sich langsam zu schneeweißen Federchen, die sich über ihren Fingernagel legten wie die Flügel eines Schwans über seine Jungen. In Panik schloss Sibylle die Augen.

Das wahnhafte Bild verschwand, aber als sie ihre Augen wieder öffnete, flimmerte eine gleißende Zickzacklinie vor ihrem Blick und verwandelte sich im nächsten Augenblick in ein Meer blitzender, ineinanderfließender Punkte. Eine maßlose Übelkeit stieg in ihr auf. Sie würgte und wollte ins Bad laufen, aber es war ihr unmöglich aufzustehen.

Seit Lorenz sie gefunden hatte, zusammengekrümmt auf dem Boden vor ihrer Harfe liegend, in einer kleinen Lache Erbrochenem, war er nicht mehr von ihrer Seite gewichen. In der Nacht wachte sie in seinen Armen aus unruhigem Schlaf auf. Ihr heißer Rücken lag an seiner Brust, dazwischen nur die dünne Baumwolle ihres Pyjamas. So hatten sie seit Jahren nicht mehr gelegen. Wenn sie sich ruhrte, wäre er sofort wach. Aber vielleicht schlief er ja gar nicht. Sie hörte ihn nicht atmen, spürte nur die sanfte Bewegung seiner Brust. Auch Präses hatte seine Schlafposition geändert, er war jetzt neben ihrer Seite des Bettes und hatte seinen Kopf auf den Rand ihrer Matratze gelegt. Im Halbdunkel sah sie seine glänzenden Augen auf sich gerichtet, zwischen seiner Schnauze und ihrem Gesicht lag vielleicht ein halber Meter. Sein Atem war erstaunlich geruchlos für einen Hund. *Bello*, dachte Sibylle, und *Lorenz*, und sie versuchte ein Schluchzen zu unterdrücken, damit Lorenz nicht merkte, dass sie weinte.

Seit über einer Woche war Sibylle nicht in der Hochschule gewesen. Am späten Sonntagabend, als sie sich in ihren Sesseln gegenübersaßen, während im Hintergrund leise und auf eine tröstlich normale Weise der Fernseher lief, hatte Lorenz sie plötzlich und wie aus heiterem Himmel nach der Rektorenwahl gefragt und Sibylle hatte geantwortet. Schonungslos sich selbst gegenüber hatte sie ihm stundenlang und ohne Pause berichtet, kein Detail auslassend, nur ihre diffusen Gefühle für Peer, ihre berufliche Abhängigkeit, die angefangen hatte, sich in eine seelische zu verwandeln, noch dazu mit unverkennbaren Verliebtheitssymptomen, hatte sie ihm verschwiegen. Dafür schämte sie sich zu sehr, denn es entzog sich vollkommen dem Bild, das sie von sich hatte. Lorenz hatte zugehört, ohne den Blick von ihr abzuwenden. Der Hund war neben ihnen eingeschlafen und als sie schließlich zu Bett gehen wollten, wurde es schon hell hinter den alten Eichen.

Sibylle stand um 7.00 Uhr auf. Noch im Morgenmantel verabschiedete sie Lorenz, setzte Teewasser auf und steckte zwei Scheiben Vollkorntoast in den Toaster.

Von der Hochschule hatte sie seit der verhängnisvollen Sitzung am Todestag ihrer Mutter vor mehr als einer Woche nichts gehört. Auch von Frau Sommer kein Wort. Sibylle hatte keine Ahnung, was sie erwartete; Termine, Sitzungen, Besprechungen, alles war ihr entfallen, sie selbst war aus ihrem Beruf gefallen, so kam es ihr vor. Immerhin fühlte sie sich insgesamt besser. Nicht stärker, aber gewappnet, als hätte sie alle Schrecklichkeiten, die ihr möglicherweise bevorstünden, in den letzten Tagen schon vorweg durchlitten.

Nachdem sie Peer auf dem Friedhof nicht hatte in die Augen sehen können, erschien es ihr jetzt ausgeschlossen, ihn anzurufen. Umgekehrt erwartete sie es von ihm als ihrem Stellvertreter. Wie war es möglich, dass man sie über die Situation derart im Ungewissen ließ?

Hatte sie noch Schonzeit oder paddelte die »Lame Duck« bereits ahnungslos in einem Haifischbecken und es war lediglich eine Frage von Tagen, bis sie an den Füßen gepackt und in die Tiefe gezerrt wurde? Was hatte man inzwischen alles korrigiert, verändert oder geplant für die Zeit nach ihr? Hochschulen sind wie der Bundestag, hatte sie oft gedacht, mit allem, was dazu gehört, der Hierarchie, den offenen und geheimen Seilschaften, den Lobbyisten und der mehr oder weniger ehrlichen Diplomatie. Und ausgerechnet sie war so etwas wie die derzeitige Kanzlerin.

Dabei hatte sie immer nur Harfe geübt und war schon als Kind befreit von allen Pflichten und Aufgaben gewesen, die andere Mädchen ihres Alters zu erledigen hatten. Vielleicht war das ein Fehler. Heute konnte sie nicht einmal eine Scheibe Brot gerade abschneiden. Sie hatte keine Ahnung gehabt, was andere Mädchen ihres Alters außerhalb der Schulzeit machten, oder wie es überhaupt in anderen Familien zuging. Es hatte sie nie interessiert. Während ihre Schulkameradinnen die Nachmittage miteinander verbrachten, saß sie in ihrem Zimmer und hörte sich durch die riesige Schallplattensammlung ihres Vaters, zu der er ihr endlich Zugang gewährt hatte. Zu ihrer eigenen Verwunderung konnte sie sich ohne Mühe die Opuszahlen und Tonarten sämtlicher Werke merken. Sie las alles, was ihr in die Finger kam und verordnete sich für jeden Roman, der sie zum Lesen verführte, das Studium einer Musikerbiografie. Ob als Belohnung oder als Strafe, hatte sie sich nie gefragt, es gehörte einfach zu dem, was sie für ein Musikerleben als unverzichtbar hielt. Teenagerphantasien hatten darin keinen Platz. Das Übe-Argument war ihre stärkste Ausrede, wenn ihr die beiden Klassenkameradinnen, mit denen sie eine lose Freundschaft verband, auf die Nerven gingen. Die Zeit, die sie an ihrer Harfe verbrachte, ganz allein mit sich und der Musik, war ihr die liebste. Je länger sie übte und je unermüdlicher sie eine Stelle wiederholte, desto klarer erschien das Stück vor ihren Augen, nahm Kontur an und füllte sich mit Sinn. Es war, als verriete der Komponist selbst ihr seine geheimsten musikalischen Vorstellungen und sie wäre auserkoren, diese zum Erklingen zu bringen. Das war Zauberei, sie war ganz erfüllt davon, sie konnte es nicht in Worte fassen, aber es stellte alles andere in den Schatten.

Wie durch ein Wunder überdauerten die beiden Schulfreundschaften die Schulzeit, an deren Ende zu Sibylles größtem Schrecken der Abiball stand. An ihm nahm sie nicht tanzend, sondern sitzend teil. Rüdiger Matzke, der in der Klasse hinter ihr saß, hatte sich von diesem Anlass vermutlich mehr versprochen. Seine Anhänglichkeit war Sibylle unerklärlich, gewöhnlich riss man sich nicht um sie, aber da sie, was Jungenfreundschaften anging, im Vergleich zu ihren Klassenkameradinnen eine Nachzüglerin war, nahm sie Rüdigers Schwärmerei hin und manchmal fand sie sogar Gefallen daran. Für den Abiball war er sogar unverzichtbar. Mit einer im Boykott befindlichen Tanzpartnerin war allerdings auch Rüdiger zum Sitzen verurteilt und hatte sich damit begnügt, Sibylle Komplimente über die zu ihren Augen passende Farbe ihres Kleides zu machen. Einmal forderte er ihre Mutter auf, die vor Freude errötete. Sibylle sah es und es war ihr peinlich – genau wie ihre eigene Anwesenheit hier. Heilfroh war sie gewesen, als der Ball vorbei war und mit ihm der ganze Lebensabschnitt. Rüdiger Matzke blieb ihr jedoch noch einige Monate erhalten, in denen er vergeblich versuchte von ihrem Körper mehr zu erhaschen, als den Blick auf ihre trägerlose Schulter.

In diesen Frühsommerwochen, mit gerade 18 Jahren, verbrachte Sibylle ihre Zeit hauptsächlich mit Gesine Roth, ihrer Harfenlehrerin, die sie in Lüneburg auf die Aufnahmeprüfung an der Hamburger Musikhochschule vorbereitete; nach dem Abitur mit dreifacher Stundenzahl in der Woche, die studienvorbereitenden Theoriestunden nicht mitgerechnet. Rüdiger Matzke heuchelte Verständnis für Sibylles tagelanges Abtauchen, wenn er nur anschließend seine Anbetung für sie zum Ausdruck bringen durfte. Gelegenheit dazu hätte ihm ihre Teilnahme beim Wettbewerb *Jugend musiziert* gegeben, wo sie sich in der höchsten Kategorie der Gruppe Zupfinstrumente/Harfe den ersten Preis erspielte. Allerdings brachte er es nicht fertig, sie von der Kompetenz seiner musikalischen Wahrnehmung zu überzeugen. Eine Würdigung ihrer Leistung, die über bloßes Staunen hinausging, war von Rüdiger nicht zu erwarten gewesen. Dafür hätte sie nicht so etwas Außerordentliches wie Harfe spielen müssen, hatte Sibylle ihm säuerlich klar gemacht, ein Sprung über eine Hürde oder ein schneller Sprint hätten es auch getan. Rüdiger war musikalisch vollkommen ungebildet und konnte den Klang einer Harfe nicht von dem einer Gitarre unterscheiden. So war von vorne herein klar gewesen, dass er den heimlichen Test, zu dem sie ihn in das Philharmonische Konzert des Lübecker Orchesters gelockt hatte, nicht bestehen würde. Auf dem Programm stand ein Harfen-Concerto, bei dem Gesine Roth als Solistin brillierte; danach musste Rüdiger gezwungenermaßen auch noch die Zweite Symphonie von Mahler über sich ergehen lassen – Gesine Roth hatte Sibylle als Aushilfe für die zweite Harfe vorgeschlagen. Die wichtigen Stellen im zweiten und vierten Satz, auf die Sibylle Rüdiger im Vorfeld mithilfe von Schallplatteneinspielungen aufmerksam gemacht hatte, konnte er weder wiedererkennen noch war er überhaupt imstande gewesen, Harfenklänge aus dem Getöne und Getöse der Massen auf der Bühne herauszuhören. Und sehen, so hatte er sich später beklagt, konnte er Sibylle auch nicht, obwohl er sich nach dem ersten Satz redlich bemüht hatte, die Augen offen zu halten. Sibylle, die Rüdiger Matzke mit ihrem ersten Schritt auf die Bühne restlos vergessen hatte, war mit klopfendem Herzen ihrer Lehrerin gefolgt, einzig darauf bedacht, den Weg durch das Orchester zu ihrer Harfe zu finden, ohne über ihr langes Kleid zu stolpern. Dann war alles verblasst, es gab nur noch die Musik.

Als sie nach dem Verklingen des allerletzten Tones aus ihrer trancehaften Versenkung auftauchte, hob sie den Blick und suchte ihre Eltern in der fünften Reihe. Neben ihnen saß Rüdiger Matzke mit einem geröteten Gesicht, das die spätpubertäre Phase noch nicht restlos überwunden hatte. Das sah sie wie zum ersten Mal und selbst auf die Entfernung. Anstatt von Euphorie durchdrungen, war er in sich zusammengesunken, er wirkte leblos und viel kleiner als noch vor dem Konzert. So sahen Verlierer aus. Bevor der Applaus aufbrandete, war die Ära Rüdiger Matzke beendet.

Sibylle frühstückte ausgiebig und auf dem Küchenhocker an der Anrichte sitzend, das erste Mal seit langem. Dann ließ sie Bello in den Garten, während sie sich anzog. Sie wählte die hellgraue Seidenbluse und den dunkelblauen Hosenanzug aus Leinen. Hellgraue Pumps und den silbernen Ohrschmuck, groß, geometrisch und hochglanzpoliert. Sie ertappte sich bei diesen Betrachtungen, die ihr vollkommen neu vorkamen. Lippenstift, etwas Rouge. Sie fand, dass sie fast wie früher aussah. Wann war früher?

Als sie ins Auto stieg, zitterten ihr die Knie. Kurz wurde ihr schwindelig und das Tor verschwamm vor ihren Augen. Aber dann war der Spuk vorbei und sie drückte auf die Fernbedienung. Es war warm, die Sonne schien durch das Blattwerk der großen, alten Eichen, die hinter der Ausfahrt den Weg säumten. Wer hatte heute noch alte Eichen vor dem Haus? Sie war privilegiert, schon allein deswegen.

Frau Sommer strahlte, als sie Sibylle hereinkommen sah.

Um ein Haar hätte Sibylle sie umarmt, so sehr freute sie sich über ihre offensichtliche Zuneigung, die sie umfing wie ein wärmender Wintermantel bei frostigen Minusgraden. Nachdem sie wie gewöhnlich ihre Tasche abgestellt, ihre Jacke ausgezogen und ihr Laptop hochgefahren hatte, ging sie zurück ins Vorzimmer und setzte sich. Meike Sommer stand an der Espressomaschine, die fauchende Geräusche machte, als wäre alles wie immer, also in bester Alltagsroutineordnung.

»Ich bin froh, dass es Ihnen besser geht«, sagte sie, «Jedenfalls sehen Sie viel besser aus.«

Sie trug wegen der angekündigten Höchsttemperaturen ihre Haare zu einem losen Dutt hochgesteckt und ein ärmelloses Top in einem undefinierbaren Schlammgrün, dazu eine weiße, dünne Baumwollhose, durch die man ihre muskulösen, gebräunten Beine schimmern sah.

»Und Sie sehen so gut aus wie immer«, konterte Sibylle und ihr fiel auf, dass sie Meike Sommer in all den Jahren kein einziges Kompliment gemacht hatte.

Als wäre es nie wieder gutzumachen, bedrückte dieses Versäumnis sie plötzlich so schwer, dass sie schlucken musste. Ihre Emotionen führten einen wilden Tanz auf, sie war noch lange nicht stabil. Genau genommen kein bisschen. Frau Sommer beschäftigte sich intensiv mit der Maschine, füllte den Milchkanister. Sibylle stand auf, ging ins Büro, um sich die Nase zu putzen und kam wieder zurück.

»Und ehrlich gesagt - ich weiß überhaupt nicht, was ich ohne Sie hier angefangen hätte. Sie waren immer so ... «

Die Kehle schnürte sich ihr zu, ihre Stimme brach weg. Frau Sommer stellte die Milchtüte ab und drehte sich zu ihr um. Dann ging sie auf Sibylle zu und nahm sie in den Arm. Sekundenlang standen sie so. Schließlich sagte Meike Sommer:

»Ihr Cappuccino ist fertig«, und wandte sich wieder der Kaffeemaschine zu.

Als sie sich später am Konferenztisch gegenüber saßen, stand auch vor Meike Sommer eine Tasse Cappuccino. Das war noch nie vorgekommen und auch, dass sie die Tür zum Vorzimmer abgeschlossen hatte, war neu. Das hatte Sibylle nur beobachtet, wenn sie in die Mittagspause, zur Toilette oder früher als sie selbst nach Hause ging.

»Neuerdings geht es hier zu wie im Taubenschlag. Jeder kommt rein ohne anzuklopfen«, klagte Frau Sommer und tatsächlich wurde wiederholte die Klinke gedrückt, dann laut geklopft. Frau Sommer stand auf und schloss zusätzlich die Tür zwischen ihrem und Sibylles Büro. Dieses war eine kleine, geheime Dienstbesprechung. Vermutlich eine der letzten. Sibylle würde gehen, Frau

Sommer bleiben. Aus welchem Grund sollte Peer sie auswechseln wollen. So etwas war nur üblich, wenn Mitarbeiter sich gröbster Vergehen schuldig machten. Sibylle kannte nur einen einzigen Fall, wo nach der Wahl eines neuen Rektors die alte Mitarbeiterin grundlos gegen eine jüngere, ansehnlichere, ausgetauscht worden war. Ein unerhörtes Vorkommnis, das viel über die Person des Rektors aussagte. Sibylle hatte ihn nie gemocht, sie fand ihn arrogant und dumm. Das war Peer nicht. Er war vielleicht unerfahren und verträumt und seinem Wesen nach kein Pragmatiker, aber gemeinsam waren sie ein gutes Team gewesen. Das hatte sie jedenfalls geglaubt. Jetzt war sie sich nicht mehr sicher und konnte sich an keinen nennenswerten Erfolg erinnern. Er würde Frau Sommers Hilfe bitter nötig haben. Auch, wenn weiterhin Krüger Prorektor bliebe. Oder gerade dann. Man konnte nie sicher sein, dass sich nicht schon der Nächste insgeheim für den Posten in Stellung brachte, Seilschaften knüpfte, Netzwerke installierte und dabei unhaltbare Versprechungen machte.

Meike Sommer legte Sibylle die vorläufige Tagesordnung der Senatssitzung am 13.Juli vor, die letzte des Semesters. Ihre letzte überhaupt.

TOP 1:
Wahlprocedere der Wahl des Rektors/der Rektorin
Bestellung des Wahlleiters
Termin für die Vorstellung der Kandidaten
Termin für die Wahl des Rektors/der Rektorin

Frau Sommer las laut vor und blickte stur auf ihre Unterlagen. Sibylle sah, dass die TOPs fehlten, die sie ursprünglich für diese Sitzung vorgesehen hatte:

Schenkung Historische Tasteninstrumente
Einrichtung einer Querflötenprofessur
Bauvorhaben (TOP des Kanzlers)

Jemand hatte Frau Sommer angewiesen, sie zu streichen. Oder sie waren in die erste Sitzung des neuen Rektorates vertagt worden, mit garantierter Aussicht auf Erfolg.

Sollte, müsste sie nicht sofort eingreifen? Frau Sommer inquisitorisch befragen? Oder sollte sie das Gegenteil tun? Loslassen. Alles hinwerfen. Aufhören.

»Der neuen Rektorin, dass ich nicht lache. Wir beide wissen, wer der neue Rektor sein wird«, sagte Sibylle und gab sich keine Mühe förmlich zu wirken, » ... Ich könnte mir einen schlechteren vorstellen. Nur, wie das jetzt hier abläuft, das ist seiner nicht würdig. Aber in diesen Kategorien denkt man wohl nicht, wenn es um Macht geht ... «

Meike Sommer nickte zustimmend und zog einen anderen Aktenordner zu sich heran.

»Ich dachte, das würde Sie interessieren. Ich habe aus der Studentischen die Info, dass eine Anmeldung für Harfe vorliegt – seit Langem mal wieder.«

Sibylle nahm den Anmeldebogen. Wenn es wahr wäre und sie nur einen einzigen Studenten aufnehmen könnte, wäre ein Neuanfang gemacht und wenn sich das herumspräche, wie sich alles in Musikerkreisen herumspricht, gäbe es eine winzige Aussicht auf mehr Zulauf. Eine warme Welle jagte durch ihren Körper. Sie wollte nicht Frau Sommer ansehen, aber sie spürte förmlich, dass sie zufrieden aussah.

Das Foto in der rechten oberen Ecke des Deckblattes zeigte eine junge Frau mit aus der Stirn gekämmten blonden Haaren und einer schönen großen Nase, die ihrem klaren Gesicht einen selbstbewussten Ausdruck gab. Ihre hellen Augen blickten mit Ernst in die Kamera. Katharina Ohlsen, einundzwanzig Jahre, geboren in Hamburg. Eine Norddeutsche, wie schön. Sibylle hoffte, sie würde sich noch vor dem Prüfungstermin bei ihr melden, damit sie sich ein Bild von ihrem Leistungsstand machen konnte. Sie wusste am liebsten immer schon vor der Aufnahmeprüfung, ob die Kandidaten eine Chance hatten. Diese Katharina sah so aus, als könne sie was.

»Für welchen Termin ist die Prüfung festgesetzt?«

Sibylle schob das Formular zurück und stand auf. Sie ging zum Fenster, öffnete es und streckte sich; ihre rechte Schulter machte sich bemerkbar. Draußen schlenderte eine Gruppe Studierender über den Parkplatz.

»Für Freitag, den 9.Juli. – die Harfe ist um 15.00 Uhr dran. Den Vorsitz hat Prof. Baumgartner, Prof. Mandelbaum ist Zweitprüfer.«

»Gut. Und jetzt versuchen Sie bitte Wolff, Siblewski und Krüger zu erreichen, ich möchte um 14.00 Uhr mit ihnen sprechen. Sagen Sie ruhig ›Außerordentliche Kleine Rektoratssitzung‹, es steht noch eine Erklärung von mir aus. Wir sind doch noch im Zeitrahmen?«

Als sie das ausgesprochen hatte, fühlte sie sich erleichtert. Sie drehte sich um und sah Heinrich Schützens missbilligenden Blick auf sich ruhen.

»Und dich nehme ich mit!«, sagte sie zu seinem Portrait und Meike Sommer fügte hinzu: »Und mich am besten auch … «

16

Sibylle erklärte die Außerordentliche Kleine Rektoratsrunde für beendet, Wolff verließ unverzüglich als Erster den Raum, Frau Sommer folgte ihm. Sibylle stand auf und legte ihre Unterlagen, den Auszug aus der Wahlordnung und zwei, drei unbeschriebene Schmierblätter – was hätte sie sich schon notieren sollen, niemand hatte gegen ihre Verlautbarung, nicht erneut für das Rektorenamt kandidieren zu wollen, Einspruch erhoben – auf ihren Schreibtisch und fuhr ihren Laptop herunter. Krüger und Peer standen unschlüssig herum, als gäbe es noch etwas zu besprechen, dabei war alles gesagt. Sibylle nahm ihren Blazer aus dem verborgenen Garderobenschrank, warf einen kurzen Blick in den Spiegel und fuhr sich mit beiden Händen durch die Haare. Die Zerzaustheit über ihrem erhitzten Gesicht erinnerte sie an sich selbst vor 30 Jahren. Sie ließ es so, sie hatte lange genug darauf geachtet, dass alles perfekt saß. Trotzdem dachte sie mit Genugtuung, dass ihre Stimme bei ihrer Verlautbarung keine Nuance zu hoch oder zu eng geklungen hatte und sie bei ihrem letzten Auftritt nicht aus der Rolle gefallen war. Eine Rolle, die sie nie richtig beherrscht hatte, folglich hatte sie auch nicht mit einem Schlussapplaus gerechnet, aber ein halbwegs akzeptables Abtreten war sie sich einfach schuldig gewesen.

Sie ging auf Peer zu und streckte ihm die Hand entgegen. »Ich wünsche dir Glück«, sagte sie und ließ es ehrlich klingen. Sie konnte sogar lächeln, aber es fühlte sich falsch an.

»Du kannst ja wohl davon ausgehen, dass der Senat für dich stimmen wird, so wie sich die Situation darstellt ... « Sie verstummte, bevor sie nach kurzem Überlegen hinzufügte, »Ist übrigens mit Potocnik schon wegen der Tasteninstrumente gesprochen worden?« Der unmittelbare Zusammenhang ließ keine Zweifel über ihre Meinung bezüglich der Verbindung von Schenkung und Klavierstelle aufkommen, ab sofort konnte sie es sich leisten boshaft zu sein. Krüger witterte Unannehmlichkeiten, nahm seinen Ordner vom Tisch, wollte sich verabschieden. Nur weg von diesem Ort, an dem gleich seine Loyalität auf die Probe gestellt werden würde. Er floh mit einer winkenden Geste und einem betont neutralen Gesichtsausdruck. Sibylle war froh, dass er auf die üblichen Entschuldigungsfloskeln verzichtete, mit denen sich viele ihrer Kollegen routinemäßig ihrer eigenen Wichtigkeit versicherten. Wenn sie ehrlich war, konnte sie das gebetsmühlenartig vorgetragene Aufzählen von wichtigen Konzerten, hochrangigen Meisterkursen und internationalen Wettbewerben, bei denen man unentbehrlich war, nicht mehr hören. Peer sah ihr entschlossen in die Augen, gleichzeitig stützte er sich mit einer Hand auf der Tischplatte ab, als befürchte er den Halt zu verlieren.

»Das Thema Potocnik ist Sache des Kanzlers ... «

Er machte eine Pause, als wolle er einen neuen Anlauf nehmen und fuhr dann mit fester Stimme fort,

»Aber was ganz anderes: Ich hörte, du hast Frau Wunderlich kontaktiert?«

Touché! Sibylle konnte ihr Erstaunen kaum verbergen. Der neue Peer, der zukünftige Rektor Siblewski, war offensiv und angriffslustig. Er lässt sich coachen, dachte sie, anders war das nicht zu erklären.

»Ach – von wem kannst du es nur gehört haben – etwa von Frau Wunderlich selbst? In dem Fall kennst du ja den Inhalt des Gesprächs. Es war ein Versuch. Sie hätte der Hochschule gut getan, aber sie hat andere Pläne, wie du ja sicher weißt. – Also lassen wir das Thema – mein Lieber. Wir sehen uns spätestens im Senat.«

Sibylle öffnete die Zwischentür ungewollt hastig und Peer ging hindurch, wortlos, aber gemessenen Schrittes.

Sie sah ihm nach und ihr war, als werfe sie einen allerletzten Blick auf ihn, als läge er im offenen Sarg, immer noch Peer, aber nicht mehr von dieser Welt. Mit ihm verließen Nähe und Vertrautheit dieses Zimmer und auch ihre unausgesprochenen Empfindungen, die sie sich kaum einzugestehen gewagt hatte. Der böse Verdacht, sie könne sich, was ihre Verbindung anging, getäuscht haben, weil sie die Dinge stets so sah, wie sie es wollte und sie und

Peer waren niemals mehr als nur eine Zweckgemeinschaft gewesen, von der sie beide auf unterschiedliche Art profitierten – dieser Verdacht wollte sich gerade wie ein Gift in ihr ausbreiten und alles ausrotten, was ihr an schönen Erinnerungen geblieben war. Da blieb ihr Blick an seiner schwarzen Lederhose hängen. Vor gar nicht allzu langer Zeit wären sie gemeinsam über jeden Lederhosenträger schamlos hergezogen und hätten sich einige bissige Bemerkungen über die typischen Verhaltensweisen des Mannes in der Mitte des Lebens nicht verkneifen können. Wie war es möglich, dass Peer jetzt dieser Mann selbst war?

»Nun?«, Meike Sommer blickte von ihrem PC hoch.

»Erledigt«, sagte Sibylle, ihre Stimme klang rau und ausgedörrt, sie musste sich räuspern.

»Es ist doch ganz gut gelaufen ... Ich finde, ich habe die Nerven behalten.«

Meike Sommer lächelte bestätigend, als hätte sie nichts anderes erwartet, aber Sibylle ließ sich nicht täuschen, hinter ihrem munteren Blick verbarg sich Erleichterung.

»Das wär's dann für heute, oder haben Sie noch was?« Während Meike Sommer in ihrem Tischkalender blätterte, schaute Sibylle aus dem offenen Fenster, sah ihren Wagen auf dem Rektoratsparkplatz und Peers alten Mazda daneben, dann Peer selbst, wie er aus dem Hauptausgang kam und darauf zuging. An seiner Seite ging eine junge Frau, grazil, blond, burschikos, in Jeans, die ihr bis zu den Knöcheln gingen, reptilgrünen Ballerinas und einem Oberteil in derselben Farbe. Sie lachte laut und amüsiert und mit heller, unverwechselbarer Stimme. Peer, dicht neben ihr, blickte sie unverwandt an, dabei geriet sein Schritt aus dem Takt, er stolperte leicht, wankte weg von ihr, als wollte er einen anderen Weg einschlagen. Ein kurzer Moment und er war wieder an ihrer Seite. Die roten, extravagant langen Bügel einer neuen Sonnenbrille umrahmten sein Gesicht wie aufgemalte Rallystreifen. So war das also.

Peer und Mia Wunderlich.

Er hielt ihr die Autotür auf, sie glitt auf den Sitz, geschmeidig wie eine Schlange. Er ging ums Auto herum und lächelte so entrückt, als hätte es die Sitzung vorhin nie gegeben, als hätte er überhaupt alle Erinnerungen an sein Leben vor Mia verloren.

Abrupt drehte Sibylle sich um. Frau Sommer streckte ihr eine Mappe entgegen.

»Ich brauche noch Unterschriften von Ihnen, die Bestätigung des Sitzungstermins mit dem Förderverein und einen persönlichen Satz an den Bürgermeister – sein Geburtstag war schon vor einer Woche – ich habe den Brief für Sie vorbereitet.«

Sibylle hatte einen Tag hinter sich, der über ihre Zukunft entschieden hatte. Kein Wunder, dass sich ihr Körper anfühlte, als wäre alles lose in ihm und könne sie nicht länger zusammenhalten.

Lorenz hatte Bill Evans *Days of Wine and Roses* aufgelegt. Der Duft von Knoblauch, Kräutern und Tomaten kam ihr schon im Souterrain entgegen. Lorenz stand am Herd und rührte im Takt von *We will meet again* im Pastasaucentopf. Als Sibylle in die Küche kam, sprang Präses auf und drehte sich einmal um sich selbst, als wolle er sich vor Freude in den Schwanz beißen. Es gäbe etwas zu feiern, verkündete Lorenz, und ob sie das geahnt hätte, so gut, wie sie aussähe. Dabei hatte sie nur den hellen Hausanzug angezogen. Er konnte nicht ahnen, wie sehr sie bald auf seine Bewunderung angewiesen sein würde, jetzt, wo wesentliche Teile von ihr weggebrochen waren wie die Gletscher im grönländischen Eismeer.

Lorenz gab ihr ein Glas Rotwein in die Hand und prostete ihr zu, während er verheißungsvoll lächelte. Sie seien jetzt über den Berg, sagte er, es gäbe wieder Sicherheit, wenn nicht noch etwas mehr. Er wolle nicht zu viel versprechen, aber man hätte ihm Andeutungen gemacht, eventuell doch und wider Erwarten in Aussicht gestellt ... Also, es könnte sein – nein, es sei ganz sicher so – dass sie ihn zum Jahresende zum Abteilungsleiter für die Konstruktion machen werden.

Sibylle nahm einen kleinen Schluck und wusste nicht, was sie sagen sollte. Zurecht erwartete er jetzt einen Freudenausbruch, aber in ihrem Inneren gab es kein Echo auf die gute Nachricht, ihre eigene Niederlage hatte allem einen Dämpfer aufgesetzt. Sie brachte nur ein trockenes

»Dann muss ich mir ja keine Sorgen um unsere Zukunft machen« heraus und das war nur die halbe Wahrheit, wenn auch entschieden die bessere Hälfte. Sie stieß mit ihrem Glas leicht an seins.

»Ist das nicht einen Kuss wert?«,

Lorenz gab nicht auf, er war zäh im Kampf um gute Stimmung, das musste sie anerkennen und bedauerte gleichzeitig ihre Gefühllosigkeit. Nach allem, was in den letzten Wochen passiert war, kam sie sich vor wie ein ausgebranntes Haus mit einstürzenden Balken, in dem man heute die letzten noch glimmenden Reste ausgetreten hatte.

Lorenz nahm ihr das Glas aus der Hand und stellte auch seines auf der Anrichte ab. Er hob die Arme wie eingeübt, Sibylle fühlte sich auf eine Opernbühne versetzt, haargenau auf den markierten Punkt, von wo aus Tenor und Sopranistin beim Liebesduett ein perfektes Bild abgaben. Lorenz' Lippen auf ihrem Mund waren kühl und schmeckten nach Wein.

Peers Lippen kannte sie nicht.

Bill Evans spielte jetzt den *Waltz for Ellaine*, Sibylle hätte *Isoldes Liebestod* passender gefunden.

»Bille«, sagte Lorenz und sah ihr in die Augen, »ich weiß. Aber so geht Demokratie. Das ist kein Drama, sondern ein ganz normaler Vorgang. Jedem ist klar, was du für die Hochschule getan hast, jetzt kommt der nächste dran. Siblewski muss es erst einmal besser machen. Du hast ihn hervorragend eingearbeitet, also wird es schon gehen, oder?«

Wer wusste das schon. Sie wusste ja nicht einmal, ob sie überhaupt wollte, dass er es ohne sie besser machte.

17

Am Tag der Aufnahmeprüfung traf Sibylle als erste ein und schob Tisch und Stühle so zurecht, dass alle drei Prüfer eine gute Sicht auf die Kandidatin und die Harfe hätten.

Wie lange war es her, dass sie hier Unterricht gegeben hatte, fragte sie sich, während sie auf das Eintreffen von Baumgartner und Mandelbaum und, wichtiger noch, der Kandidatin wartete. S 21 fühlte sich fremd und unbewohnt an und irgendwie meinte sie Stölzls unsichtbare Anwesenheit zu spüren, sogar zu riechen, oder war das nur der alte Akkordeonkoffer, der neben dem Notenschrank stand? Falls sie hier wieder arbeiten sollte, müsste Stölzl ein anderer Raum zugewiesen werden, dafür würde sie nötigenfalls Peers Konfliktscheu unbarmherzig auszunutzen. Erlasse, die sie sich selbst ausgedacht hatte, wie den der allgemeinen Raumnutzung, müsste sie auch selbst wieder zurücknehmen können. Einer Ex-Rektorin stünde ja wohl ein Unterrichtsraum zu, den ausschließlich sie nutzen konnte, auch, wenn es nur eine Studentin darin zu unterrichten gäbe.

Katharina Ohlsen war diese Studentin, das wusste Sibylle nach den ersten Tönen der Fantasie von Spohr. Sie hatte es hier mit einer Hochbegabten zu tun, die ihren Bachelor in sechs Semestern glanzvoll ablegen würde, um dann den Master bei einer Koryphäe im Ausland anzuschließen – die zweite Hälfte ihrer Prognose störte sie jetzt schon.

Sibylle brach den langsamen Satz des Doppelkonzertes für Harfe und Flöte ein paar Takte nach dem Einsatz der Harfe ab, sie hatte die Flötenstimme innerlich mitgesungen und dabei kurz an Mia Wunderlich gedacht. Nach den Trillertakten des Solos war ihr klar, dass Katharina Ohlsen ein Glücksfall war.

»Danke, Frau Ohlsen. Mehr muss ich nicht hören.«

Baumgartner schob ihr das Anmeldeformular herüber.

Sibylle las: Mutter Sängerin, Vater Kantor, Organist.

»Sie kommen aus einer Musikerfamilie?«

»Ja«, antwortete Katharina Ohlsen mit am Ende erhobener Stimme, als wolle sie noch etwas anfügen, und nach einer Pause, die so lang war, dass Mandelbaum sich unruhig räusperte und anfing mit den Papieren zu rascheln, fuhr sie endlich fort:

»Sie kennen meine Mutter ... Felizitas van Wassenaer.« Sibylle hob den Kopf und blickte geradewegs in zwei steingraue Augen, die sie kannte. Zwischen diesem und dem letzten Blick lagen gut elf Jahre. Ihr Herz tat einen heftigen Schlag, Baumgartner neben ihr musste ihn gehört haben, denn er schaute sie aufmerksam an. Wie konnte sie das übersehen haben. Sie hatte Christians Familiennamen vollkommen vergessen. Chris, Lasse, Rasmus und Kathi Ohlsen. Katharina Ohlsen. Felizitas hatte, wie Sibylle auch, ihren außergewöhnlichen Familiennamen behalten.

»O ja natürlich! Ich erinnere mich.«

Trotz des Aufruhrs in ihr versuchte sie neutral zu klingen. Die Kollegen wechselten Blicke, denen sie vage etwas Unangenehmes entnahm, etwa den Verdacht, hier könne Vetternwirtschaft im Spiel sein. So absurd diese Annahme auch wäre – es gab ja niemanden, der durch die Bevorzugung einer Kandidatin hätte benachteiligt werden können – durfte sie sich jetzt keine Fehler erlauben. Der kleinste Makel war imstande ihr als Rektorin einen anständigen Abgang zu vermasseln, oder, was noch schlimmer wäre – einen Schatten auf ihren Neuanfang als Pädagogin zu werfen.

Drei Stücke waren gefordert – davon ein schneller Satz – und drei Stücke hatte Katharina auch angegeben.

Nachdem, was Sibylle bereits von ihr gehört hatte, musste sie sich weder von Katharinas Stilsicherheit in unterschiedlichen Epochen überzeugen, noch ihre Technik in virtuosen Passagen überprüfen. Ihr ganzes Auftreten hatte ihr bereits nach wenigen Minuten Aufschluss über ihre Intelligenz, Persönlichkeit und den Grad ihrer Bildung gegeben, bevor sie überhaupt wusste, dass Felizitas' Tochter vor ihr stand. Sie müsste sich schon sehr irren, wenn sie mit ihrer allerersten Einschätzung falsch läge. Umso mehr musste hier der Form Genüge getan werden.

Sie notierte sich etwas.

»Ich würde doch gerne noch etwas Virtuoses hören – ich sehe, Sie haben das Händelkonzert vorbereitet – daraus bitte den dritten Satz.«

Baumgartner protokollierte mit. Das folgende *Allegro moderato*, das Katharina atemberaubend leicht und tänzerisch spielte, erweckte nicht halb so viel Interesse bei den Kollegen wie die Erfüllung der Formalien. Sibylle war auf ihre bewertenden Kommentare gespannt und erst recht auf die Formulierungsvorschläge fürs Protokoll.

»Vielen Dank, Frau Ohlsen. Sie bekommen eine offizielle Benachrichtigung über die Vergabe des Studienplatzes. Aber natürlich können Sie mich auch anrufen ... Und grüßen Sie doch bitte Ihre Eltern von mir.«

Der Schock, Felizitas Tochter vor sich zu haben, hatte sie glücklicherweise nicht aller Routiniertheit beraubt.

Katharina packte ihre Noten ein und nahm ihre Tasche. Sie war schlank und, wie trotz des lässigen, schwarzen Pullovers zu ahnen war, vollbusig wie ihre Mutter. Sie trug die dunkelblonden dichten Haare kompromisslos aus dem Gesicht gekämmt und im Nacken kurz. Alles an ihr war klar und ungeschminkt. Sie kam wohl mehr auf ihren Vater. Aber die Augen und den Mund hatte sie von Felizitas. Das sah Sibylle jetzt messerscharf.

Ach, Felizitas, dachte Sibylle.

Der Aufpasser sagte kein Wort.

Als endlich nach Jahren, in denen sie als Duo van Wassenaer/Rubin nicht aufgegeben hatten, Anträge zu formulieren und paketweise Flyer und Kritiken zu verschicken, die Anfrage vom Goethe-Institut aus Spanien kam, waren sie tagelang so glücklich, dass Sibylle glaubte, ihre und Felizitas' Zusammenarbeit ließe sich unendlich fortsetzen. Sie wollte nicht wahrhaben, dass damals bereits die Zeichen längst auf Trennung standen. Sibylle kämpfte in der G.Fr.Schnittspahn um eine volle Harfenklasse und gab weit über ihr Stundendeputat hinaus alle Energie und Zeit in Sonderprojekte und Zusatzangebote. Sie bewunderte Felizitas, die sich um ihre halbwüchsigen Kinder kümmerte, es aber auch schaffte, immer häufiger bei kleineren, dann größeren Kirchenkonzerten zu singen. Sie übernahm Partien in Kantaten und Oratorien und wurde hin und wieder für Liederabende gefragt, mit Rupert Horling an ihrer Seite, der sie anbetete.

Mit ihren Ehemännern verbrachten sie hin und wieder gemeinsame Abende, aber hauptsächlich trafen sie sich zu langen, intensiven Proben, an denen sie mit sturer Regelmäßigkeit festhielten. Aber aus ihnen unerklärlichen Gründen nahm ihre Karriere keine Fahrt auf. Die Anzahl ihrer Engagements stagnierte auf einem mittelmäßigen Niveau. Weiter als bis in die Niederlande und Belgien waren sie als Duo nie gekommen. Das Konzert im andalusischen Nerja, Spielort Tropfsteinhöhle, wäre daher nicht nur in ihrer künstlerischen Biografie, sondern auch in ihrer ganz persönlichen gemeinsamen Geschichte ein Leuchtturmprojekt. Al-Andalus. Felizitas sprach es spanisch aus, wobei Speicheltröpfchen aus ihrem Mund sprühten und eine leidenschaftliche Glut von ihr ausging, als hätte sie Kastagnetten-Hände in die Luft geworfen und einen Flamencoschuh in den Boden gerammt. Sibylle schwankte wie immer zwischen Faszination und einem kleinen Fremdheitsgefühl ihrer exaltierten Art gegenüber und erklärte sich Felizitas' besondere Überspanntheit mit dieser aufregenden, vorandalusischen Zeit. Voller Optimismus, was ihre gemeinsame Zukunft betraf, hätte sie ihr alles verzeihen können, was sie störte, über das anstehende Konzert hinaus, eigentlich für immer.

Sie wollten sich eine ganze Woche gönnen, das Goethe-Institut übernahm alle Kosten und bezahlte ein gutes Honorar. Nach dem Tag der Anreise, einer ersten Kontaktaufnahme mit den Organisatoren und einer Ortsbesichtigung würden sie den nächsten Tag, wie immer an Konzerttagen, kräftesparend beginnen, später proben, abends spielen und die folgenden fünf Tage für sich und das Land, vor allem die Alhambra, haben. Sibylle sah sich und die Freundin über die Boulevards flanieren und weinselig in Straßencafés und schummrigen Bodegas sitzen und staunte über die müßiggängerischen, ausschweifenden Fantasien, die ihre Vorfreude zutage förderte. Weitsichtig planend hatte sie ihren Unterricht schon in den Semesterferien vorgegeben; Felizitas hatte ihre Mutter für die ganze Woche bei sich einquartiert.

Zwei Wochen später packten sie ihre Koffer für das warme, spätsommerliche Granada. Sibylle hatte sich für ein ärmelloses, schwarzes Taftkleid mit enganliegendem Oberteil und hauchzarten Tüllpartien am Rock entschieden, in seiner Strenge ein beruhigender Kontrast zum Himbeerrot von Felizitas schwerem, barocken Seidengewand, das nicht nur in der Kombination mit ihrer flammenden Haarpracht das gewagteste ihrer Kollektion war. Es hatte keine Träger und vertraute ausschließlich auf ein filigranes, unsichtbares Stäbchenwerk, das wie durch ein Wunder nie verrutschte, so tief Felizitas auch einatmete.

Sie sah betörend darin aus, fand Sibylle, wie musste sie erst in einem Gewand der Spätrenaissance aussehen. In einem, wie Laura Peverara es getragen hatte. Sie war derselbe Typ. Felizitas als Laura, die Sängerin, und sie selbst als Laura, die Harfenistin; Laura Peverara war beides. So verschmolzen sie in ihr zu einer Person. Ein reizvolles, wenn auch bis ans Kitschige grenzende, romantisches, dazu nicht ganz ungefährliches Gedankenspiel, hatte sie gedacht, mit dem Potenzial einer fixen Idee. Deswegen behielt sie ihre Gedanken für sich. Laura, auf einem Fresco, wurde von einem üppigen Kleid aus goldfarbener Seide umhüllt und trug ihre Haare zu einer feurigen Wolke hochaufgetürmt. So kostümiert wäre die lebendige Felizitas eine Sensation. Aber Sibylle verschwieg ihr diese Fantasien, weil sie die leidige Kostüm-Diskussion mit ihren grotesken Überlegungen nicht wieder aufflammen lassen wollte. Auch die Frage, ob ein Kostüm allein ausreichend wäre oder nicht zwangsläufig durch das Studium barocker Gestik ergänzt werden müsse, war zur Sprache gekommen und Sibylle war verblüfft gewesen, dass Felizitas gar nicht abgeneigt zu sein schien und sich eine Steigerung der Attraktivität, natürlich ihrer Attraktivität, davon versprach. Aber die Teilnahme an einem Seminar für Historischen Tanz, das die Bewegungsästhetik des 18.Jahrhunderts zum Thema hatte, hielt sie für ein unverschämtes Ansinnen und damit war entschieden, dass sie niemals in Kostümen auftreten würden, obwohl immer wieder Veranstalter danach fragten und neuerdings eine gebieterische Lust Sibylles Vorstellung von Authentizität mit der Garderobe der Spätrenaissance verquickte.

Ohne es genau zu wissen, war Sibylle zutiefst überzeugt davon gewesen, dass es die Harfenistin Laura war, die da vor 430 Jahren auf eine kalte Wand gemalt worden war. Die Lebensdaten des Malers sprachen dagegen, aber das konnte ein Irrtum sein. Sie wollte es einfach nicht wahrhaben und nahm sich fest vor, eines Tages, wenn der richtige Zeitpunkt gekommen wäre, Laura Peveraras Leben und Wirken in der fernen Epoche restlos zu erforschen. Es ließ sich nicht länger verheimlichen, dass Laura Besitz von ihr ergriffen hatte, seit sie in einem Fachbuch über die Kunst der Renaissance auf das Fresco gestoßen war. Es ließ sich auch nicht leugnen, dass der Grad der Identifikation langsam ungeahnte Ausmaße anzunehmen drohte. Die Harfenistin war die eine, ihr Instrument eine unentwirrbar mit ihrer Person verwobene andere Sache. Sibylles schlichte, schmucklose Renaissanceharfe hätte Laura im Leben nicht angerührt. Lorenz begann ihre Leidenschaft zu beargwöhnen, seit er entdeckt hatte, dass sie zahllose Stunden in ihrem Arbeitszimmer nicht etwa mit der Vorbereitung ihrer Stunden und dem Üben ihrer Konzertprogramme zubrachte, sondern mit der Spurensuche nach Lauras Instrument, dem Instrument, das von ihren Händen berührt worden war. Der Besitz eines Originals sei eine Utopie, eine typisch sibyllinische Verstiegenheit, hatte Lorenz laienhaft zu bedenken gegeben. Sibylle schien ihn gar nicht wahrzunehmen. Sie hörte auf eine andere Stimme, die ihr immer wieder und in einem gebieterischen, alttestamentarischen Ton »Das ist dein Instrument!« predigte und sie jenseits aller Vernunft stur an dem Gedanken festhalten ließ, dass nur Lauras Harfe auch ihre Harfe sein konnte. »Das ist dein Instrument.« Aber darüber hinaus hatte ihr diese Stimme nicht weiterhelfen können.

Widerstrebend hatte sie Kontakt zur *European Harp Community* aufgenommen. Sie ließ sich die Adressen sämtlicher Harfenbauer geben, die Historische Instrumente kopierten. Sie recherchierte tagelang und fand schließlich, wonach sie suchte: die *Arpa Estense*, die Harfe, die ein musikvernarrter Herzog um 1590 für die Harfenistin und Sängerin Laura Peverara hatte bauen lassen. Sibylles Spurensuche hatte sie nach Modena zu Enrico Riccardi geführt. Er kannte Lauras Harfe. Er schickte ihr Fotos. Sibylle hatte nie etwas Schöneres gesehen. Der schlanke, elegant gebogene Hals des Instrumentes funkelte golden, der Corpus, bemalt mit nie gesehenen Mustern in einer berückenden Farbigkeit – *alla damaschina,* schrieb Signor Riccardi – schlug sie vollkommen in den Bann. Zu sehen im Museum, so Signor Riccardi, er hätte Zugang und, dass die Kopien, die er anfertigte, ihr bis aufs noch so kleinste Pinselstrichlein glichen. Vom sensationellen Klang ganz zu schweigen.

Von da an dachte sie an nichts anderes mehr und las schließlich Artikel über psychopathologische Zwangsvorstellungen. Eine Obsession. Etwas hatte Besitz von ihr ergriffen. Doch alle Bedenken in den Wind schlagend richtete Sibylle umgehend ein Konto unter *Schöne Laura* ein. Ab sofort flossen sämtliche Konzerthonorare auf dieses Konto. Bis sie schließlich einsehen musste, dass sie sich die dekorierte Kopie der Arpa Estense nicht leisten konnte. So viel sie auch spielen mochte, sie musste sich mit der ebenfalls von Signor Riccardi angebotenen schlichteren, granatapfelroten Variante abfinden. Gramerfüllt hatte sie diese schließlich in Auftrag gegeben und lange Zeit Lorenz gegrollt, weil er nicht das nötige Geld für das Dekor hatte aufbringen wollen. Lorenz war eben kein Alfonso, insofern hatte sie wenig Hoffnung, dass er in herzoglicher Manier nachträglich für sie die Harfe bemalen lassen würde. Ein durch nichts zu überbietendes, außerordentliches Zeichen höchster Wertschätzung Laura gegenüber, möglicherweise Liebe, hatte Sibylle angemerkt jedoch verschwiegen, dass der Hof zu Ferrara kurze Zeit später verarmte.

Auch Felizitas hatte sie nicht davon überzeugen können, dass ihre Programme um einiges attraktiver wären, wenn sie sich auf die

Musik aus Lauras Epoche spezialisieren könnten. Dabei verschwieg sie alle Details, um Felizitas nicht von vorne herein abzuschrecken. Felizitas Stimme war für Musik dieser Epoche hundertprozentig geeignet, sie hatte die Klarheit und das leicht metallische Timbre, das schmerzliche Affekte so besonders gut zum Ausdruck bringen konnte, es haperte aber an ihrem Willen, sich mit der speziellen Gesangstechnik auseinanderzusetzen. Schon der Anblick eines Notendruckes von 1600 erfüllte sie sichtlich mit Widerwillen.

Bei den Proben, einige Wochen vor ihrem Abflug nach Nerja, hatte Sibylle ihr Luzzaschis *Primavera* vorgelegt, zögernd, denn sie gab etwas preis, von dem sie nicht wusste, ob Felizitas es wert sein würde. Ein Kleinod. Speziell für Laura komponiert, mit allen Verzierungen, was eine Sensation war. Sie müsse also nichts hinzuimprovisieren, nur die wunderbaren Ornamente üben, das schon, versuchte sie ihr das Stück möglichst schonend schmackhaft zu machen. Sibylle hätte sie ihr sogar vorgesungen, aber sie hatte in ihrem Leben noch nie einem Menschen etwas vorgesungen. Selbst ihren Schülern nicht. Außerdem wollte sie sich Felizitas Hohngelächter ersparen, denn damit war zu rechnen. Felizitas lehnte, wie erwartet, das Madrigal mit dem Argument ab, dass es nicht in die Jahreszeit passe und hatte stattdessen Caccinis *Amor io parto* vorgeschlagen. Liebe passe immer. Was hätte Sibylle schon dagegen sagen können. Es mussten Kompromisse gemacht werden. Aber sie hatte – und das empfand sie als kleinen Triumph – dem Nerja-Programm eigenmächtig einen Titel gegeben – *Concerto delle Donne* – und damit war Laura mit dabei, heimlich und unbemerkt von Felizitas, die nicht nachgefragt hatte. Sibylle war froh darüber, denn es wäre ihr unangenehm gewesen, wenn sie ihr hätte gestehen müssen, dass Laura und zwei weitere Sängerinnen zu ihrer Zeit unter diesem Namen weltberühmt gewesen waren.

Als sie sich für ihr schwarzes Kleid entschied, war es ihr unter Aufbieten allergrößter Willensstärke gelungen, den Gedanken an Laura ins 16.Jahrhundert zurückzuverbannen. Jetzt lag Nerja vor ihnen und sie fand, auch in Himbeerrot und Schwarz gäben sie vor der Felsenkulisse der Tropfsteinhöhle ein schönes Bild ab und würden als Duo einen unvergesslichen Eindruck hinterlassen, ohne nur einen Ton gespielt zu haben.

Zuerst dachte Sibylle, er bringt sie nur zum Flughafen. Sie hatte allerdings Chris, Felizitas' Mann, an der Seite ihrer Freundin erwartet. Aber es war Rupert Horling. Dann sah sie, dass er einen kleinen Trolley hinter sich herzog, gerade passend für einen Kurztrip. Erst als Lorenz ihr

»Dass du mir nicht auch auf dumme Gedanken kommst«, ins Ohr flüsterte, begriff sie, dass kein Duo, sondern ein Trio diese Konzertreise antrat.

Im Flugzeug saßen sie und Felizitas noch nebeneinander.

Sibylle hatte die Reise organisiert, vollkommen ahnungslos, dass zwei Reihen hinter ihnen nun Rupert sitzen würde. Sie war so sprachlos über die Ungeheuerlichkeit dieser Tatsache, dass kein einziges Wort über ihre Lippen kam und sie für die Dauer des Fluges im Ungewissen über Felizitas Motive blieb. Denn auch Felizitas schwieg und versenkte sich, nachdem sie eine Bloody Mary getrunken hatte, in eine Partitur. Wie Sibylle sehen konnte, waren es Schumann-Lieder und nicht etwa eines der Stücke ihres andalusischen Programms. Ihre aufflammende Feindseligkeit Rupert gegenüber verstellte ihr den Blick für das Offensichtliche, nämlich, dass sie schon allzu bald Gelegenheit haben würde, diese Lieder in unvergesslicher Atmosphäre zu hören. Felizitas hatte ihr das sonderbar ungerührt und kalt gestanden, als sie und Rupert ihr Gepäck in das reservierte Doppelzimmer bringen ließen und Sibylle dafür das Einzelzimmer zuwiesen, das Felizitas, wie sich jetzt herausstellte, schon Monate vorher, nämlich genau gleichzeitig mit Sibylles Organisation der ganzen Reise, gebucht hatte.

Es hätte sich so ergeben, dass in der Cueva de Nerja-Konzertreihe noch ein Termin frei gewesen wäre. Daraufhin hatte sie parallel zu Sibylle das Goethe-Institut kontaktiert, das begeistert die Idee eines romantischen Liederabends aufgegriffen hatte. Ein publikumswirksames Programm und obendrein ein Schnäppchen für die Veranstalter, da nur ein Flug und ein Einzelzimmer mehr bezahlt werden mussten. Dass es wegen des doppelten Honorars auch ein Schnäppchen für Felizitas selbst war, ließ sie unerwähnt. Für Sibylle war es das genaue Gegenteil, nämlich der Wegfall aller Exklusivität. Von einem Moment auf den anderen war sie eine von zwei Begleitern der Sängerin van Wassenaer, die hier große Auftritte zelebrieren würde. Sie war nicht nur furchtbar hintergangen, sondern auch auf wenig subtile Weise degradiert worden. Als Künstlerin und als Freundin. Sie hätte es kommen sehen können, aber sie hatte Felizitas Liederabenden nie irgendeine Wichtigkeit beigemessen, schon gar nicht die einer möglichen Hauptbeschäftigung. Rupert fand zwischen ihnen keine Erwähnung; Sibylle hatte nie einen Hehl aus ihrer Antipathie gemacht. Sie fand ihn arrogant, selbstherrlich und nur mittelmäßig als Pianist. Felizitas gegenüber hatte sie einmal gehässig bemerkt, das Rotstichige seiner Haare erinnere sie an altes Messing und ließe seine Gesichtshaut ausgeblichen erscheinen, wie eine alte Tapete. Jetzt wusste sie, warum Felizitas ihn einfach totgeschwiegen hatte. Er war nie gänzlich aus dem Spiel gewesen und hatte in aller Heimlichkeit an seiner Karriere gearbeitet, zweigleisig, dachte Sibylle, der es nicht in den Sinn gekommen wäre, dass Felizitas eine Art zweites Standbein für irgendjemanden sein könnte, aber genau das bekam sie hier unübersehbar vorgeführt.

Die Begrüßung durch die Organisatoren ersparte Rupert sich, indem er im Hotel blieb und den beiden Frauen die Besichtigung des Konzertortes überließ. Sibylle, innerlich immer noch starr und wie in einer anderen Welt, schwieg eisern, als wäre es Felizitas' Aufgabe, alles Organisatorische zu regeln; schließlich war sie die Hauptakteurin mit zwei Konzerten und wurde entsprechend bezahlt. Die Leute vom Goethe-Institut, ein Spanier und eine Deutsche, brauchten einige Zeit um zu begreifen, dass Frau Prof. Rubin die Schweigsamere der beiden Damen war. Von ihren Telefonaten her hatten sie eine eloquente Person erwartet; die Sängerin, mit der sie nun verhandelten, war extrovertiert und überdreht. Eine Künstlerin eben, die, kaum dass sie den Eingang passiert und den ersten

Schritt in den gewaltigen Höhlenraum getan hatten, außer sich war und sich absehbar für Stunden nicht beruhigen würde. Sibylle, die sich seit der Ortseinfahrt von Nerja für ihr Verhalten den Veranstaltern gegenüber schämte und sich bemühte, zugänglicher zu wirken, raubte es den Atem, als sie die Augen hob und in die kathedralenhohe Spitze der ersten Höhle blickte. Vereinzelte Lampen, wie Glühwürmchen im unendlichen Raum, beleuchteten Grotten und Treppen, die sich an meterhohen Stalaktiten-Wänden entlangschlängelten und sich in einer geheimnisvollen, finsteren Ferne verloren.

Auf einem kleinen, mit perforierten Stahlplatten ausgelegten Plateau, unter einer Reihe von Scheinwerfern, standen zwei Notenständer, ein Flügel und eine Harfe. Klappstühle lehnten gestapelt an zackigem Gestein. Ein gewaltiger Stalaktit schwebte über dieser Bühne. In drei Metern Höhe endete seine eiszapfenscharfe Spitze, genau über dem Platz neben der Harfe.

Hier würde Sibylle sitzen.

Für das Konzert musste der Flügel um einige Zentimeter beiseitegeschoben werden, worum Rupert ein großes Theater machte, als handele es sich um ein Heiligtum oder eine historische Rarität. Die Harfe jedenfalls war keins von beidem, soviel hatte Sibylle schon von Weitem gesehen, sie durfte jedoch auf keinen Fall bewegt werden, obwohl Sibylle der deutschen Goethefrau versicherte, dass es gar nichts ausmache, wenn sie das Instrument um vielleicht einen oder anderthalb Meter verrücken würde. Aber es war nichts zu machen. Die mit protzigen Golddekorationen versehene Harfe machte offensichtlich einen ehrfurchtsgebietenden Eindruck, oder aber der Verleiher hatte sie nur unter bestimmten Auflagen abgegeben.

Eine russische Harfe. Sibylle hatte diesen Typus nie gespielt und nur wenig Gutes darüber gehört. Sie versuchte sich an sämtliche Schwierigkeiten zu erinnern, auf die sie möglicherweise treffen könnte, dann erst wagte sie es, einen genaueren Blick auf das Instrument zu werfen.

Stahlsaiten. Durchgehend.

Augenblicklich breitete sich in ihrem Mund eine staubige Trockenheit aus, die ihr das Schlucken unmöglich machte. Sie hatte in der Euphorie der Reisevorbereitungen vollkommen vergessen, sich nach wichtigen Details zu erkundigen, nach außergewöhnlichen klimatischen Verhältnissen und möglicherweise daraus entstehenden Stimmungsproblemen. Saiten aus Stahl waren unempfindlich und insofern genau richtig für diesen Ort. Das hätte sie sich denken können. Aber sie müssten mit Fingernägeln gespielt werden. Ihre Nägel waren kurz. Sie spielte Nylon- und Darmsaiten. Sie hatte nur wenig Hornhaut auf den Fingerkuppen. Wenn sie überhaupt spielen könnte, dann mit blutigen Blasen. Ihr Herzschlag setzte einmal aus, dann stolperte er zweimal kurz hintereinander und nahm ihr den Atem. Sie wollte ihre Finger ansehen, konnte ihre Hände aber kaum hochheben, ihre Arme fühlten sich taub an. Sie versuchte tief einzuatmen, aber ihre Bauchmuskulatur war hart wie ein Panzer. Das Blut pochte in ihren Schläfen und rauschte in ihren Ohren. Ein nahezu unspielbares Instrument, Funkstille zwischen ihr und Felizitas, Ruperts unerträgliche Gegenwart und die Gewissheit, mitten im Konzert und vor aller Augen vom Stalaktiten erschlagen zu werden.

Sie ließ sich auf den Hocker fallen, der hinter der Harfe stand. In diesem Zustand würde sie nicht spielen können. Zum ersten Mal in ihrem Musikerleben würde sie etwas einnehmen müssen, um ein Konzert zu überstehen. Psychopharmaka. Aber welche? Sie riet ihren Studierenden kategorisch davon ab, obwohl sie sich kein bisschen damit auskannte. Jetzt hatte sie keine andere Wahl, sie musste sich unbedingt beruhigen.

Es war 15 Uhr und der letzte Tourist verließ die Höhle. Für Viertel nach drei war die erste und einzige Probe angesetzt, aber Felizitas hatte erklärt, dass sie keinen Ton singen könne, ohne sich diesen einzigartigen Konzertraum atmosphärisch erschlossen zu haben, sie müsse wissen, wo sie hier gelandet sei. Außerdem bräuchte ihre Kollegin – und damit meinte sie Sibylle – Zeit zum Stimmen. Warum sollte sie hier rumsitzen. Beste Gelegenheit für eine kleine Privatführung. Sibylle sah, wie sie und Rupert sich mit Senõr Jiménez im Halbdunkel entfernten, Felizitas an das Geländer geklammert, vorsichtig jede Stufe ertastend, so sah es jedenfalls von Weitem aus. Die Metallplatten waren so feucht wie das Gestein, das im schwachen Lichtschein glänzte, Sibylle hörte ein Tropfgeräusch, dessen regelmäßiger Rhythmus ihr, je länger sie darauf achtete, künstlich vorkam, als täuschte man hier etwas vor; aber auch die Luft war klamm und kühl. Sie fror. Mit zittrigen Fingern öffnete sie ihre Tasche und suchte nach dem Stimmgerät. Es war nicht da, sie musste es im Hotel vergessen haben. Aber den Stimmschlüssel hatte sie eingesteckt. Sie empfand weder Schrecken bei der ersten Entdeckung noch Beruhigung bei der zweiten. Sie war wie ausgeschaltet.

Sie zog die Harfe zu sich herunter, zupfte Oktaven an. Die Saiten waren hart und schneidend, der Klang, erschreckend scharf, laut und nachhallend, schien seine Intensität im unendlichen Raum zu verdoppeln. Entsetzt dämpfte Sibylle mit beiden Händen ab. Aus sehr großer Ferne sang Felizitas ein paar hohe Töne, dann hörte sie Ruperts kokettes Lachen gefolgt von einem geisterhaften Echo.

Sie hätte niemals ohne Lorenz fahren dürfen.

Mit schmerzlicher Klarheit sah sie, wie naiv sie gewesen war, und wie egoistisch. Falls sie sich von Nerja unklar ein Abenteuer mit außergewöhnlichen Akzenten versprochen hatte, wurde sie jetzt genau damit bestraft. Alles hatte sich ins Gegenteil verkehrt. Sie war hoffnungslos allein ohne ihren Mann, den sie von einem Moment auf den anderen so entbehrte, dass sie nur mühsam ein Aufschluchzen unterdrücken konnte.

Als sie endlich zu proben anfingen, hatte Rupert sich in die erste Reihe gesetzt und verfolgte jede von Sibylles Bewegungen mit einem wölfischen Grinsen. Zu Felizitas hatte Sibylle keinerlei Blickkontakt, sie stand mit dem Rücken zu ihr wie die Solistin vor einem Orchester, vor allem aber in sicherer Entfernung vom Stalaktiten, der, bräche er herunter, sich in Sibylles Schädeldecke bohren würde. Die Stimmung der Harfe war miserabel, die Zeit für gründliches Stimmen war zu kurz gewesen und die Wirbel waren in einem schlechten Zustand, einige widerständig schwer, andere rutschten, wie mit Seife eingeschmiert. Sie würde vor dem Konzert nachstimmen müssen, dann mit Stimmgerät, damit es schnell ginge. Ihre beiden größeren Solostücke spielte sie nur kurz an. Felizitas, demonstrativ ungeduldig, blätterte geräuschvoll in ihren Noten und Rupert verzog bei jedem Arpeggio der *Serenata* von de Falla angeekelt den Mund; für sein hochempfindliches Gehör war das schlecht gestimmte Instrument eine Beleidigung. Sibylle wünschte ihm mindestens eine grausige Entdeckung am Bechstein-Flügel. Wie die meisten Pianisten mittleren Bekanntheitsgrades musste er mit dem Instrument vorlieb nehmen, das am Konzertort vorhanden war oder vom Veranstalter gestellt wurde. Aber so selbstgefällig, wie er sich vor ihr auf dem Klappstuhl inszenierte, schien er mit dem Bechstein Glück zu haben oder aber er hatte im Felizitas-Rausch den Flügel noch nicht einmal aufgeklappt. Während sie die *Serenata andaluza* und die letzten Takte von *Granada* anspielte, trauerte sie dem wunderschönen Programm nach, das, obwohl noch nicht gespielt, schon der Vergangenheit angehörte, da es nie so erklingen würde, wie sie es sich vorgestellt hatte. Eine unsinnige Vergeudung all der Zeit, die sie mit dem Suchen und Aussuchen von Stücken, die einen Bezug zu diesem besonderen Ort haben sollten, verbracht hatte. Umsonst die vielen Proben mit Felizitas und dem Versuch, ihr die aufführungspraktischen Besonderheiten und die speziellen Verzierungstechniken der Musik um 1600 nahe zu bringen. Stunden, die ihr alles an Diplomatie und Geduld abverlangt hatten, weil dieses wichtige Projekt auf keinen Fall scheitern sollte – aber es waren auch Stunden großen Glücks und innerer Erfülltheit gewesen. Jetzt, wo sie wusste, dass sie von falschen Voraussetzungen ausgegangen war, zeigte ihr das Glück eine feixende Grimasse.

So musste sich eine betrogene Geliebte fühlen.

Sibylle wusste nicht, was sie mehr verabscheute: die Tatsache, nicht ohne ein Medikament spielen zu können oder Frau Dr. Köhler vom Goethe-Institut darum bitten zu müssen. Sie hoffte inständig auf deren Erfahrung im Umgang mit Künstlern, aber ob sie etwas hätte, das Herz, Blutdruck und Puls normalisierte ohne sie in einen Halbschlaf zu versetzen, konnte sie sich nicht vorstellen. Frau Dr. Köhler hatte zu ihrer größten Überraschung nicht mit der Wimper gezuckt und ihr eine halbe Stunde vor Konzertbeginn diskret eine Schachtel mit Betablockern zugesteckt. Dazu passte sie den Moment ab, in dem Felizitas auf einer Wolke von *Diorissimo* ihrer gemeinsamen Garderobe entschwebte, um sich von Rupert mit »Toi-toi-toi« bespucken zu lassen. Darauf konnte Sibylle gut verzichten, nicht aber auf Lorenz' tröstende und zugleich aufmunternde Worte, die sie sich zurecht fantasieren musste, denn er war nicht da. Sie teilte eine Tablette in zwei Hälfen und spülte eine davon mit drei Gläsern Wasser hinunter, ohne zu bedenken, dass sie für mindestens eine Stunde nicht zur Toilette gehen konnte. Bei der Vorstellung, dass ein Medikament, dessen Wirkung sie nicht kannte, nun durch ihre Blutbahnen mäanderte, wurde ihr so übel, als hätte jemand mit einem großen Löffel ihren Mageninhalt umgerührt. Wenn sie dieses Konzert mit Anstand überstehen würde, wäre die Sucht für den Rest ihres Musikerdaseins vorprogrammiert; logischerweise könnte sie dann nie mehr ohne Betablocker auf die Bühne gehen.

Noch in der Minute bevor Senõr Jiménez an ihre Garderobentür klopfte, um sie heraus zu bitten, zweifelte Sibylle daran, diesen Raum überhaupt verlassen zu können. Als er die Tür öffnete, wusste sie, dass sie es auf den falschen Schuhen tun würde. Ihre flachen Konzertschuhe waren im Hotel geblieben. Hier stand sie auf vier Zentimeter hohen Absätzen, die der Pedaltechnik der Harfe ebenso feindlich gegenüber standen wie dem Kupplungspedal ihres Volvos und sie hatte nicht die geringste Erinnerung daran sie angezogen zu haben. Mit ihren Noten unter dem Arm und auf Beinen, die nicht zu ihr zu gehören schienen, wankte sie hinter Senõr Jiménez und Felizitas her, die sich dramatisch von Rupert losgerissen hatte und auf die zwischen ihnen üblichen Wünsche für ein schönes Konzert verzichtete oder sie einfach vergessen hatte, so, wie sie Sibylle überhaupt vergessen hatte. Im Windschatten der Prächtigen, deren Kleid beim Laufen ein Geräusch machte, als nähere sich Isabella von Kastilien, trat Sibylle in das Scheinwerferlicht der kleinen Bühne der Cueva de Nerja. Schwarz, schmal und hoch aufgeschossen fühlte sie sich wie eine Komparsin, wie ein Lanzenträger im Gefolge der Herzogin.

Nein, eher wie die Lanze selber.

Der Begrüßungsapplaus rauschte durch den gigantischen Konzertraum – es war unmöglich abzuschätzen wie viele Hände hier klatschten. Geblendet verbeugten sie sich vor einem Publikum, das sie nicht sahen, denn alle Scheinwerfer waren auf sie gerichtet und auf den imposanten Stalaktiten über ihnen.

Dann wurde es still, nur das regelmäßige Tröpfeln war zu hören, wahrscheinlich kam es aus einem Lautsprecher, der in unmittelbarer Nähe der Bühne versteckt war. Im unwirklichen Licht waberten hauchfeine Schleier aus Nässe. Sibylle hob die Arme, um die Harfe zu sich herunter zu ziehen. Ihre Hände zitterten nicht. Sie waren weder kalt noch warm. Sekunden vor dem Anzupfen des ersten Tones waren sie ohne Gefühl. Ihr Herz war so ruhig, als stünde es still. Da spürte sie Felizitas' bohrenden Blick und sah an ihrer erhobenen Brust, dass sie schon eingeatmet hatte. Sie zwang ihre Finger an die Saiten, riss sie an, C-Dur, der Startschuss für Felizitas; ein Akkord und schwungvoll los, so hatten sie es verabredet. Felizitas aber nahm ein viel schnelleres Tempo und war sofort einen Schlag weiter, Sibylle musste einen Akkord überspringen; jeder Ton war ein glühender Stich in ihre Fingerkuppen. Hatte sich die Akustik verändert? War es jetzt weniger hallig als bei der Probe ohne Publikum? Sie redete sich ein, jeden Ton abdämpfen zu müssen, während sie unter dem hauchzarten Stoff ihres Kleides ihre Schuhe abstreifte und nach hinten schob, weg von den Pedalen, die störrisch und schwergängig waren und die sie jetzt mit den bloßen Füßen bewegen musste. Felizitas jagte durch die vier Strophen von *Dalla porta d'Oriente,* Caccini, ein fremdes Kapitel für jemand, der ursprünglich auf die dramatische Oper abonniert war und jetzt so frühes Zeug singen musste, das dachte Sibylle mit überraschender Klarheit. Felizitas überspielte ihre Unsicherheit, indem sie sich wie eine Dompteuse gebärdete, die einen Haufen schläfriger Großkatzen in Rage bringen wollte. Brausender Applaus nach dem Schlussakkord. Wie abgemacht verneigte Sibylle sich sitzend, weil sie keine zu großen Unterbrechungen zwischen den kurzen Stücken des Caccini-Sets haben wollten – ihr war es peinlich, wenn der Applaus länger dauerte, als das Stück selbst; unter dieser Unverhältnismäßigkeit litt sie seit jeher, jetzt aber war sie fast froh darüber. Der Beifall machte Mut, die Stimmung im Publikum war aufgeschlossen mit einer Tendenz zur Begeisterung. Nach wie vor sah sie nur schemenhafte Umrisse, vage Bewegungen in der ersten Reihe, die Scheinwerfer leuchteten ihr in die Augen. Der Stalaktit warf einen Schatten auf ihre Noten. Felizitas drehte sich halb zu ihr, ihr Kleid rauschte, ihr Haar sprühte, ihre Augenbrauen waren hochgezogen und der todtraurige Affekt von *Amor io parto* stand ihr schon ins Gesicht geschrieben. Jetzt sollte ein langsames Harfen-Arpeggio in Moll kommen, ein Ton nach dem anderen, versonnen im Ausdruck und mit kleinen, fast unmerklichen Zeitverzögerungen. Es erklangen aber nur der erste und der letzte Ton von vieren; Sibylle hatte die stählernen Saiten viel zu leicht angezupft, sie rührten sich nicht. Felizitas setzte zu früh ein und nahm dem Klang auch noch den Rest von Atmosphäre, und, als müsse sie von Sibylles Schwächen ablenken, tat sie alles, um die Aufmerksamkeit auf sich zu ziehen. Ohne jede Feinheit im Ausdruck sang sie nuancenlos laut und vertrieb damit das besondere Timbre aus ihrer Stimme, das Sibylle so einzigartig fand. Sie sang keinen einzigen ihrer unnachahmlichen Pianissimo-Töne, in höchster Lage glockenrein und ohne jede Anstrengung, die nicht nur das Publikum den Atem anhalten ließen, sondern auch Sibylle so manches Mal gefährlich in Bann geschlagen hatten, besonders, wenn sie diese Töne wie selbstvergessen mit kleinen Handbewegungen begleitete, als ließe sie einen winzigen Vogel in die Weite des

Himmels auffliegen. Von solchen *Affetti* war sie mit ihren übertrieben großen Gebärden und einem beängstigenden Minenspiel, das grotesk und seltsam auf das Publikum wirken musste – wer verstand schon den italienischen Text – Lichtjahre entfernt.

Jetzt nahm sie ein viel zu langsames Tempo. Eine längere Verzierungskoloratur landete zu tief auf dem gemeinsamen Endton, den sie immer wieder auf seine saubere Intonation hin geprobt hatten, und richtete für den Bruchteil von Sekunden ein kleines dissonantes Desaster an. Sibylle zuckte zusammen, Felizitas ließ sich nichts anmerken. So was kam vor, sich selbst gegenüber war sie großzügig.

Sibylle beneidete sie um diese Großzügigkeit. Sie selbst hatte sie nicht. Sie verzieh sich nichts. In ihr hallte jeder falsche Ton nach, oft nächtelang. Er verfolgte sie bis in ihre Träume, wo sie verzweifelt auf der Bühne saß und, ohne jede Hoffnung, an den Wirbeln ihrer Harfe drehte, bis sie ohne einen Ton gespielt zu haben, die Bühne verlassen musste.

Jetzt Harfe solo. Sibylle blätterte mit steifen Fingern die Kapsberger *Toccata* auf. Welcher Eitelkeitswahn hatte sie zur Wahl dieses Stückes getrieben? Zu Hause war ihr die Idee, es zwischen den Caccini-Liedern zu spielen, brillant erschienen. Hier nicht mehr. Hier würde es ihr zum Verhängnis werden, zur Demonstration all dessen, was sie nicht bis zur absoluten Souveränität beherrschte. Das falsche Instrument und mangelnde Routine, seitdem sie so viel unterrichtete. Dabei hatte sie vorausschauend Kapsberger, Gabrieli und de Falla zu den Pflichtstücken des letzten Semesters erklärt, mit dem Hintergedanken, selbst vom häufigen Vorspielen in den jeweiligen Unterrichtsstunden zu profitieren. Was, wenn nun einer ihrer Studenten im Publikum saß? Eine unaussprechliche Blamage. So weit war es mit ihr gekommen.

Felizitas hatte Pause und setzte sich auf den für sie bereit gestellten Stuhl. Nachdem sie ihr Kleid um sich herum drapiert hatte, saß sie sehr aufrecht, ihre geflochtenen, hochgesteckten Haare trug sie wie eine Krone. Sibylle meinte ein herablassendes Kopfnicken gesehen zu haben als Zeichen dafür, dass sie beginnen könne.

Eine pappige Feuchtigkeit legte sich auf ihre nackten Arme. »Beachte das nicht!«, hörte sie plötzlich den Aufpasser in ihrem Kopf, »Lächle!«. Sie gehorchte und wartete mit dem ersten Akkord, bis sie einen langen Blick in die gesichtslose Menge geworfen hatte, so, als säße dort jemand, dem sie dieses Stück widmen wollte. Lorenz zum Beispiel. Für ihn hatte sie oft gespielt, ohne dass er es gemerkt hatte. Sie lächelte, weil es dazu gehörte und spürte ihren linken Halsmuskel, er hielt ihren Kopf am kurzen Zügel. Niemals hatte sie sich so schlecht gefühlt.

Beim Einatmen gab der Muskel nach und sie spielte die ersten Töne.

»Dein Lieblingsstück!«, raunte ihr der Aufpasser zu, »Vermassle es nicht!«. Bloß nicht, sie liebte es; gleich der zweite Akkord war eine Überraschung, und es gab weitere wundersame Harmonien in den scheinbar gleichförmigen Takten, die sie mal durch Verzögerung, mal durch Dynamik hervorhob und beleuchtete. Die Töne verwoben sich, entschwebten in den Raum, verloren sich in der Ferne. Der betörende Klang und eine warme Empfindung in ihr verschmolzen miteinander und verdichteten sich zu einem Moment reiner Freude; sie spielte und lauschte und war sekundenlang in dem himmlischen Zustand vollkommener Selbstvergessenheit. Da meldete sich der Aufpasser.

»Wie gut es doch gerade läuft«, flüsterte er, »wie gebannt alle zuhören! Lass dich bloß nicht von Felizitas Bewegungen rausbringen. Schau einfach nicht hin!«

Sie schaute hin, sie konnte nicht anders. Weg von Takt 43, dem Beginn der kleinen, zauberhaften Abwärtsbewegung, die ihre Finger nun automatisch und nichtssagend abspielten und hin zu Felizitas, die mit im Metrum schwingendem Oberkörper, geschlossenen Augen und einem verzückten Gesichtsausdruck in Trance gefallen zu sein schien. Aber schon einen Wimpernschlag später, Sibylle spielte den wunderbar traurigen Mollakkord in Takt 45, erschien eine tiefe Falte auf ihrer Stirn und sie sah erbarmungswürdig aus, wie von einem inneren Schmerz zerrissen, als bedürfe die Musik, die Sibylle spielte, ihrer pantomimischen Interpretation.

Sibylle war so irritiert, dass sie sich vergriff, ein falscher Ton, Felizitas riss die Augen auf, das kurze Stück war vorbei. Sibylle spielte den Schlussakkord. Der Aufpasser wartete ab, enthielt sich jeglichen Kommentars. Hüsteln aus dem Publikum.

Dann Beifall.

Augenblicklich erhob sich Felizitas von ihrem Stuhl und kam die drei Schritte zu Sibylle herüber, wendete sich den Zuhörern zu und verwandelte so Sibylles Schlussapplaus in einen Anfangsapplaus für sich. Sie bedankte sich überschwänglich, indem sie sich tief verbeugte, mit ihrer rechten Hand auf dem Herzen oder auf ihrem aufsehenerregenden Dekolleté, das sonst schutzlos den hellen Scheinwerfern und den vielen unsichtbaren Augen ausgeliefert gewesen wäre.

Sibylle begleitete das nächste Stück wie in Trance. Händel. *Ombra Mai Fù.* Sie hatten in früheren Konzerten die ursprünglich orchesterbegleitete Arie unzählige Male gespielt, nachdem Sibylle sie Felizitas zuliebe für Harfe arrangiert hatte, damit sie den Publikumsliebling in ihre Programme aufnehmen konnten. Hier, zwischen den Stücken einer früheren Epoche, nahm sich die Arie aus wie ein Fremdkörper, gleichwohl wie einer, der Tränen fließen lassen konnte. Der Applaus, der erst Sekunden nach dem Verklingen des letzten Tones aufbrandete, war der längste des ganzen Konzertes. Während Sibylle anschließend eine sehr kurze Gabrieli *Canzone* spielte, hoffte sie inständig, die Euphorie über Händel hielte an. Kaum, dass sie die ersten Töne gespielt hatte, zog sich ihre rechte Wade zusammen wie eine Raupe. Die Zehen ihrer eiskalten, nackten Füße standen starr nach oben gestreckt. Der Schmerz würde sie gleich vollkommen lähmen, sie müsste nach den wenigen Tönen abbrechen. Aber, als wäre sie eine andere, spielte sie weiter bis zum Schluss, stand dann auf und stemmte ihren Fuß in den Boden, verlagerte ihr ganzes Gewicht darauf und verbeugte sich mit einem Siegerlächeln, als hätte sie gerade ein als unspielbar angekündigtes Harfenkonzert uraufgeführt. Felizitas war so erstaunt, dass sie vergaß, was sie als nächstes singen musste und blätterte verstört in ihrem Notenstapel. In Sibylles Bein löste sich der Krampf, aber die Angst blieb. Es war eine kalte, stumme Angst, die nichts mit der gewohnten fiebrigen Aufgeregtheit, nervösem Magen und grollendem Gedärm zu tun hatte. Sie war still und ohne jedes Gefühl und gab dem Aufpasser recht, der entschieden wiederholte, dass dieses das endgültig letzte Mal sein müsse. »Nie wieder«, sagte er, »und vor allem nie wieder mit der Verräterin.«

Beim kleinen Empfang, den das Goethe-Institut für sie und wenige geladene Gäste nach dem Konzert ausgerichtet hatte, beschloss Sibylle, den ersten Flug am nächsten Morgen zu nehmen. Sie hatte sich eine verquälte halbe Stunde lang mit einem schlecht Deutsch sprechenden Amateur-Harfenisten unterhalten müssen, der froh war, endlich jemanden gefunden zu haben, der Verständnis für sein Hobby, dem Herstellen von Darmsaiten, hatte. Felizitas nahm währenddessen Lob und Komplimente, Staunen und Begeisterung entgegen und sie strahlte, wie es nur Frischverliebte tun, ganzkörperlich und von innen heraus, und die Gäste umschwirrten sie wie die Motten das Licht. Mit aufgelösten Haaren, spielerisch ein Sektglas zwischen zwei Fingern drehend, hing sie an Ruperts Arm und erwähnte ihren Mann und ihre Kinder mit keinem Wort.

Sibylle hatte sich keine Mühe gegeben, einen glaubwürdigen Vorwand zu finden, um sich sofort zu verabschieden. Frau Dr. Köhler machte sich sowieso ihren Reim auf alles und Senõr Jiménez war so damit beschäftigt, die Felizitas-Euphorie in Karten für den bevorstehenden Liederabend umzuwandeln, dass er Sibylles Verschwinden gar nicht bemerkt hatte.

Im Hotelzimmer, auf ihrem Bett, weinte sie eine geschlagene Stunde lang wie ein Kind, bis sie zum Telefon griff, um Lorenz anzurufen. Er hatte in wenigen Minuten einen Flug herausgesucht und mit dem Airport in Malaga telefoniert. Und er hatte ihr versichert, dass er alles tun würde, um sie von einem weiteren Konzert mit Felizitas abzuhalten, falls sie jemals wieder auf die Idee kommen würde. Bei seinem Leben hatte er das schwören müssen. Erst dann beruhigte sich Sibylle und wenig später spürte sie ihre Hände wieder und wie sie langsam warm wurden.

Die Kritiken, in Spanisch und Deutsch, die Frau Dr. Köhler ihr zwei Wochen später zugeschickt hatte, bestätigten Sibylle, was sie schon während des Konzertes gefühlt hatte: Es war nicht gut, es war nicht schlecht, es war von einer tristen Mittelmäßigkeit und damit kaum der Rede wert, und das spiegelte sich auch in den Kritiken wider, besonders im Vergleich mit denen des romantischen Liederabends vom nächsten Tag.

Zum Duo van Wassenaer/Rubin rang sich der Musikkritiker eine einzige Spalte ab, in der er das außergewöhnliche Programm mit dem sich daraus ergebenden schwierigen Zugang erwähnte und die sagenhafte Akustik in der einzigartigen Atmosphäre der Höhle lobte. Der unglaublichen Präsenz der Sängerin sei es zu verdanken gewesen – es folgte ein Hinweis auf die Kritik des darauffolgenden Liederabends – dass das Konzert in der stets gut besuchten Reihe ein ausgefallenes und in diesem Sinne auch unvergessliches gewesen sei, besonders da man die Kombination von Sopran und Harfe nicht jeden Tag zu hören bekäme. Naturgemäß müsse man hierfür größtenteils auf Bearbeitungen zurückgreifen – was bei den Solostücken weniger einsichtig sei, da bei derart populärer Literatur – de Falla, Albéniz – die Originalfassungen für Klavier und auch die Bearbeitungen für Gitarre nicht aus den Hörgewohnheiten des Publikums wegzudenken seien. Eine weniger glückliche Wahl, aber absolut verzeihlich bei der wunderbaren Händel-Arie *Ombra Mai Fù*, fand der Musikkritiker, und Sibylles Herz krampfte sich vor Demütigung und Ungerechtigkeit zusammen.

Die drei Kritiken vom Liederabend mit Rupert hingegen waren allesamt enthusiastisch.

Er, der Herrlichste von allen, überzeugender hätte es keine Sängerin vortragen können. Das glaubte Sibylle sofort und sie sah Rupert vor sich, wie er am Bechstein sitzend dahinschmolz und jedes gesungene Wort der Prächtigen auf sich bezog, die zum Sterben schön – so der spanische Kritiker – *Wenn ich in deine Augen seh* gesungen haben soll. Und erst das *Ich grolle nicht!* Ohne dabei gewesen zu sein, denn sie war längst abgeflogen, sah Sibylle Felizitas weit aufgerissene Augen beim höchsten Ton im Fortissimo, *ich sah die Schlange, die dir am Busen frisst, ich sah, mein Lieb, wie sehr du elend bist ...* Wie elend ihre Freundin Sibylle war, das sah Felizitas nicht. In Sibylles Fantasie sang Felizitas dramatisch bis zum Äußersten und ungedrosselt von puristischen Alte-Musik-Regeln mit einem hemmungslosen Vibrato und so, dass die Nerja-Zuhörer wieder in Tränen ausgebrochen waren, auch ohne den Text verstanden zu haben. Das jedenfalls las sie und brach auch in Tränen aus. Nicht, weil sie Felizitas den Erfolg missgönnte, sondern, weil sie nicht für sie *Ich grolle nicht* gesungen hatte.

Zwei Wochen nach Nerja und mit täglich wachsender Paranoia dachte Sibylle stündlich an Felizitas, die sich nicht mehr bei ihr gemeldet hatte, und gelangte mit jedem qualvollen Durchgrübeln der zwei Nerja-Tage mehr und mehr zu der Ansicht, dass sie selbst Schuld hatte an dem völligen Zerwürfnis. Sie hatte Felizitas mit dem Argument des Außergewöhnlichen zu diesem Programm überredet, obwohl sie genau wusste, dass Felizitas mit dieser Musik wenig anfangen konnte. Es war *ihr* Programm, es war *ihre* Musik, und es war ihre egoistische Absicht gewesen, in heimlicher, besessener Vorfreude auf ihre Renaissanceharfe, die Stücke, die sie auf ihr spielen würde, schon jetzt unter ihren Fingern zu spüren und spielbereit zu haben, wenn sie ihr endlich geliefert würde, die *Schöne Laura.*

Felizitas hatte sich nur gerächt, ohne zu wissen wofür.

Sibylle steckte die Kritiken in einen Ordner mit der Aufschrift *Konzerte bis 1999* und holte sie nie wieder heraus.

Sibylle stand auf und geleitete Felizitas' Tochter zur Tür.

Katharina hatte schon die Klinke in der Hand, drehte sich aber nochmal um, als hätte sie etwas vergessen.

»Ich wollte noch sagen, dass ich mich ausschließlich hier beworben habe – ich möchte nur zu Ihnen. Bitte verstehen Sie das richtig, ich möchte Sie natürlich nicht beeinflussen ... «

Ohne eine Antwort abzuwarten, ging sie über den langen Flur davon und die Treppe hinunter. Sibylle sah ihren geraden Rücken, der dem von Felizitas glich, auf dem der rote Zopf gebaumelt hatte.

Auf einmal erinnerte sie sich wieder.

Sie hatte einen unsinnigen Augenblick lang gehofft, es sei doch nicht alles verloren. Felizitas war aus dem Fahrstuhl getreten und durch die Empfangshalle des Nerja-Hotels auf sie zugekommen, als sie gerade ausgecheckt und sich ein Taxi hatte rufen lassen. Aber dann hatte Felizitas vor ihr gestanden und mit einem undurchdringlichen Ausdruck im Gesicht gesagt:

»Ehrlich Sibylle, das hier mit dir, das bringt mich kein Stück weiter.«

Dass sie das so kalt sagen konnte, war für Sibylle trotz allem, was schon geschehen war, ein unerwartet grausamer Schlag. Die Worte schrillten in ihren Ohren, als wäre ein Alarm ausgelöst worden und sie in höchster Lebensgefahr.

Felizitas drehte sich um und ging davon. Der rote Zopf baumelte über ihrem geraden Rücken. Sibylle hatte ihr nachgesehen, hatte ihren Koffer genommen und war ins Taxi gestiegen. Der Aufpasser hatte sie angefleht, diesen Satz sofort zu vergessen. Jetzt fiel er ihr wieder ein. Sie war also doch nicht ohne ein Wort von ihr verlassen worden.

18

Das Wochenende war lang und ohne jede Ablenkung, schon beim Aufstehen vermisste Sibylle den Nachmittagsbesuch beim Mütterchen. Auch wenn sie sich oft gesträubt hatte, war sie doch immer für Stunden wie von sich selbst befreit gewesen. Mit dem Bild des leeren Zimmers in der Seniorenresidenz, das ihr plötzlich vor Augen stand, traf sie die Wucht des Verlustes erneut. Der einzige Mensch war nicht mehr da, der *Kind* zu ihr gesagt hatte.

Nach dem Frühstück ging sie hinunter ins Souterrain, füllte die Waschmaschine und stellte sie an. Im Arbeitszimmer öffnete sie die beiden Fenster; ein schwarzglänzender Käfer kam hereingekrabbelt. Sie schob ihn auf die vorläufige Tagesordnung der Senatssitzung und warf ihn in hohem Bogen wieder raus. Er landete irgendwo zwischen den stacheligen Stielen und dem dunklen, ledrigen Laub des Bodendeckers, wo er sein Leben fortsetzte, einer Bestimmung gehorchend, die er nicht einmal kannte. Der flüchtige Wunsch, etwas spielen zu wollen, hatte sich bereits auf dem Weg hier herunter in sein Gegenteil verwandelt. Sibylle verspürte einen Widerstand, der es ihr unmöglich machte, sich auf den Hocker zu setzen und die Saiten zu berühren, nachdem sie die Samtdecke von der *Schönen Laura* gezogen hatte. Dabei wusste sie, wie gut es wäre, ein paar Takte von der *Aria di Fiorenza* zu spielen. In wenigen Minuten ginge es ihr besser, so, als hätten die schwingenden Saiten die schweigenden Resonanzräume in ihrem Inneren zum Leben erweckt. Sie lauschte auf die Stille und stand minutenlang mitten im Raum wie ein orientierungsloser alter Mensch, der eben noch zielstrebig etwas anpacken wollte, im nächsten Moment aber alle Erinnerung daran verloren hatte und keinen Gedanken mehr fassen konnte. Die hereinfallende Sonne ließ die Pedale ihrer großen Konzertharfe, die unter der schweren Segeltuchhülle herausschauten, golden aufleuchten, aber sie spürte nur eine kalte Beziehungslosigkeit, während sie die Gegenstände um sich herum betrachtete, die doch zu ihrem Leben gehörten und es zum Teil sogar ausmachten.

Schließlich öffnete sie ihren Notenschrank, holte stapelweise Noten heraus und legte sie auf den Boden, sortierte sie um und stellte ohne bestimmte Absicht einen Band mit *Cabezón-Canciónes* auf den Notenständer; dann hatte sie keine Energie mehr, den Notenstapel wieder in den Schrank zu räumen. Sie schob eine Brahms-CD in den Recorder, fühlte sich aber im nächsten Moment der symphonischen Macht nicht gewachsen und verlor jede Lust daran, Musik zu hören. Sie setzte sich an ihren Schreibtisch, eine Antiquität aus fein poliertem Kirschbaumholz mit Instrumentenintarsien, ein Geschenk von Lorenz zu ihrer Hochzeit und fuhr ihren Mac hoch. Sie wollte ihre Mails aufrufen, entschied sich dann aber um und gab *Felizitas van Wassenaer, Sopranistin,* in Google ein. Es gab 15 Eintragungen; das war weniger, als sie erwartet hatte. Neun davon im Zusammenhang mit der *Harfenistin Sibylle Magdalena Rubin.* Der aktuellste Eintrag war von Februar und verwies auf mehrere Aufführungen des Theater Bremen. Vereinzelt ein Kirchenkonzert. Von Rupert Horling keine Spur.

Sibylle klickte auf einen Link und landete auf Felizitas' Website, die ihr wenig professionell vorkam, aber immerhin gab sie darüber Auskunft, dass Felizitas seit einigen Jahren Mitglied des Bremer Opernchors war und Privatunterricht gab. Es gab nur ein einziges Foto, ein Künstlerfoto in Schwarzweiß; es war ihrem gemeinsamen Flyer entnommen, also gut und gerne elf Jahre alt. So sah Felizitas aus, als sie sich zum letzten Mal gesehen hatten. Sibylle hätte nicht sagen können, ob sie der Eindruck, hier auf das trostlose Ende einer einstmals so hoffnungsvoll begonnenen Sängerkarriere zu blicken, betrübte oder ihr ein Gefühl von ausgleichender Gerechtigkeit gab. Wahrscheinlich war es eine Mischung von beidem, was ihr bei der Überlegung auch nicht weiterhalf, wie sie sich zukünftig, spätestens mit Beginn des Wintersemesters, der Mutter ihrer einzigen Studentin gegenüber verhalten sollte.

Draußen summte das Tor, sie sah Lorenz hinausfahren, auf dem Rücksitz Bello, der mit gespitzten Ohren durch das Heckfenster in ihre Richtung sah. Sie hatte Lorenz' Vorschlag mit ihm den Wochenendeinkauf zu machen abgelehnt, obwohl es für sie das Beste gewesen wäre, und hatte ihn mit der Essensplanung für zwei Tage allein gelassen. Er war wortlos gegangen; die Haustür war ihr eine Spur zu laut zugefallen. Seine Geduld mit ihr war am Ende und sie konnte das sogar verstehen. Der Lichtstrahl Katharina hatte sich noch nicht verflüchtigt, da war auch schon das graue Nichtgefühl wie eine Nebelwand heraufgezogen und hatte sie in diesen Zustand dumpfen Ausharrens versetzt, in dem sie unansprechbar war, selbst für ihren Mann.

Sie klickte Felizitas' altes Foto weg und schaltete den Mac aus. Auf die tägliche Mailflut von kulturellen Veranstaltungen konnte sie verzichten und auch Frau Sommers obligatorische Erinnerung an die Termine der nächsten Woche war überflüssig, die bevorstehende Senatssitzung überschattete alles. Wie viele Senatssitzungen hatte sie mitgemacht? Vier Jahre war sie im Amt, also acht Semester, vier Sitzungen pro Semester, das machte grob 30 Sitzungen, abzüglich derer, die wegen Dienstreisen oder Ministeriumsterminen ausgefallen waren. Krank war sie nie gewesen. Also mindestens 25 Sitzungen, bei denen sie moderiert, gekämpft, geschlichtet und organisiert hatte. In ihrer letzten Sitzung am kommenden Dienstag würde sie erstmalig nichts unter Beweis stellen müssen. Sie musste kein Projekt durchdrücken oder ablehnen, von dem behauptet wurde, dass es für die Hochschule überlebensnotwendig sei. Sie musste keine Eilanträge überstürzt einschätzen und abhandeln. Sie musste keine Überarbeitungen oder Neufassungen von Ordnungen vorschlagen und die langwierigen, ermüdenden Formulierungsdebatten ertragen. Sie musste keinen der drei Dekane, diesen uneinnehmbaren Festungen der Meinungsbildung, durch kräftezehrenden Argumentationseinsatz von irgendeinem Gegenteil überzeugen und am Ende dem Überraschungs-TOP *Sonstiges* entgegen bangen. Am kommenden Dienstag müsste sie nur alles geschehen lassen wie ein unbeteiligter Zuschauer. Der einzige Tagesordnungspunkt war die Abstimmung über das Wahlverfahren mit dem Vorstellungstermin für Kandidaten und dem Wahltermin. Was also war der Grund dafür, dass sie hier saß, die Hände schlaff im Schoß, zusammengesackt wie eine Verurteilte, die auf ihren

Henker wartete? Im Übespiegel an der gegenüberliegenden Wand schimmerte die *Schöne Laura* verlockend, die Harfenistin auf dem Schreibtischstuhl vor dem dunklen Display ihres Laptops hatte jeden Glanz verloren, an ihrer Haltung gäbe es viel zu korrigieren.

Sie stand auf, dehnte ihren Brustkorb, zog ihre Schultern nach rechts und links, streckte den Hals und richtete sich auf, bis ihre Haltung der von Juliette Blais de Villeneuve, auf dem Poster links neben dem Spiegel glich. Juliette hatte ihren rechten Arm gehoben und ihre Hand an die Saiten ihrer großen goldenen Konzertharfe gelegt, die imposant wuchtig und um einige Zentimeter größer war, als sie selbst. Sibylle schaute auf ihre *Schöne Laura* herab, die kleiner, feiner und eleganter war. Aber abgesehen davon, dass sie schwarze Sandalen zur Jeans und keine hellen, spitzen Seidenschuhe zu einem tief dekolletierten, dunklen Samtkleid trug, sah sie ihr verblüffend ähnlich. Sie verglich ihre Gesichtszüge mit denen Juliettes, als sähe sie das Bild zum ersten Mal, dabei hing es seit ihrem Einzug an genau derselben Stelle. Der gleiche skeptische Blick, die gleichen schmalen Augen, ein nur verstecktes, angedeutetes Lächeln, aber erkennbar der Ausdruck von Selbstsicherheit und Stolz. Das Poster war ein Geschenk von Lorenz, vor vielen Jahren im Louvre gekauft, sie hatten mit Champagner darauf angestoßen. So muss er sie damals gesehen haben, so sah er sie vielleicht heute noch. Selbstbewusst und stolz. Sie wusste nicht, ob er sich nicht gründlich täuschte.

Sibylle nahm ihr Handy und wählte seine Nummer.

»Wenn du noch nicht im *Delicato* bist, dreh um und hol mich ab. Wir könnten anschließend Essen gehen und ein bisschen durch die Stadt bummeln. Natürlich nur, wenn du noch nichts anderes vor hast ... «

Sie musste einen Moment auf seine Antwort warten, aber das billigte sie ihm zu. Dann sagte er:

»Bin schon unterwegs. Griechisch oder Italienisch?« und sie hörte Bello einmal kurz aufblaffen, als hätte er ein Wörtchen mitzureden.

Portrait de Juliette de Villeneuve

Anders, als sie befürchtet hatte, war der Tag gut verlaufen. Kurz vor Mitternacht stand sie in der nur schwach von einer indirekten Herdlampe erhellten Küche am dunklen Fenster und dachte überrascht, dass der bittere Geschmack sie seit Tagen verschont hatte. Sicher war er nur überlagert von vier Gläsern des schweren, sizilianischen *Sud* und würde unerwartet plötzlich wieder auftauchen. Aber nicht einmal der allgegenwärtige Gedanke an die Sitzung und auch nicht die Mahnung, die von dem wie zufällig auf der Küchentheke vor ihr liegenden Zettel mit drei Südtiroler Hotels ausging, hatte es vermocht, das Bittere heraufzubeschwören. *Passeiertal, Gadertal oder Ahrntal – das ist hier die Frage*, hatte Lorenz dazugeschrieben.

Eine Frage, über die sie jetzt nicht nachdenken wollte, es gab keinen ungünstigeren Zeitpunkt, als diesen. Oder täuschte sie sich und genau das hier war die Wende? Alles würde anders werden. Weitreichend. Nicht nur im Rektorat, wo nicht länger sie im Büro säße, während andere sich ein paar schöne vorlesungsfreie Wochen genehmigten. Schon bald säße Peer dort und sorgte sich in den wenigen Pausen zwischen Sitzungen und Konferenzen um seine Beziehung zu Mia, die sich darüber grämte, dass sie ihn nicht mehr zu Gesicht bekam. Denkbar wäre auch der umgekehrte Fall: Mia, vollauf mit Konzertieren beschäftigt, ließe Peer wie ein vergessenes Gepäckstück zuhause zurück, wo er auf sie wartete, alibihaft über trockene Artikel gebeugt, die keine realistische Chance auf Veröffentlichung hatten, weil eben nicht beides ging, Rektor sein und wissenschaftliches Arbeiten.

Als zukünftige Ex-Rektorin hätte sie plötzlich alle Zeit der Welt. Und eine leere Klasse.

Auf einen Schlag könnte sie – unbelastet vom ewigen Horchen auf ihr Handy – mit Lorenz die Dolomitengipfel erklimmen ... Sie könnte sogar ganz auf ihr Handy verzichten, denn niemand müsste mehr wegen einer Lappalie ihr Einverständnis einholen. Ihre Mutter war tot. Keine Notwendigkeit mehr, rund um die Uhr erreichbar zu sein. Als letzte Amtshandlung würde sie den Generalschlüssel abgeben, den Schlüssel für die ganze Hochschule, alle Eingänge, alle Zimmer, hochversichert und ängstlich bewacht wie ein Kind, für dessen Leben man restlos die Verantwortung übernommen hatte. Er steckte in ihrer Brieftasche im sichersten Fach. Vielleicht hielt sich da auch das Bittere verborgen.

Sibylle stellte ihr leeres Glas auf die Ablage und beugte sich zu Bello herunter, der aufrecht vor ihr saß und darauf wartete, von ihr etwas zugesteckt zu bekommen. Sie wollte das Wort Leckerli nicht aussprechen, aber wer weiß, vielleicht würde auch das ihr eines Tages leicht über die Lippen kommen und sie wäre den kommunikativen Hundehalterinnen, die ihre Bellos durch die Rosenhöhe führten, zum Verwechseln ähnlich, hätte immer ein Leckerli in der Tasche, auch für Fremdhunde, um leichter ins Gespräch zu kommen ... Jetzt nannte sie das, was sie aus der hintersten Ecke des Vorratsfaches zog, ihr und Bellos ›süßes Geheimnis‹, obwohl sie sich über die Geschmacksrichtung gar nicht im Klaren war, nur darüber, dass sie mit dieser kleinen Heimlichkeit, nachts vor dem Zubettgehen, während Lorenz im Bad war, den Hund für alle Zeiten an sich fesseln wollte.

Bello schnappte gierig danach und verschlang es gerade noch rechtzeitig, bevor Lorenz in der Küchentür erschien. Er trug einen blauglänzenden Pyjama, den sie noch nie an ihm gesehen hatte. Seine Haare waren feucht und aus dem Gesicht gekämmt und er sah aus, als wolle er im nächsten Augenblick so etwas fragen wie:

»Na, was sagst du zu Südtirol?«. Doch tatsächlich sagte er: »Lass das Bille, er wird zu fett.«

Bello blickte ein paarmal von einem zum anderen, als müsse er sich entscheiden, dann trottete er auf Lorenz zu. Aber bevor er ihm einmal kurz über die Hand leckte, drehte er sich zu Sibylle um, ihr schien, als grinse er sie an. Kein bisschen schuldbewusst.

Sonntagnachmittag, ein wolkenlos blauer Himmel. Sibylle hatte damit gerechnet, dass sie Raphaela im Park begegnen würden. Die Wahrscheinlichkeit auf sie zu treffen war nach einer fast dreiwöchigen Pause groß – Pause wovon?, fragte sie sich, sie waren ja schließlich nicht befreundet, einzig das Versprechen bei ihr zu spielen hielt die losen Enden ihrer Bekanntschaft zusammen. Ob dafür inzwischen ein Anlass in Sicht war, wusste Sibylle nicht. Davon ganz abgesehen, war der Zeitpunkt für sie noch nicht gekommen.

»Meine Liebe!«, rief Raphaela aus und ihre Freude über das Zusammentreffen an den fast schon abgeblühten Spalieren der Christine Hélène schien echt. Sie löste sich vom Arm ihres Mannes und machte Anstalten Sibylle zu umarmen, da knickten ihre Beine ein, nur Lorenz' Geistesgegenwart war es zu verdanken, dass sie nicht auf dem sandigen Weg der Rosenhöhe zusammenbrach. René Wolken klopfte mehr ärgerlich als erschrocken den Mantel seiner Frau ab, die von Lorenz an einem, von Sibylle am anderen Arm gestützt wurde und »Nichts passiert ... « murmelte. Sie war sehr blass geworden.

»Was sagt der Arzt?«, fragte Lorenz übergangslos, mit munterem Tonfall. Raphaela ging dankbar darauf ein und spielte den Vorfall herunter. Trotzdem hatte Sibylle ein ungutes Gefühl, auch, weil sie eine gewisse Verwahrlosung registrierte, kaum mehr als eine Vernachlässigung, aber sie sah einen breiten Streifen grauer Haare auf Raphaelas Kopf, der in ein ausgeblichenes Schwarz mit rötlichem Schimmer überging und eine unübersehbare Ansammlung verschiedener Flecken auf Renés Hemd und Hose. Vielleicht waren seine Augen nicht mehr gut, vielleicht war es ihm egal. Er war älter als Raphaela, weit über achtzig, und jetzt, ohne seine Frau am Arm, bemerkte Sibylle wie unsicher auch er auf den Beinen stand. Sie war besorgt und, obwohl es sie nichts anging, fühlte sie sich zuständig als die sogenannte Nächste, die sie ja tatsächlich war. Sie waren Nachbarn. Ob die Wolkens Angehörige hatten, wusste sie nicht einmal, so wenig kannten sie sich.

Lorenz schlug vor den kürzeren Weg zu nehmen, der allerdings nicht zu dem Haus der Wolkens führte. Bello zog schon in Richtung Heimweg, Raphaela und René trotteten widerstandslos mit, was Sibylle für ein schlechtes Zeichen hielt. Es war keine vier Wochen her, da hatten sie auf ihrem Balkon einen ganz anderen Eindruck gemacht, widerspenstig, selbstbestimmt, kraftvoll und skurril und viel lebendiger als sie selbst. Jetzt wirkten sie gebrechlich, als wären sie demnächst pflegebedürftig.

Kurze Zeit später, in Sibylles Cocktailsessel mit einem Espressotässchen im schräg hereinfallenden Spätnachmittagslicht, sah Raphaela aus wie immer. René Wolken, versorgt mit einem Brandy, schien immerhin wieder so weit zu Kräften gekommen zu sein, dass er minutenlang die Schlampigkeit und Gewissenlosigkeit sämtlicher Mediziner und besonders die ihres altgedienten Hausarztes geißelte, den er für den Vorfall verantwortlich machte. Raphaela dementierte nicht, pflichtete ihm aber auch nicht bei, sondern schwieg mit einem Lächeln, dem man nichts entnehmen konnte, auch keine Loyalität ihrem Mann gegenüber.

Sibylle hatte in der Küche in aller Eile ein paar Brote hergerichtet und Teewasser aufgesetzt. Sie hatte das Gefühl, die Beiden hätten möglicherweise länger nichts Richtiges gegessen, ein absurder Gedanke, die Wolkens gehörten sicher nicht zu den Ärmsten der Gesellschaft und konnten sich alles leisten. Aber wenn es so war, musste etwas anderes dahinter stecken, denn Raphaela stürzte sich auf die Brote und lobte sie als Spezialität, was hoffnungslos übertrieben war, es gab nur solche mit Camembert und mittelaltem Holländerkäse, garniert mit Cocktailtomaten und scharf eingelegten kleinen Gürkchen. René forderte Nachschub und während Lorenz mit einem Grinsen in der Küche verschwand, kam Raphaela auf das Thema Hauskonzert zu sprechen, wofür es, sie tat geheimnisvoll, einen aktuellen Anlass geben könnte. Noch nicht sofort, aber im Oktober, wie man ihr angedeutet hatte, würde ihr die Silberne Ehrenplakette der Stadt verliehen.

»Und damit hat es sich endgültig mit dem *Büchner-Preis*. Damit ist nicht mehr zu rechnen, es sei denn posthum. Aber irgendetwas müssen sie ja machen … «, ergänzte René, es klang zornig.

»Aber das ist doch absolut wunderbar, Gratulation! Eine hochoffizielle und öffentliche Anerkennung Ihres Werkes – Sie haben Recht, René, darum kommt die Stadt nicht herum. Der Name Ihrer Frau ist mit Darmstadt verbunden und darauf kann sich die

Stadt was einbilden. Das muss gefeiert werden!«, rief Lorenz aus der Küche, dann hörte man ihn im Kühlschrank hantieren.

»Hochoffiziell wird es schon durch die Medien, im *Echo* wird's ja mindestens stehen, aber öffentlich – Gott bewahre! – das soll es bestimmt nicht sein, wenn es sich irgendwie vermeiden lässt. Ich gehe nicht mehr gern unter Menschen, seitdem ich alt und hässlich werde. Früher war ich eine Schönheit, mein Mann wird es Ihnen bestätigen ... « Raphaela blickte René kokett an, er nickte tatsächlich und wieder dachte Sibylle, dass sie ein perfekt eingespieltes Team waren, beneidenswert, aber auch schwer durchschaubar. Raphaela war eine gute Schauspielerin.

» ... da ist es besonders bitter ... Am liebsten wäre mir der Staatsakt daheim, nur die Allernötigsten. Und Sie, liebe Sibylle, spielen! Das wäre mein spezieller Wunsch!«

Bevor Sibylle etwas darauf sagen konnte – sie wusste nicht was – klingelte das Telefon in der Eingangshalle.

»Gehst du?«, rief Lorenz aus der Küche und Sibylle stand rasch auf, froh zu entkommen.

Eine unbekannte Nummer, sie zögerte kurz, nahm dann aber das Mobilteil ab.

»Hallo, Bille«, sagte eine Stimme mit außergewöhnlicher Wärme im Klang und geradezu appetitlicher Aussprache, die ihr sofort ein heißes Gefühl durch den Körper jagte.

»Ich bin's, Felizitas.«

Sibylle sagte anstelle einer Begrüßung:

»Glaub bloß nicht, ich nehme sie, weil sie deine Tochter ist. Ich nehme sie, weil sie großartig ist.«

Ein Auflachen am anderen Ende, etwas tiefer, als Sibylle es in Erinnerung hatte.

»Schon klar. Ich hab' sie auch kein bisschen beeinflusst, aber es gibt einfach keine Bessere für sie.«

»Danke für das späte Kompliment.«

»Besser spät, als nie.« Und nach einer kurzen Pause:

»Das war's eigentlich schon, ich wollte mich nur mal gemeldet haben.«

»In der Kürze liegt die Würze ... «, hörte Sibylle sich sagen, und dann:

»Wir bleiben in Verbindung.«

»So oder so.«

»Dann bis dahin.«

»Bis dann.«

»Wer war dran?«, fragte Lorenz und der Korken der Sektflasche flog mit einem explosionsartigen Knall durchs Wohnzimmer. Präses verfolgte ihn aufmerksam mit den Augen.

»Meine Freundin«, antwortete Sibylle.

19

Am Dienstag gegen fünf schreckte Sibylle aus tiefem Schlaf hoch.

Senatssitzung, dachte sie, aber anstelle des glühenden Ringes hielt Lorenz ihre Brust umfangen. Bellos schaute ihr direkt in die Augen, sie streckte ihm die Hand entgegen und er fuhr zur Begrüßung einmal kurz mit seiner Zunge darüber. Um ihn nicht zu beleidigen, wischte sie sie heimlich unter der Bettdecke ab.

Hinter ihr murmelte Lorenz:

»Schlaf noch ein bisschen, Bille ... « Aber sie schob sich sanft von ihm weg und stand auf. Ihr Blick fiel auf seine kräftigen Arme, die plötzlich wie verwaist auf seiner Bettseite lagen und sie dachte, dass es doch an ein Wunder grenzte, wie lange er es schon mit ihrem knochigen Körper aushielt, ihn womöglich fortwährend liebte.

Sie gab Bello einen Klaps und schlich mit ihm aus dem Schlafzimmer; nur das feine Auftippen seiner Krallen auf dem Parkettboden war zu hören.

Eigentlich machte es keinen Unterschied, ob sie auf Peer herabsähe oder ihn zwingen würde, zu ihr aufzusehen. Dennoch musste sie sich eingestehen, dass diese Überlegung ausschlaggebend für die Wahl ihrer Schuhe gewesen war. Vermutlich ein gutes Zeichen, dass sie angesichts der belastenden Sitzung, die sie vor sich hatte, an solche Banalitäten denken konnte. Es war ungewohnt auf den hohen Absätzen zu laufen, trotzdem gaben sie ihr ein gutes Gefühl.

Sibylle durchmaß den Sitzungssaal mit großen Schritten, fühlte ihren Rocksaum an den Knien, so weit holte sie aus. Ähnlich muss es sich auf einem Laufsteg anfühlen; mit diesem flüchtigen Gedanken fiel es ihr auf einmal leicht zu lächeln und nach links und rechts mit einem Kopfnicken zu grüßen. Die Senatorinnen und Senatoren standen in Grüppchen zusammen, unterbrachen das Gespräch, traten zur Seite und bildeten so etwas wie ein Spalier.

Wie komisch, dachte Sibylle, ich nehme doch keine Parade ab und die Kanzlerin, die ihre Soldaten begrüßt, bin ich auch die längste Zeit gewesen.

Sie setzte sich und sah Krüger als letzten hereinkommen und die Tür hinter sich zuziehen. Von ihrem Platz aus überblickte Sibylle die hufeisenförmig aufgestellten Tische, links von ihr saß schon Wolff. Peer kam auf sie zu, Sibylle bemerkte einen seiner kleinen Ausfallschritte; er gab ihr die Hand, ein schiefes Lächeln, nur ein Mundwinkel hob sich, dann setzte er sich rechts neben sie, wie immer.

An seiner anderen Seite saß bereits Frau Sommer fürs Protokoll und links neben Wolff, Prorektor Krüger.

Anders als sonst musste Sibylle bei ihrer Begrüßung keine lauten Männerstimmen übertönen, um gehört zu werden, ein Autoritäts-problem, mit dem sie es während ihrer ganzen Amtszeit zu tun hatte, eigentlich bei jeder Sitzung, bei der die Männer in der Über-zahl waren. Aber sie wusste, dass es nicht nur damit zusammen-hing, denn auch bei anderen offiziellen Anlässen kam es vor, dass man sie übersah und es ihr schwerfiel, die Aufmerksamkeit, die ihrem Amt gebührte, für sich zu reklamieren. Damit würde es bald ein Ende haben, wenn sie nicht – und sie verspürte einen Lachreiz, so grotesk war der Gedanke – dem Problem als Gleichstellungsbe-auftragte zu Leibe rücken wollte ... Aber heute war es außerge-wöhnlich still im Saal, alle sahen sie an und wieder fühlte sie sich wie auf der Bühne, unmittelbar vor ihrem Einsatz. Sie bemühte sich um einen freundlichen Ausdruck und nahm dabei jeden Ein-zelnen in den Blick, die Meyer, die sofort die Augen senkte, Poto-cnik, der verschlagen und herausfordernd zurücksah, Sammy Maz-zini, der sie warmherzig anlächelte. Von Papen schien in die Be-trachtung seiner Mitsenatoren versunken zu sein. Baumgartner nickte ihr altväterlich zu, als brauche sie Aufmunterung, und Francke war auf seinem Stuhl zurückgerutscht und versteckte sich hinter der Ninova, die sie aufmerksam, aber nicht unfreundlich ansah, was Sibylle überraschte. Die beiden Studierenden Rieke Sandmann und Juan Garcia Diaz gaben sich gleichgültig wie immer, wenn keine Belange auf der Tagesordnung standen, die sie unmittelbar angingen. Dabei war ihnen nur nicht klar, dass sie buchstäblich alles anging, was hier verhandelt wurde. Gäbe es sie nicht, säße man nicht hier, aber das merkten sie gewöhnlich frühestens in ihren letzten Studiensemestern. Stella Wirtz vom Büro des Kanzlers und Meike Sommer warfen sich besorgte Blicke zu. Erst als Sibylle im nächsten Moment bestimmt und mit fester Stimme die Sitzung eröffnete, seufzte die Sommer erleichtert, als wäre der unangenehmste Teil bereits überstanden.

Sibylle las die kurze Tagesordnung vor und fragte, ob es Meldungen zum Punkt *Sonstiges* gebe. Kein Finger hob sich. Dann rief sie den ersten TOP auf:

Bestellung des Wahlleiters

Es war eine Sache, über ihr Amt zu reden, als wäre sie eine Wildfremde, eine andere, alle Weichen für eine komplikationslose Übergabe an jemand anderen zu stellen und damit einen Abschnitt ihres Lebens zu beenden, der ihr, das wurde ihr erst jetzt nach und nach bewusst, ein Profil gegeben hatte, mochte er noch so schwierig und fremd für sie gewesen sein. Sie war die Rektorin der G.Fr.Schnittspahn Musikhochschule gewesen. Und ab einem bestimmten Zeitpunkt war sie es durch und durch.

»Na, na, na«, machte der Aufpasser, »ich könnte dir Gegenbeispiele nennen ... «

Sibylle zögerte. Als Wahlleiter kam niemand anderes infrage als Wolff, er war alternativlos, deshalb schlug sie ihn vor und in einem Zug gleich auch Baumgartner als seinen Stellvertreter. Sie hatte sich fest vorgenommen, keine Schwäche zu zeigen, trotzdem war sie erleichtert, nach einstimmigem Handzeichen sofort an Wolff weitergeben zu können. Mehr wollte sie sich nicht zumuten. Sie lehnte sich zurück, ohne jemand Bestimmtes anzusehen, schlug die Beine übereinander, legte den Füllhalter auf ihre Papiere und ließ ihre Arme auf die Armlehnen des hölzernen Sitzungssessels sinken. Augenblicklich wurde sie von einer bleiernen Schwere ergriffen, als hätte sie Gewichte an ihren Gliedmaßen. Sie wollte mit der linken Hand unauffällig den Puls an ihrer Rechten überprüfen, aber ihr

Arm schien an die Lehne gefesselt zu sein. Von weit her, wie durch eine wattige Nebelwand, hörte sie Wolff:

»Nach der offiziellen Verlautbarung unserer jetzigen Rektorin, Frau Prof. Rubin, nicht mehr für das Amt zu kandidieren und mit einem Abstimmungsergebnis von neun Ja-Stimmen und fünf Enthaltungen für die Durchführung des vorgesehenen Wahlprocederes laut Tagesordnung der heutigen Sitzung, ist eine öffentliche Ausschreibung des Amtes keine Option mehr.«

In ihren Ohren schwoll ein Rauschen an, das Wolffs ferne Stimme, die nun die zeitliche Abfolge mit der Vorstellung der Kandidaten und dem Wahltermin herunterbetete, zu übertönen drohte.

» ... und damit möchte ich die Senatorinnen und Senatoren darauf hinweisen, dass Ihnen in den nächsten Tagen die Einladung zur Wahl mit der Aufforderung, Kandidaten zu benennen, zugehen wird. Die Wahlvorschläge müssen laut Wahlordnung spätestens sieben Tage vor dem Vorstellungstermin, der in unserem Falle zugleich der Wahltermin ist, vorliegen.«

Hier machte er ein Pause, als erwarte er Applaus oder eine andere Reaktion des Gremiums, aber alle blieben stumm und unwirklich neutral, was für diesen Senat, in dem niemand vor einem offenen Wort bis hin zu messerscharfen Verbalattacken zurückschreckte, ein Novum war. Sibylle bekämpfte das Tosen in ihrem Inneren und fühlte sich zu einem Nicken aufgerufen, wobei sie einen Punkt auf der gegenüberliegenden Wand fixierte. Wolff sah Sibylle auffordernd an, als wäre sie jetzt dran. Er erwartete wohl, dass sie die Sitzung beendete, alle erwarteten es. Sie schaffte es ihren rechten Arm zum Tisch zu bewegen und nahm die Tagesordnung zur Hand, aber es stand nichts darauf, was sie jetzt hätte ablesen können.

»Und damit wären wir auch schon am Ende dieser Sitzung, die – gestatten Sie mir die persönliche Bemerkung – die letzte meiner Amtszeit war.«

Sie machte eine Pause und räusperte sich, bevor ihr die Stimme versagte, sie fühlte ihre Kehle eng werden und befürchtete, im nächsten Moment von einem grenzenlosen Selbstmitleid überschwemmt zu werden. Aber sie fasste sich, atmete langsam und tief ein und es gelang ihr, das beklemmende Gefühl herunterzuschlucken.

»Lassen Sie mich Ihnen danken für vier Jahre gute Zusammenarbeit, in denen wir gemeinsam Einiges auf den Weg gebracht, anderes gegen Schwierigkeiten verteidigt und erhalten haben. Für die Wahl meines Nachfolgers ... « und hier verzichtete sie bewusst auf die weibliche Form, »wünsche ich Ihnen eine glückliche Hand und Ihnen und der Hochschule für die Zukunft alles Gute – ich danke Ihnen.« Das war kurz und knapp. Sie hätte eine längere Ansprache vorbereiten können, in der sie alles, was sie während ihrer Amtszeit für die Hochschule beim Ministerium durchgefochten hatte, stolz hätte erwähnen können. So musste es wie der Abgang einer Degradierten wirken.

»Du übertreibst. Lass es endlich gut sein.« Der Aufpasser klang müde. Sibylle erhob sich.

Wolff war der erste, der mit seinem Fingerknöchel auf den Tisch klopfte, nach und nach fielen die anderen Senatsmitglieder ein. Sibylle dankte mit einem Kopfnicken, ihr gelang ein routiniertes Lächeln. Wie eine Nachrichtensprecherin, die nach Ende der Sendung ein paar Worte mit ihrem Co-Sprecher wechselt und dabei ihren Stoß Blätter zusammenstaucht, ordnete sie ihre Sitzungspapiere. Sie sah auf Peer und seine inzwischen streichholzlangen dunkelblonden Haare herab, jetzt erst fiel ihr auf, dass er einen grauen Anzug und ein weißes Hemd trug und auf Farbakzente verzichtet hatte. Selbst seine Krawatte war grau. Sie fragte sich, was er damit erreichen wollte, Seriosität? Akzeptanz? Für sie sah er einfach nur grau aus. Als hätte er ihre Gedanken erraten, blickte er kurz zu ihr hoch, schien etwas sagen zu wollen, entschied sich dann aber anders und ordnete seinerseits seine Papiere.

»Für alles Weitere viel Erfolg, mein Lieber. Ach ja, und nicht unseren Rektoratstermin am Freitag vergessen, wir müssen reden.«

Peer schnellte von seinem Stuhl hoch, das Gesamtgrau seiner Erscheinung hatte plötzlich durch seine Gesichtsfarbe einen Akzent bekommen. Obwohl er stand, war er immer noch ein paar Zentimeter kleiner als Sibylle, der plötzlich leicht schwindelig war. Sie hatte Mühe, auf ihren hohen Absätzen nicht zu schwanken. Peer sah aus, als wolle er sich mit einer Umarmung verabschieden. Seine Hände lagen schon an den Ärmeln ihres Blazers, kaum spürbar, da fielen sie wie leblos herab und er verzog nur einmal die Lippen – ein Lächeln mochte sie es nicht nennen – es war geisterhaft kurz, und einen Wimpernschlag lang sah Peer aus wie Wolff. Wortlos drehte er sich um, griff nach seiner Tasche und durchquerte hastig den Saal, ohne sich von irgendjemandem zu verabschieden. Sibylle bemerkte erstaunte Blicke, zwang sich aber dazu, ihnen keinerlei Bedeutung beizumessen und rief sich ihren Vorsatz ins Bewusstsein, sich von jedem einzelnen Senatsmitglied persönlich verabschieden zu wollen. Sie wollte jedem in die Augen sehen und herausfinden, wer Feind, wer Freund war. Es verblüffte sie bei ihrem Rundgang durchweg in freundliche Gesichter zu blickten.

Sie dankte Wolff unverbindlich und fragte ihn rundheraus, wer Siblewskis Kandidatur befürworten und den Vorschlag unterschreiben würde und traf damit ins Schwarze, alles war sozusagen schon in trockenen Tüchern.

»Krüger«, sagte Wolff und wirkte kein bisschen verunsichert, so war Politik. Das hätte sie sich denken können. Krüger verfolgte einen langfristigen Plan. Eine weitere Amtszeit als Prorektor, in der er sich profilieren und in Stellung bringen könnte für die Ablösung in vier Jahren. Oder in acht Jahren, falls es gut laufen sollte für Peer. Wieso eigentlich nicht. Sie war jetzt an einem Punkt angelangt, wo sie es ihm fast wünschte. Im Grunde war es vollkommen gleich, wer für ihn unterschrieben hatte. Aber wen würde Peer als zweiten Prorektor vorschlagen? Die Personaldecke war dünn. Sie sah weit und breit niemanden, den sie für kompetent genug hielt.

Potocnik war schon verschwunden, die Meyer war auch nicht mehr zu sehen und Frau Sommer war unmittelbar nach ihrem Schlusswort aus dem Saal gestürmt, als hätte sie einen unaufschiebbaren Termin.

Als Sibylle das Vorzimmer ihres Büros betrat, stand Frau Sommer neben der zischenden Espressomaschine und lachte ausgelassen. Hatte sie Frau Sommer je laut lachen hören? Neben ihr, sehr aufrecht und mit aufmerksamem Blick, stand schwanzwedelnd Bello. Was tat ihr Hund im Rektoratsbüro? Im Besuchersessel saß tief eingesackt, mit lässig übereinander geschlagenen Beinen Lorenz, eine Kaffeetasse in der Hand. Nie hatte sie sich mehr über seinen Anblick gefreut als in diesem Augenblick. Charmant und offensichtlich amüsiert unterhielt er sich mit Frau Sommer, brachte sie zum Lachen. Ein souveräner Mann, der hier mit einer Selbstverständlichkeit saß, als wäre dies sein Wohnzimmer, dabei hatte er sie höchstens zwei- oder dreimal abgeholt. Heute, das entnahm Sibylle seinem prüfenden Blick, muss er sich frei genommen haben, um sie aufzufangen und nach Hause abzutransportieren, das Nervenbündel, seine am Boden zerstörte Frau. Wie er es sich für sich selbst gewünscht haben musste, als er ins Werk fuhr ohne zu wissen, ob es noch ein Morgen gäbe. Aber sie kannte nicht einmal seinen Arbeitsplatz, war nie in seinem Büro gewesen, hatte höchstens einmal ein Foto gesehen, aber vergessen, was genau drauf war. Ebenso peinigend kam ihr ins Bewusstsein, dass sie nicht das Geringste über sein Verhältnis zu seinem Vorgesetzten und zu seinen Mitarbeitern wusste. Schemenhaft ein paar Namen, aber wer war wer? Sie schwor sich, diesen Punkt der langen Liste ihrer Versäumnisse hinzuzufügen, kein Tag mehr ohne eine Nachfrage, die Lorenz spät, aber hoffentlich nicht zu spät, ihr Interesse an ihm zeigen würde. Wieso fiel es ihr so schwer, *Liebe* zu denken? Den banalsten aller Sätze hatte sie ihm noch nie sagen können. Auf seine scheue Anfrage hin hatte sie nur ausweichend stammeln können, dass sie für ihre Gefühle keine Worte hatte. Das war das Äußerste gewesen und es lag Jahre zurück. Welcher Mann gab sich schon damit zufrieden?

Kaum hatte sie ihre Unterlagen auf Frau Sommers Schreibtisch abgelegt, warf sich Bello übermütig gegen ihre Beine, so dass sie schwankte, aber Lorenz fing sie auf und zog sie an sich.

»Wie geht es Dir, mein Herz?«, fragte er. Statt einer Antwort drückte sie ihr Gesicht an seine Wange und ließ es da, bis sie ihre Rührung heruntergeschluckt hatte. Über seine Schulter hinweg sah sie Meike Sommer den Milchaufschäumer anlächeln.

»Ich sehe bestimmt mitgenommen aus«, sagte Sibylle schließlich, löste sich aus Lorenz' Armen und ging in ihr Büro um einen Blick in den Spiegel zu werfen. Mitten auf dem Konferenztisch stand ein großer Blumenstrauß, der vor der Sitzung, als Sibylle im geheimen Wandschrank ihr Make-up aufgefrischt hatte, noch nicht da war. Ein prächtiger, opulenter Strauß aus mindestens 30 Rosen in zarten Pastellfarben und mit einem wunderbaren Duft, der sich im Raum ausgebreitet hatte, obwohl ein Fenster geöffnet war und von draußen ein leichter Luftzug hereinkam. Er musste von Lorenz sein. Eine Karte lehnte an der Vase, Sibylle nahm sie, während Lorenz eine Tasse mit Cappuccino auf einem kleinen Tablett hereintrug und Frau Sommer hinter ihm und Bello die Tür zuzog.

Unter dem Logo der G.Fr.Schnittspahn stand – und Sibylle hatte den Verdacht, dieses Papier sei fälschlicherweise bei ihr und nicht bei Wolff gelandet, wo es hingehört hätte, falls es das war, wonach es aussah – *Vorschlag eines Kandidaten für das Amt des Rektors/ der Rektorin: Prof. Sibylle Magdalena Rubin.*

Darunter die Unterschriften der Befürworter:

Prof. Bruno von Papen, Prof. Timothy Bennett, Prof. Stieg Hammersson, Prof. Irina Ninova, Prof. Erich Baumgartner, Lutz van Kampen, Meike Sommer, Stella Wirtz, Susanne Willhardt, Hannes Wieland, Volker Kascmarek.

Was war das für ein Sammelsurium von Professoren-Kollegen, Lehrbeauftragten, Mitarbeitern? Es konnte sich nur um eine Art Solidaritätsbekundung handeln, aber nein, es war mehr, es war eine Sympathieerklärung, eine Anerkennung, ein Dank. Es gab Menschen, die hinter ihr standen. Nichts davon hatte sie geahnt. Sibylle sank auf den nächsten Stuhl und hielt Lorenz fassungslos und stumm das Schreiben hin. Ihre Augen füllten sich mit Tränen, es war ihr unangenehm. Seit wann heulte sie bei jeder Gelegenheit?

Lorenz stellte die Karte auf den Tisch zurück, trat hinter ihren Stuhl und legte seine Arme um ihre Schultern.

»Ist das nun ein Unglücks- oder ein Glückstag?«, fragte er in ihre Haare hinein.

»Wenn ich das wüsste ... Aber er hätte alle Chancen ein Glückstag zu werden, wenn du mich jetzt sofort zum Essen einlädst. Ich habe einen grauenhaften Hunger.«

»Nichts, was ich lieber täte ... «

Als sie aufstand, ihr Handy in die Tasche steckte und einen letzten Blick in den Spiegel warf, setzte er hinzu: »Das ist ein gutes Zeichen. Ich bin froh ... «

Es klang, als wolle er noch was sagen, aber als sie ihn ansah, ahnte sie, dass es eine Art Liebeserklärung hätte sein können, die, das befürchtete sie sofort, mehr gewesen wäre, als sie beide verkraftet hätten. Zumindest in diesem Augenblick, an diesem gegen alle Erwartungen und Prognosen irgendwie glücklichen Tag.

Lorenz nahm die Rosen aus der Vase und entschuldigte sich im Vorzimmer bei Frau Sommer dafür, dass der Kaffee unangerührt geblieben war.

»Wenn es nur das ist ... «, sagte Frau Sommer und streichelte einmal kurz über Bellos Kopf, der gerade Gefallen daran gefunden hatte, ihre gebräunte Wade genauer in Augenschein zu nehmen. Aber da hatte Lorenz ihn schon an die Leine genommen und zog ihn von ihr weg. Frau Sommer strahlte Sibylle an und sagte:

»Und noch einen schönen Tag für Sie beide!«

»Für Sie auch«, antwortete Sibylle, obwohl sie diesen kleinen Dialog immer fürchterlich fand. Aber heute war es anders. Er kam von Herzen.

20

Am 27. Juli war Peer zum Rektor gewählt worden. Sibylle hatte bereits eine Woche vorher, bei ihrer letzten gemeinsamen Kleinen Rektoratsrunde, darauf bestanden, sofort alle Formalitäten abzuwickeln. Sie hatte ihm die Schlüsselkarte übergeben und sich dabei gefühlt, als überreiche sie ihm Krone und Zepter oder wenigstens den Schlüssel zum Bürgermeisteramt einer Stadt. So schwer ihr der Abschied aus ihrem Büro auch fiel – und es war ja ganz absurd zu denken, dass dieses ihr letzter Blick aus diesem Fenster wäre, denn notwendigerweise würde sie hier immer wieder vorstellig werden müssen – so froh war sie auch, den Generalschlüssel losgeworden zu sein. Ihre Tasche war leichter geworden und ihr Herz auch. Trotzdem war die Atmosphäre während des kurzen Gesprächs sehr beklemmend gewesen. Peers neues, forsches Auftreten hatte einem gezwungen Verhalten Platz gemacht, das augenblicklich auch von ihr Besitz ergriff. Ihre Schultern versteiften sich, als hätte sie lange im Durchzug gesessen oder müsse im nächsten Moment etwas sehr Schweres heben. Seine gepresste Stimme und sein Blick, der sich nicht an ihren herantraute, ließ die ganze Skala unguter Gefühle wieder aufleben. Umsonst suchte sie Reste der alten Zuneigung, aber sie fand noch nicht einmal den alten Peer wieder, geschweige denn etwas Liebenswertes an ihm. Er sah sich kaum noch ähnlich mit diesem Nichts von einem Brillengestell auf seiner Nase. Seine ehemals sympathisch verwuschelte Erscheinung hatte sich im Handumdrehen wechseltierchenhaft an Wolffs geschliffen scharfe Perfektion angeglichen und Sibylle befürchtete, dass damit auch seine gelassene Art, diese einzigartige Mischung von Verträumtheit und Nachlässigkeit, für immer dahin war. Sie hatte dem zukünftigen Rektor alles Gute gewünscht. Ein knappes Wahlergebnis sei ja nicht zu befürchten. Er könne jederzeit auf sie zurückkommen, wenn er Rat bräuchte. Schließlich hatten sie immer gut zusammengearbeitet. Für sie war es mehr als eine nur gute Zeit mit ihm gewesen, konnte sie ihm sagen, kühl bis an Herz, während er ihre Hand nicht losließ. Auch er hoffe weiterhin auf gute Zusammenarbeit, brachte er hervor und seine Stimme klang wie die eines Liebhabers, der soeben endgültig verlassen worden war. Es ließe sich ja wohl nicht vermeiden, dass sie in Kontakt blieben, hatte Sibylle gesagt, schließlich sei er ja bald ihr Vorgesetzter und sie müsse mit jedem kleinen Anliegen bei ihm vorstellig werden. Vorausgesetzt natürlich, dass ihr das kleine Privileg zukommen würde, den Dienstweg umgehen zu können und beim Dekan ihres Fachbereichs nicht betteln gehen zu müssen, in welcher Sache auch immer. Das hatte sie gesagt und ihm dabei die Hand entzogen. Peer schluckte, sie sah seinen Adamsapfel auf und ab hüpfen.

»Das versteht sich von selbst.«

»Ich werde darauf zurückkommen, verlass dich drauf – mein Lieber.«

Sibylle hatte ihre Tasche vom Stuhl genommen und war gegangen.

»Alles Gute«, hörte sie Peer noch rufen und fast hätte sie sich noch einmal umgedreht, so überrascht war sie über den vertrauten Nachsatz. Aber stattdessen ging sie weiter durchs Vorzimmer, wo Frau Sommer reglos vor ihrem Schreibtisch stand, als grübele sie darüber nach, ob sie nicht was Wichtiges vergessen hätte, zum Beispiel zuhause die Herdplatte auszuschalten.

»Alles gut«, hatte Sibylle ihr im Vorbeigehen zugeraunt und sich dafür gehasst, dass ihr diese schreckliche Phrase über die Lippen gekommen war.

Seit diesem Tag hatte sie nichts mehr von Peer gehört.

Katharina rief Sibylle an und richtete Grüße von ihrer Mutter aus. Sibylle war erleichtert zu hören, dass Katharina den Studienplatz bekommen hatte, obwohl sie mit nichts anderem gerechnet hatte. Aber sie war auch unsicher, wie es in zwei Monaten, wenn das Wintersemester anfing, weitergehen sollte.

Sie befürchtete, das Ungeklärte der Situation zwischen Felizitas und ihr könne das Verhältnis zu ihrer Schülerin belasten. Sie musste sich unbedingt klarmachen, dass sie nicht Felizitas, sondern einen fremden Menschen vor sich hatte. Katharina war ihr wichtig, nicht nur, weil sie vorerst ihre einzige Studentin war, sondern weil sie deren Ernsthaftigkeit und Hingabe an die Musik und ihre außergewöhnliche Begabung sah und sich selbst ein wenig darin wiedererkannte.

Sibylle ließ Felizitas zurückgrüßen und Katharina bemerkte beiläufig, dass ihre Mutter für ein paar Tage in Darmstadt wäre, um ihr beim Einrichten der Wohnung zu helfen. Da fasste Sibylle sich ein Herz und brachte die Möglichkeit eines Treffens ins Gespräch. Felizitas sagte ohne Umschweife zu. Sibylle schlug das Schlossgarten-Café in der City vor, neutrales Terrain; Felizitas zu sich nach Hause einzuladen, wäre ihr nicht in den Sinn gekommen, ohnehin wusste sie nicht, woher sie den Mut genommen hatte. Bis sie sich auf den Weg zum Schlossgarten machte, schien es ihr unvorstellbar Felizitas wiederzusehen.

Als sie Felizitas durch die Tür des Cafés kommen sah, stand Sibylle so impulsiv von ihrem Stuhl auf, dass er fast umgefallen wäre. Sie stieß heftig mit der Hüfte an die Tischkante und zwängte sich ungelenk zwischen Stuhl und Tisch hindurch, mit der Handtasche kam sie an ihre Tasse - Kaffee ergoss sich in den Unterteller. Ihr Herz hämmerte gegen ihre Rippen, wie sonst nur bei allergrößter Übelkeit, kurz bevor sie sich übergeben musste.

Da stand Felizitas auch schon vor ihr und breitete die Arme aus – gar nicht dramatisch, sondern mit einem unsicheren Ausdruck im älter gewordenen Gesicht – und zog Sibylle an sich. Sibylle spürte ihre üppige Weichheit und schnupperte das altbekannte *Diorissimo* und fühlte sich, als sei sie nach einer langen Abwesenheit endlich wieder durch die heimische Haustür gegangen, allerdings misstrauisch und unsicher, ob dahinter noch alles so wäre wie vor ihrem Weggang.

Felizitas hatte sich verändert. Ihr Haar, nur schulterlang und künstlich kupferfarben, hatte seine Einzigartigkeit eingebüßt, ihr einst so bemerkenswert porzellanfarbener Teint erinnerte jetzt an Elfenbein, das zarte Risse bekommen hatte. Nur ihre grauen Augen blickten kühl wie immer. Die geometrisch gemusterte Brille und das zipfelig geschnittene Baumwollkleid ließen sie aussehen wie eine Frau in den Fünfzigern, die alles tat, um nicht matronenhaft zu wirken. Sibylle, in engen Jeans und Korallenbluse, fühlte sich paradiesvogelhaft bunt und so, als hätte sie versucht, in die Rolle der Freundin zu schlüpfen, nur das Prächtige war dabei verloren gegangen.

Sie erwähnten Nerja mit keinem Wort.

Sibylle wagte nicht nach Rupert Horling zu fragen und irgendetwas hielt sie auch davor zurück, Christian, ihren Mann, zu erwähnen. Felizitas jedenfalls ließ nichts durchblicken, abgesehen von ihren Söhnen schien sie männerlos zu sein. Lasse lebte in Kalifornien, wo er als Tonmeister Erfahrungen sammelte, wie Felizitas sagte, und Rasmus – ihr Gesicht verdunkelte sich und die alte Kerbe über ihrer Nasenwurzel erschien, jetzt tiefer und schärfer – Rasmus war problematisch, entwickelte so recht keine eigenen beruflichen Ambitionen und brauchte immer wieder Unterstützung. Sibylle war nicht klar, wer sie ihm gewährte, Felizitas sah nicht so aus, als hätte sie dazu die Mittel. Für Katharina hoffe sie auf Stipendien. Sibylle war froh, ihr sagen zu können, dass es an der G.Fr.Schnittspahn verschiedene Möglichkeiten für besonders Begabte gab, zu denen sie Katharina rechnete. Gesine Roth tat das auch, sagte Felizitas und Sibylle war überrascht, den Namen ihrer alten Lehrerin zu hören und zu erfahren, dass Felizitas deren Meinung eingeholt hatte. »Glauben Sie mir, Sibylle ist die Beste«, hatte Gesine Roth gesagt und damit bestätigt, was Felizitas schon immer wusste.

Gesine Roth musste 77 sein, überschlug Sibylle. Sie hatte Katharina mit keinem Wort erwähnt, obwohl Sibylle ihr mindestens einmal im Jahr rapportartige Briefe schrieb, als müsse sie ihr immer wieder beweisen, dass aus ihr etwas geworden war. Manchmal schrieb Gesine zurück, ganz selten rief sie an. Dass Sibylle nun über Felizitas so offen und ehrlich und eigentlich zum ersten Mal hörte, was ihre alte, geliebte Lehrerin von ihr hielt, erfüllte sie mit einem tiefen Glücksgefühl. Sie hatte sich oft gefragt, was Gesine gedacht haben mochte, als sie und ihre Eltern zum ersten Mal vor der jungen Harfenlehrerin standen, die soeben an der Musikschule in Lüneburg angefangen hatte und auf jeden Schüler angewiesen war, den die Musikschulleitung ihr in ihr Deputat schrieb. Neben ein paar Senioren brachte sie einer kleinen Gruppe Fünfjähriger das Spiel auf der Waldorf-Harfe bei. Jetzt sollte eine Elfjährige für die Klassische Harfe dazu kommen.

Vor der Tür ihres Unterrichtsraumes, im kahlen, badeanstalt-grün gekachelten Musikschulflur, hatte Sibylle nicht daran geglaubt, dieses Zimmer jemals betreten zu dürfen. Sie schämte sich für ihren Vater, der seinen grauen Hut in der linken Hand hielt – den Zeigefinger genau im Kniff – und über sie sprach, als wäre sie nicht seine Tochter, sondern ein wertvolles Ausstellungsstück, das man bisher unter einer Glasglocke verwahrt hatte. Dabei sah er streng und ohne ein einziges Lächeln auf Frau Roth hinunter, während ihre Mutter stumm im Hintergrund stand und nur ab und zu ihre Hände bewegte, als wollte sie etwas zur Beschreibung ihrer Tochter beisteuern. Sibylle fand Frau Roths Blick, obwohl er hin und wieder freundlich ihr Gesicht streifte, unentschlossen, als befürchte sie, in etwas Schwieriges hineingezogen zu werden. Sie hatte sicher recht mit dieser Vermutung, aber Sibylle wusste vom ersten Augenblick an, dass sie diese Frau niemals enttäuschen würde, falls diese die Mühe auf sich nehmen sollte, Sibylle das Harfespielen beizubringen. Qualvolle Minuten lang hatte sie auf ihre Lackschuhe gestarrt, die ihre Mutter extra zu diesem Anlass gekauft hatte und die große, weiße Taftschleife verwünscht, die um ihren straff gekämmten Pferdeschwanz geknotet war. Da plötzlich hatte Frau Roth ihren Namen gesagt und dass sie sich freue, schon nächste Woche mit ihr anfangen zu können. Sibylle war, als hätte sie der Lichtstrahl eines Leuchtturms getroffen und sie und ihre ganze Zukunft in ein helles Licht getaucht. Gesine Roth hatte sie angelacht und ihr die Hand gegeben, dabei klingelten mehrere Armreifen an ihrem Handgelenk und ein Mandarinenduft wehte Sibylle an. Gesine Roth trug eine weite, bunte Trägerhose, ein perlenbesticktes Band um die Stirn und hatte haselnussbraune, warm leuchtende Augen. Sie war so vollkommen anders als alle

Menschen, die Sibylle kannte. Sie hatte sie sofort in ihr Herz geschlossen.

»Und Chris, hat er noch die alte Stelle in eurer Gemeinde?«, fragte Sibylle schließlich doch und fand sich ungebührlich neugierig.

»Ich nehme an, es geht ihm gut«, antwortete Felizitas mit spitzem Unterton.

»Er lebt jetzt ländlich. Hat eine B-Stelle und ein nettes Kirchenchörchen. Die Kinder halten mich auf dem Laufenden, aber es gibt eigentlich nichts zu berichten. Er hat wieder geheiratet. Diesmal keine Sopranistin« – sie lachte unfroh auf – »sondern eine Altistin aus seinem Chor. Du kannst dir ungefähr vorstellen, wie sein Leben aussieht ... «

»Oh«, sagte Sibylle und bevor sie wusste, ob eine Beileidsbekundung oder eine Gratulation angebracht wäre, wechselte Felizitas abrupt das Thema.

»Du siehst wirklich gut aus, Bille. Es geht dir auch gut, nicht wahr?«

Sibylle zögerte, vielleicht eine Sekunde zu lang, Felizitas' Blick wurde neugierig. Erst wollte sie die Antwort verweigern, entschied sich dann jedoch für Offenheit. Falls dies tatsächlich ein Neuanfang war, wollte sie den nicht durch Misstrauen vermasseln, obwohl entfernt das schreckliche Nerja-Gefühl lauerte.

»Ja. Eigentlich ja. Es geht mir so gut wie in den letzten zehn Jahren nicht.«

Wie noch nie nach Nerja.

In der groben Zusammenfassung ihres beruflichen Lebens der letzten elf Jahre ließ sie das Konzertieren aus, als wäre die Musik ein viel zu heißes Eisen, das erst ruhen und erkalten müsse, bevor man sich gegenseitig über den jeweiligen Stand in Kenntnis setzen konnte. Sibylle redete lange, ohne Pausen und hoffte fortwährend, dass Felizitas ein Herz hätte nicht nachzufragen, wie es ihr wirklich gegangen war, in und unmittelbar nach Nerja.

Felizitas hakte nicht nach. Sie erwähnte auch ihre Gesangskarriere mit keinem Wort. Dafür sah sie mit einem Mal müde aus. Eine gute Stunde war vergangen, und ohne es auszusprechen fanden beide, dass es fürs erste genug war.

Sibylle war aufgekratzt von einem großen Cappuccino und einem Espresso, die ihr Herz schneller schlagen ließen. Doch die Übelkeit war verschwunden und hatte einer zufriedenen Leere Platz gemacht, wie nach einem aufregenden Konzert, wenn alle Anstrengung vorbei war.

Sie standen noch eine Weile auf der Straße, und Sibylle war erstaunt über ihre Gelassenheit; wie ruhig sie miteinander sprachen, fast gleichgültig, als ginge es nicht um ein hohes Gut, über das hier neu verhandelt wurde oder aber im Gegenteil, als seien beide sich vollkommen sicher, dass jede Verhandlung über die Fortsetzung ihrer Freundschaft unnötig wäre.

»Du bist jederzeit in Hamburg willkommen, wir könnten die alten Stätten abklappern«, sagte Felizitas.

»Und du, wenn du mal nicht bei Katharina übernachten möchtest – Lorenz würde sich wahnsinnig freuen – und, klar, ich natürlich auch ... also ruf an, ja?«

Jetzt war es Sibylle, die Felizitas in den Arm nahm, kurz, mit etwas Abstand und einem Küsschen, wie sie es jedem Künstlerkollegen auf die Wange gedrückt haben könnte. Da sagte Felizitas:

»Und übrigens, es ist ja nicht so, als wäre ich nicht tausendmal drauf und dran gewesen, mich bei dir zu melden – einmal habe ich es tatsächlich gewagt, aber dann sofort wieder aufgelegt.«

Sibylle sah sie verblüfft an und Felizitas fügte etwas kleinlaut hinzu:

»Du hast dich so verdammt geschäftsmäßig angehört ... «

»Klar, wenn du in der Hochschule angerufen hast!«

Sibylle lachte und verscheuchte eine kleine Eintrübung. Sie erinnerte sich schattenhaft an den stummen Anrufer, den sie zunächst für Peer hielt, bis sie das leise Atmen mit einer Verrückten in Zusammenhang gebracht hatte.

Sibylle sah Felizitas hinterher, die rückwärts winkend und mit beschwingten Schritten zu ihrem Auto ging. Sie selbst wollte zu Fuß nach Hause, sie brauchte die halbe Stunde, um über alles nachzudenken.

21

An einem der letzten Augusttage wurde Sibylle vom Präsidenten der *European Harp Community* angerufen. Er wollte sie als Dozentin für einen zweitägigen Kurs in Sindelfingen gewinnen und zwar mit dem Thema *Die Arpa Doppia und ihre Musik.*

Kein Anruf hätte überraschender sein können. Sibylle hatte sich bis auf ein einziges Mal nie um die EHC gekümmert, obwohl sich hier alles, was in irgendeinem Zusammenhang mit der Harfe stand, versammelte. Hier trafen sich Amateure, Profis, Pädagogen und Instrumentenbauer auf Kursen, Workshops, Konzerten und in Internetforen; sie aber hatte in all den Jahren den Kontakt vermieden, nur weil sie alles Vereinsmeierliche verabscheute, obwohl sie gar nicht wusste, ob es tatsächlich stattfand. Ein Fehler, den sie augenblicklich bereute, sie hätte Nachwuchs von dort akquirieren können. Mit Ausnahme ihrer Suche nach einem Harfenbauer für ihre *Schöne Laura* und abgesehen von Notenbestellungen und Saitenkäufen, unpersönlich übers Internet, hatte sie lediglich ihre Studierenden zu verschiedenen Veranstaltungen des EHC geschickt und das auch nur, wenn sie ihr thematisch wichtig genug erschienen waren.

Nun zeigte die EHC plötzlich Interesse an ihr und diesem speziellen Thema – sie konnte sich nicht zusammenreimen, wie es dazu kam, fragte aber auch nicht nach. Der Kurs sollte schon im September stattfinden. Das war sehr kurzfristig, der Gedanke lag nahe, dass der ursprünglich geplante Dozent ausgefallen sein musste. Weder war sie über das Kurs-Programm informiert, noch wollte sie sich zumuten, es im Internet aufzurufen, nur um vor Augen geführt zu bekommen, für wen sie der Ersatz wäre. Sie sagte umstandslos zu. Der Anruf erreichte sie an einem Samstagmorgen. Lorenz wollte gerade endgültig ihre Ferienwohnung im Ahrntal buchen; er hatte die Vermieterin schon viel zu lang hingehalten und er freute sich auf die Berge. Der September war früher immer ihr Ferienmonat gewesen, jetzt sollte er es wieder werden – allein, sie musste schon wieder seine Pläne durchkreuzen, die Vorbereitungszeit auf den Kurs ließ nur den kompromisslosen Ausfall der beiden Ferienwochen zu. Der Gedanke allein zu wandern wäre Lorenz nie gekommen, andererseits hielt sie es für ausgeschlossen, den Urlaub vor den Kurs zu legen. Wenn sie sich nur schon diese Möglichkeit vorstellte, wurde sie von einer inneren Unruhe erfasst, die sich in den Bergen ins Unermessliche steigern würde. Die selbstverordnete Entspannung würde sich hoffnungslos in ihr Gegenteil verwandeln und nicht nur sie, besonders Lorenz wäre der Leidtragende.

Natürlich täte es ihr wahnsinnig leid um die einzigen beiden Ferienwochen, sagte Sibylle und hörte das Halbherzige in ihren Worten ebenso wie Lorenz, der sich nicht von der Notwendigkeit eines Kurses, der wie ein ungeliebter Überraschungsgast plötzlich mitten im Zimmer stand, überzeugen lassen wollte. Aber mit seinen Freizeitargumenten hatte er gegen ihre beruflichen keine Chance, dazu musste Sibylle ihm gar nicht erst vor Augen führen, wie die Entscheidung wohl ausfallen würde, wenn Opel ihn riefe. Lorenz sagte wenige Stunden später ab und verschwand mit Bello, ohne ihr zu sagen, wohin, und ohne sie, und das versetzte ihr doch einen Stich, zu fragen, ob sie mitkommen wolle. Gleichzeitig fühlte sie sich durch sein stummes Akzeptieren ihrer Prioritäten von einer Minute auf die andere wieder als Musikerin.

Kaum, dass die Haustür zufiel, ließ sie alles stehen und liegen und verschwand in ihrem Arbeitszimmer. Erst, als Stunden später der Duft der traditionellen Samstags-Pasta durch das Haus wehte, stand sie von ihrem Harfenschemel auf und ging nach oben. In den folgenden Wochen übte sie täglich mehrere Stunden so intensiv und diszipliniert wie nur zu ihren Studienzeiten und es kam ihr vor, als sei sie in ihrem Arbeitszimmer gerade neu eingezogen. Auf dem Schreibtisch und vor der Récamière stapelten sich Bücher, Bildbände über die Architektur der Renaissance in Italien, Fachbücher über Instrumentenbau, Malerei und Literatur des Seicento und ausgedruckte Artikel aus dem schier unfassbaren Wissen des Internets, sämtliche europäische Bibliotheken eingeschlossen, die sie sich auf diesem einfachen Wege jetzt nutzbar machen konnte.

Undenkbar noch vor 30 Jahren, als sie, eine junge Studentin, für die Recherche eines einzigen barocken Musikstückes diese Bibliotheken höchstpersönlich aufsuchen musste. Immerhin war sie so nach Bologna gekommen und hatte schließlich ein originales Notenbüchlein von 1700 in der Hand gehalten. Die Bibliotheksangestellte, eine streng und unerbittlich aussehende Signora, überreichte es ihr mit Handschuhen an den Händen und so vorsichtig, als wäre es ein neugeborenes Kind. Dazu hatte sie mit bedrohlichem Mienenspiel italienische Warnungen geflüstert, so dass Sibylle es kaum gewagt hatte, die brüchigen, gelb-braunen Blätter dieser Preziose umzublättern. In dem historischen Saal fühlte sie sich in eine sehr ferne Welt versetzt und erst als sie aufstand bemerkte sie, dass die Aufseherin sie die ganze Zeit über nicht aus den Augen gelassen hatte.

Für den Kurs in Sindelfingen käme eine Reise an die originalen Wirkungsstätten der historischen Harfen zu spät, aber sie würde diese Reise bald machen. Eine Idee in ihrem Kopf bekam Kontur und begann sich zu einem Plan auszuwachsen, der, das wusste sie jetzt schon, sie ganz ausfüllen würde. Vielleicht eine Art wissenschaftlich-praktische Arbeit. Endlich würde sie Laura Peverara ausforschen.

Katharina Ohlsen hatte zum Kurs nach Sindelfingen zwei ihr bekannte Harfen-Studenten, Giovanna Tazzi und Niklas Langhans, mitgebracht. Beide wollten ihren Studienplatz wechseln und waren auf der Suche nach einer anderen Hochschule, nach einem anderen Lehrer und vor allem der Möglichkeit, ihr klassisches Harfenstudium durch spezielle Angebote im Bereich der Historischen Harfe zu erweitern und ergänzen. Damit konnte Sibylle noch nicht dienen, sie war keine Spezialistin. Aber es gab Hinweise darauf, dass sie es zu einer bringen könnte. Auch war zum Wintersemester an der G.Fr.Schnittspahn Hals über Kopf eine Klasse mit Historischen Tasteninstrumenten eingerichtet worden, was man für die Grundsteinlegung einer Alte-Musik-Abteilung mit Ausbaupotenzial auch für den Harfen-Sektor halten konnte. Die neue Klavier-Klasse war der Preis für Potocniks Stimme bei der Rektoren-Wahl; zum Glück war Peer nicht so weit gegangen, ihm eine Professur in Aussicht zu stellen und wie es schien, gab sich Potocniks Eitelkeit fürs Erste mit dem Sonderetikett ›Historisch‹ zufrieden. Sibylle hätte es sich nicht träumen lassen, dass die Entwicklung in die Historische Aufführungspraxis, die sie nicht gefördert, sondern abgelehnt hatte, nun bestens in ihre Aufbauphase passte und möglicherweise sogar für ihre ganze berufliche Ausrichtung wegweisend und von großer Wichtigkeit werden könnte. Trotzdem fühlte sie sich tollkühn, als sie Giovanna Tazzi und Niklas Langhans riet, sich für einen Studienplatz bei ihr zu bewerben.

Um Giovanna und Niklas so kurzfristig und unter Umgehung der offiziellen Anmeldezeiten noch ins Wintersemester aufnehmen zu können, musste sie bei Peer vorstellig werden. Sibylle ging von einem unkomplizierten Verfahren aus, da es sich um einen Hochschulwechsel innerhalb des Grundstudiums handelte, aber alles in allem war es ihr unangenehm, um Audienz anfragen zu müssen. Sie kam sich wie eine Bittstellerin vor, der man etwas abschlagen konnte.

Auf ihren schriftlichen Antrag hin bekam sie einen Termin im Rektorat in der ersten Oktoberwoche direkt nach Semesterbeginn. Sibylle setzte sich in den Besuchersessel im Vorzimmer und lehnte einen Cappuccino ab, nachdem Frau Sommer mit bedeutungsvoller Miene auf die geschlossene Rektoratstür gezeigt hatte. Sibylle war sofort klar gewesen war, dass dahinter eine Besprechung oder ähnlich Wichtiges stattfand. Sie war noch nicht dran. So fühlte es sich also an, jenseits der Tür zum Machtzentrum zu sitzen. Frau Sommer vertiefte sich in etwas, das sie in den PC schreiben musste. Sibylle fiel nichts ein, womit sie die Stille zwischen ihnen hätte unterbrechen können; die neue Rollenverteilung war für beide ungewohnt und viel Gelegenheit, die alte Vertrautheit wieder herzustellen, gäbe es auch zukünftig nicht.

Da öffnete sich die Tür von Peers Büro und heraus kam Frau Hasegawa. Sibylle war zu verblüfft, um sich rechtzeitig für eine

Begrüßung aus den weichen Untiefen des Sessels hochzustemmen. Was tat die zweitplatzierte Bratscherin hier? Frau Hasegawa war hocherfreut die ehemalige Rektorin zu sehen und beeilte sich ihr zu erklären, dass sie soeben ihr Berufungsgespräch gehabt hätte. Wie es aussähe, könne sie Ende des Monats anfangen, also noch in diesem Semester. Ja, auch sie selbst hätte niemals damit gerechnet, dass der Erstplatzierte zurückziehen würde. Sibylle war sprachlos und brachte nur ein Lächeln zustande, dann wurde ihr langsam klar, dass sich ihr Wunsch, diese Frau im Kollegium zu haben, wie von selbst erfüllt hatte. Heiner Rennings hatte also zurückgezogen. Oder war das nur die offizielle Sprachregelung und das Berufungsgespräch mit dem Rektor hatte einen für den Erstplatzierten negativen Ausgang genommen? Das Ergebnis war dasselbe. Sibylle empfand Genugtuung und späte Rehabilitation. Sie hatte also kein bisschen falsch gelegen mit ihrer Einschätzung.

»Unter uns – Sie waren meine erste Wahl. Dann sind wir ja jetzt Kolleginnen!« Frau Hasegawa lachte etwas verschämt, ging mit vor der Brust zusammengelegten Händen einen Schritt rückwärts und senkte den Kopf in einer japanischen Dankesgebärde. Frau Sommer war aufgestanden und hatte gerade den kleinen Schrank mit dem Geschirr und den Gläsern geöffnet, es sah so aus, als wolle sie mit einer Flasche Rektoratssekt für besondere Fälle herausrücken, da erschien Peer im Türrahmen, erhitzt und ein wenig zerzaust, so als hätte er versucht, sich die noch immer zu kurzen Haare zu raufen. Wenn Sibylle Recht hätte mit ihrer Spekulation, dann war dies seine zweite Berufungsverhandlung. Hinter ihm kam Wolff aus dem Büro, als Kanzler war er Teil des Vorgangs. Es war ihnen nicht anzumerken, ob alles wunschgemäß verlaufen war oder ob sie auf kostspielige Bedingungen vonseiten der Hasegawa hatten eingehen müssen; Sibylle wünschte es ihnen. Eine ausdruckslose Mimik gehörte anscheinend zur Berufsroutine, bis zu diesem Punkt der Professionalität hatte sie es nicht gebracht. Wolff marschierte mit einem knappen Nicken, als hätten sie nicht jahrelang gemeinsam das G.Fr.Schnittspahn-Rektorat verkörpert, an Sibylle vorbei. Peer machte eine einladende Handbewegung und eilte zurück in sein Büro, wo es heiß und stickig war. Die Luft war so verbraucht, dass Sibylle das Fenster aufreißen wollte, sich aber wortlos an den Konferenztisch setzte und Peer beobachtete, der so aussah, als müsse er sich sammeln. Hinter seinem PC-Monitor ordnete er Papiere, die Sibylle nicht sehen konnte, sie vermutete, dass es ihr schriftlicher Antrag war.

»Machen wir's kurz«, sagte er dann, »es ist in unser aller Interesse, dass du wieder eine Klasse hast. Mach einen Prüfungstermin mit dem Prüfungsamt und wir beschleunigen das Verfahren, dann nehmen wir die beiden noch zum Wintersemester mit rein. Kapazitätsprobleme gibt es ja nicht.«

»Gut. Ich danke dir.«

Peer nickte zerstreut und machte keine Anstalten, das Gespräch offiziell zu beenden. Sibylle stand auf und überlegte einen Moment, ob sie zu ihm hinter den Schreibtisch gehen sollte, um sich von ihm zu verabschieden. Sie als Rektorin hatte den Kollegen stets die Tür geöffnet. Da wird er wohl noch was dazulernen müssen, dachte sie, wobei sie ihm zugutehielt, dass er als Wissenschaftler sich wenig mit *stage-behavior* auskannte. Es war ihm wohl noch nicht bewusst geworden, dass der größte Teil seines Jobs mit Schauspielerei zu tun hatte. Und dieses hier war seine Bühne.

Sie nahm ihre Tasche und wollte schon gehen, als eine unbändige Lust sie packte, ihm einen harmlosen kleinen Denkzettel zu verpassen.

»Du erlaubst doch sicher, dass ich einen kurzen Blick in deinen Spiegel werfe? Ich habe gleich noch einen Termin und mein Unterrichtszimmer ist im ersten Stock wie du weißt ... «

Als wäre sie noch die Herrscherin dieses Raumes, ging sie ohne eine Antwort abzuwarten zum geheimen Wandschrank, öffnete ihn und fuhr sich mit den Händen durch die Haare. Wo früher ihr Haarspray gestanden hatte, stand nun eine Flasche mit Mundwasser, daneben ein Deodorant. Am äußersten Spiegelrand sah sie Peers halbes Gesicht mit herunterhängendem Mundwinkel. Sie schloss den Schrank und ging zur Tür. Im Hinausgehen, ihm schon den Rücken zudrehend, hob sie die Hand zu einem kumpelhaften Gruß, und bevor Peer noch reagieren konnte, war sie auch schon weg.

Das Wintersemester lief nun schon seit drei Wochen. Um fünf Uhr war es fast dunkel. Seit zwei Tagen regnete es ununterbrochen und die Temperaturen waren nur wenig über Null, zu kalt für Ende Oktober. Trotzdem drehte Sibylle die Heizung etwas herunter.

In Raum S 21 roch es immer noch nach alten Akkordeonkoffern. Oder nach Stölzl. Sibylle lüftete eine halbe Stunde vor Unterrichtsbeginn und minutenlang zwischen den einzelnen Stunden. Es würde noch eine Weile dauern, bis sie sich hier wieder vollkommen zuhause fühlte. Und trittfest, dachte sie, war sie auch noch nicht, und das im wörtlichen Sinne, denn sie wusste das Rektorat unter sich und stellte sich Peer an seinem Schreibtisch vor, wie er auf ihre Schritte lauschte, wenn nicht gerade Susanne Willhardt über dem Vorzimmer ihre lautstarken Rhythmik-Stunden abhielt. An ihren beiden Unterrichtstagen trug Sibylle ihre flachen Harfenschuhe, die sie in ihrem Schrank deponiert hatte. Trotzdem ertappte sie sich dabei, dass sie die Füße vorsichtig aufsetzte, um kein Geräusch zu machen, als wäre sie unerlaubterweise hier oben oder einfach nur fehl am Platze. Heinrich Schütz, der mit umgezogen war, blickte mit gewohnt missbilligendem Blick auf sie herab, irgendetwas gab es ja immer, was sie hätte besser machen können, aber neuerdings entdeckte sie außerdem einen beinahe verächtlichen Zug in seinem Blick.

Katharina, Giovanna Tazzi und Niklas Langhans hatten sich um die beiden Harfen herum gruppiert. Auf dem Boden hinter ihnen lagen Rucksäcke, Wasserflaschen und Tüten mit Proviant, es sah so aus, als stünde ihnen eine mehrtägige Exkursion in unerschlossene Regionen bevor und nicht nur eine Unterrichtsstunde, in der es um Fragen der musikalischen Gestaltung ging.

Niklas zog seinen Wollpullover aus, darunter kam ein knittriges, verwaschenes Baumwollhemd zum Vorschein. Katharina neben ihm wirkte wie ein scharfer Kontrast mit ihren klaren Farben und den wie mit einem Lineal gezogenen Mustern ihrer Kleidung. Ihre grauen Augen und ihren hellen Teint hatte sie zweifellos von ihrer Mutter geerbt und womöglich auch Felizitas' zartrosa Zäpfchen, das man bei sehr hohen Tönen zu sehen bekam, aber Sibylle war sicher, dass Katharina mit solchen Einblicken weniger offenherzig umging, und darin glich sie eher ihrer Lehrerin. Sie betrachtete Giovannas auffallend große, fein ziselierte Ohrgehänge, die immer in Bewegung waren und bei jeder Kopfbewegung leise klingelten. Giovanna war klein und rundlich und trug selbst an kalten Tagen tief ausgeschnittene Oberteile, als wolle sie nicht wahrhaben, dass sie ihre Tage in nördlichen Regionen verbringen musste. Dazu besaß sie ein riesiges Arsenal an verschieden bunten Tüchern, von denen jede Woche ein anderes ihre langen, glatten Haare umschlungen hielt, was ihr ein süditalienisches Flair verlieh. Obwohl sie nicht hätte sagen können, warum, war Sibylle jedes Mal, wenn Giovanna den Raum betrat, augenblicklich besser gelaunt und – sie gestand es sich nur ungern ein – auch nachsichtiger und milder gestimmt, was Giovannas Leistungen anging.

Sie war vernarrt in den Anblick ihrer Schüler und es versetzte sie bei jedem Einzelnen in Erstaunen, wie sie sich im Laufe eines Studiums verwandeln konnten. Manchmal auch von einer Stunde auf die andere. Niklas, heute noch lockig-verwegen wie ein Murillo-Knabe, konnte in der nächsten Stunde Lackschuhe tragen und sie mit einem selbstgenähten Seidenschal verblüffen. Dazwischen lag eine Woche, in der eine Metamorphose stattgefunden hatte, deren Grund sie nicht kannte. Manchmal reimte sie sich aus Gesprächsfetzten, die sie zufällig mitgehört hatte, etwas zusammen. Sie hätte gern Genaueres gewusst, fragte aber nur nach, wenn sich ein ernsteres, das Studium betreffendes Problem abzeichnete, Nachlässigkeit beim Üben, Motivationslosigkeit, Leistungsabfall, depressive Stimmungen.

»Alles andere ist auch nicht deine Angelegenheit«, bemerkte der Aufpasser mäkelig.

»Aber interessant ist es doch«, verteidigte sich Sibylle, »und außerdem ist es ein Teil des Ganzen.«

»Du hast dich nur für das zu interessieren, was du hörst. Musikalisch hörst!«, setzte der Aufpasser nach.

Giovanna Tazzi sprach sehr gut Deutsch, Sibylle musste nicht auf sprachliche Raffinesse und bildhafte, jeden musikalischen Sachverhalt inspirierende und veranschaulichende Vergleiche verzichten. Die Methode des Vorspielens und Nachspielens war ihr verhasst, sie wendete sie nur an, wenn nichts anderes zu einer Verbesserung führte oder der Schüler zu keinem eigenen interpretatorischen Ansatz imstande war. Das kam bei jüngeren Semestern vor, jedoch nicht bei Katharina und Giovanna. Bei ihnen waren die Grenzen der Vorstellungskraft weit gesteckt und ihre technischen und musikalischen Mittel waren so entwickelt, dass Sibylle sich nach den ersten Stunden besorgt fragte, ob sie ihnen auf die Dauer was zu bieten hätte. Dann aber machte sie für ihre Unsicherheit die lange harfen- und unterrichtsfreie Zeit verantwortlich und beruhigte sich mit dem Gedanken, dass sie mit der Arbeit an ihrem Forschungsprojekt über Laura Peverara – sie nannte es schon so und damit wurde seine Existenz immer wahrscheinlicher – alle theoretischen und praktischen Defizite aufarbeiten und schließlich tilgen könne.

Während sie Noten und Schreibzeug aus dem grauen Metallschrank holte und ihr wie immer bewusst wurde, wie sich ihr Arbeitstag verändert hatte und dass es nicht das Hochfahren ihres Laptops war, mit dem sie ihn morgens begann, hatte sich Giovanna an die große Konzertharfe gesetzt und *La Mandoline* von Parish Alvars vor sich auf den Notenständer gestellt. Sibylle setzte sich an den kleinen Tisch der Gruppe gegenüber, legte die aufgeschlagene Partitur vor sich hin und bat Giovanna anzufangen. Nach einer kurzen Pause, in der sie sich der Aufmerksamkeit aller versichert hatte, hob die junge Italienerin die Arme und legte erst ihre rechte, dann die linke Hand an die Saiten.

»Stopp!«, rief Sibylle. Alle blickten auf. Giovanna ließ ihre Arme sinken und Sibylle fragte sie, ob dieser kurze Moment, unmittelbar vor Erklingen des ersten Tones, schon zur Musik dazu gehöre. Sie zwang sich, das Schweigen, das nun folgte, auszuhalten und stellte sich auf ein zähes Ringen um Antworten ein. Sie wusste, wie schwierig es war, das eigene Spielen zu beobachten, zu bewerten und kritische Schlüsse daraus zu ziehen, aber es gehörte nun mal zum Lernprozess dazu wie die Schulung des Gehörs und das Training der Fingertechnik. In der folgenden halben Stunde sprach sie über die Bedeutung von Bewegung und Atmung und bat dann Giovanna und Niklas die Plätze zu tauschen. Niklas brauchte eine Herausforderung, Verbalisierung war nicht seine Sache. Er machte einen abgespannten Eindruck; die Diskussion über die vorbereitenden inneren Vorgänge und ihre Auswirkung auf den Charakter der nachfolgenden Musik hatte ihn erschöpft. War sie mit ihm besonders kritisch und streng? Sie hatte den Verdacht, als verlange sie mehr von ihm und setze auch mehr bei ihm voraus. Vielleicht, weil er ein Mann war? War sie bei Frauen etwa anspruchsloser? Falls das so wäre, gab es dafür keine Erklärung und überhaupt keinen Grund. Eine Frage, zu der Henriette Mandt mal was hätte schreiben können. Nein, damit gab es kein Problem, es gab nur mehr Harfenistinnen als Harfenisten. Andererseits konnte sie nicht einfach ignorieren, dass sie seit Niklas allerersten Unterrichtsstunden den Eindruck hatte, er ginge grundsätzlich großzügig mit seinen Fähigkeiten um. Sie wollte es nicht schlampig nennen, dafür war es noch zu früh. Fehlte der Fleiß, dümpelte das Talent vernachlässigt vor sich hin. Fehlte das Talent, gab es keine Hoffnung. Zweites traf auf Niklas nicht zu. Sie verordnete sich, noch strenger durchzugreifen, das war sie seiner Begabung schuldig. Sie ließ ihn die Introduktion spielen, bis zum Beginn des Allegro, also 24 Takte. Vom viermalig vorgeschrieben Fortissimo war nichts zu hören.

»Fortissimo!«, rief sie in den Raum hinein, allerdings zu leise und zu sanft, »und ein bisschen beseelter, wenn's möglich ist.«

Niklas hatte sie nicht gehört und spielte bis zum Ende weiter, nur Katharina blickte kurz auf.

»Lies bitte den Notentext genau. Die Takte 6, 7, 12, 17 und 20 sind im Fortissimo – geht das noch lauter, ohne dass es ruppig klingt?«, insistierte Sibylle erneut. Jetzt wurde sie gehört.

Hatte ihre Kritik den Tonfall einer Rechtfertigung? Klang sie etwa unsicher wie eine Anfängerin? Plötzlich legte der Aufpasser jedes ihrer Worte auf die Goldwaage und ließ ihr nichts mehr durchgehen, am allerwenigsten Unsicherheit. Aber Niklas sah schon längst wieder in seine Noten, nahm einen Bleistift, notierte sich etwas und fragte:

»Hätten Sie es gerne nochmal von vorne?« Er sah nicht beleidigt aus. Sibylle spürte eine kleine Wärme.

»Aha, du hast immer noch Freude an der Macht! Bist kein bisschen anders als ein Dompteur, der seine Raubkatzen dazu bringt, auf Hocker zu springen und sich im Kreis zu drehen!«, konstatierte umgehend der Aufpasser. Das war gemein und unzutreffend. Trotzdem kam es Sibylle so vor, als stünde alles auf dem Prüfstand, jede Anweisung, jede Erklärung, einfach jedes Wort, das sie an ihre Schüler richtete. Das war doch nicht sie, die sich kaum noch traute Niklas zu bitten, die letzten Takte zu wiederholen? Der selbstbewusste Befehlston von früher, effektiv und zeitsparend, war ihr doch niemals übelgenommen worden – oder hatte es nur niemand gewagt, sich zu beschweren? Die kleine Schärfe, besonders, wenn sie ungeduldig wurde, war doch immer schon in ihrer Stimme. Predigte sie nicht sogar ihren Studenten, dass man über Leichen gehen müsse, wenn man Musikerin werden wollte? Dabei bezog sie sich auf Gesine Roth, die ihr das in der allerersten Harfenstunde gesagt hatte. Das Radikale daran hatte ihr sofort gefallen, aber eine praktische Anwendung konnte sie sich damals nicht vorstellen. Heute wusste sie, was gemeint war: die Unmutigen haben keine Überzeugungskraft! Diesen Studierenden brauchte sie die Interpretation nicht mitzuliefern, sie waren mit ihr auf Augenhöhe, als wäre sie eine von ihnen. Entweder waren sie reifer als vorige Generationen oder sie hatte sich dem Schülerniveau angenähert und war abgesunken in ihren intellektuellen, manuellen und kreativen Fähigkeiten. Dass sie sich allen Ernstes fragte, welches Recht sie habe, den Fluss dieser Phrase zu unterbrechen, so dass Niklas erschrocken aufblickte und die Arme fallen ließ, war vollkommen absurd. Jeder Schüler hatte ein Recht auf die hundertprozentige Aufmerksamkeit seines Lehrers. Niemals würde sie ihn ein Stück einfach nur durchspielen lassen, während die Zeit korrektur-los dahinrann, so dass er sich nach einer Stunde fragen musste, was er eigentlich dazugelernt hatte. Etwas anderes war das Durchspie-len im Hinblick auf eine größere musikalischen Einheit, auf das Trainieren von Konzentrationsfähigkeit. Gründe, die der Schüler nicht unbedingt auf den ersten Blick erkannte; dann war Unwillen vorprogrammiert. So oder so musste Unzufriedenheit gelegentlich in Kauf genommen werden. Erklärungen halfen nicht immer, Akzeptanz war tagesformabhängig wie der gute Wille des Studie-renden überhaupt, sich einer anderen Meinung zu unterwerfen, aber das war ihr tausendmal lieber als die Autoritätsstarre der Erst-semester. Sie sollte sich freuen, wenn sie Widerstand spürte. Wi-derspenstigkeit war eine gute Diskussionsgrundlage.

»Was genau meinen Sie mit *beseelt*?«, fragte Giovanna mit skepti-schem Blick. Katharina hatte den Kopf gehoben und schaute Sibyl-le aufmerksam an. Niklas blickte angestrengt in seine Noten, als dächte er über etwas Wichtigeres nach. Typisch Giovanna, dachte Sibylle, sie gibt sich nicht zufrieden, wenn sie sich keine praktische Umsetzung vorstellen kann, auch wenn ihr klar war, dass jeder sich unter dem Begriff etwas vorstellen konnte. Sie ging das Risiko ein, dass man geringschätzig auf sie als die Jüngste herabblickte. Dabei war ihre Frage intelligent und mutig, denn es war eine Frage nach dem Unaussprechbaren in der Musik und auch eine Frage nach den handwerklichen Mitteln, die eine Annäherung daran erst mög-lich machen. Wie aber mache ich Beseeltheit hörbar?

»Morgens um zehn über *den musikalischen Ausdruck* zu sprechen, ist eine der Herausforderungen unseres Berufes«, sagte Sibylle »noch schwieriger ist es, um diese Uhrzeit schon beseelt spielen zu können und die letzte Steigerung ist es, den Zuhörer damit anzu-rühren ... Meine provokante Prämisse ist: Auf sehr hohem Niveau lässt sich Beseeltheit vortäuschen. Oder?«

Nach eineinhalb Stunden stand Sibylle auf und reckte sich. Ihr rechter Fuß war eingeschlafen, offenbar hatte sie die ganze Zeit unbeweglich mit übereinander geschlagenen Beinen dagesessen. Ihre Schüler machten einen abgekämpften Eindruck, Giovanna gähnte unverhohlen. Niklas sortierte seine Noten, dann stand er auf, ging auf Sibylle zu und sagte förmlich:

»Danke. Diese Stunde hat mir sehr geholfen.«

Obwohl ihr seine gespreizte, altmodisch wirkende Höflichkeit immer etwas absonderlich vorkam, empfand sie sie diesmal wohltuend, als lege sich ein Pflaster über eine brennende Schramme. Sie lächelte ihn an, bemüht, es nicht zu herzlich aussehen zu lassen, dann ging sie zum Fenster und öffnete es.

Es hatte aufgehört zu regnen und die Laternen waren angegangen. Als sie sich etwas hinauslehnte und nach unten schaute, sah sie, wie Peer über den Parkplatz ging und für den Bruchteil einer Sekunde neben ihrem Volvo stehenblieb. Er drehte sich um und sah nach oben. Vor dem hellerleuchteten Fenster von S 21 musste er sie sofort erkannt haben. Jäh wandte er sich wieder ab und auch Sibylle fuhr zurück und schloss heftig das Fenster.

»Machen wir eine Pause und Katharina holt uns drei Becher Kaffee aus der Mensa, ja?«, sagte sie und der Aufpasser bemerkte:

»Gut Ding will Weile haben.«

»Du hast keine Ahnung«, fuhr Sibylle ihn an.

22

Der Park war menschenleer. Graues, regnerisches Novemberwetter wechselte sich mit gewittrigen Herbststürmen ab, dazwischen sanken die Temperaturen unter Null. Sibylle freute sich auf den ersten Advent, der in diesem Jahr bereits auf den 28. November fiel. Jahrelang waren Lorenz' Bemühungen, dem Haus eine vorweihnachtliche Atmosphäre zu verleihen, entweder an ihrer Abwesenheit oder ihrem ausgelaugten Zustand abgeprallt und hatten deprimierend auf sie gewirkt, wie eine verlassene Kulisse, vor der einmal etwas Einzigartiges stattgefunden hatte.

Jetzt, in diesem Moment, wusste sie, dass es wieder möglich wäre, nachmittags, nach seiner Rückkehr aus dem Werk, bei Tee und Kerzenschein zusammen zu sitzen und Musik zu hören.

Bello trottete neben ihr her, seit neuestem ohne Leine. Lorenz war skeptisch, er selbst wagte es nicht ihn abzuleinen und warnte Sibylle, obwohl es keinerlei Anzeichen von hündischem Ungehorsam gab. Aber er hatte bemerkt, dass Bello sich stur stellte und ihn keines Blickes würdigte, wenn er ihn mit seinem richtigen Namen rief. Hingegen parierte er bei dem leisesten Laut von Sibylle. Sie fand das unfassbar, konnte es kaum glauben, aber Lorenz zuliebe tat sie so, als bemerke sie es gar nicht; er musste sich grämen, weil sein Hund die Seiten gewechselt hatte.

Auf dem baumlosen Plateau zwischen den zurückgeschnittenen Rosen wehte ein schneidender Wind, trotzdem tat ihr die Kälte gut. Sibylle zog den Wollschal hoch bis über ihren Mund und die Mütze tiefer in die Stirn, hier oben sah sie ja niemand. Sie schritt schneller aus, Bello fiel etwas zurück. Wie alt war er überhaupt? Sie fürchtete sich plötzlich vor zu vielen Hundejahren und einem womöglich nahen Ende dieser ungeahnten Freundschaft. Das Glück wandelt auf brüchigem Eis, dachte sie bedrückt, auch Raphaela hatte am Telefon kurzatmig und mit Pausen, in denen sie an ihrer Zigarette zog, von körperlichem Verfall gesprochen. Ein Lachen mit bronchitischem Grundrauschen begleitete ihre drastische Wortwahl und auch Sibylle hatte gelacht, wohl hauptsächlich, um sich selbst zu beruhigen. Auch diese neue Beziehung war vom Tod bedroht, wie ja überhaupt alles. Kaum haben wir die Gewissheit, dass wir jemanden lieben, stirbt er uns auch schon unter der Hand weg, dachte sie. Wie gut wäre es, wenn sie ihr jetzt entgegenkämen, Raphaela und René, Arm in Arm, wie immer.

Noch sind sie ja nicht tot, im Gegenteil, die Verleihung der Silbernen Ehrenplakette wird sich belebend auswirken, zumindest auf Raphaela, die schon viel zu lang auf eine Ehrung gewartet hatte. Sibylle lauschte in sich hinein, verspürte aber keinerlei Aufregung bei dem Gedanken, dass sie für die musikalische Umrahmung der Feierstunde im Rathaus zuständig war. Sie fühlte sich gut auf ihrem Instrument. In technischer Hinsicht war sie so sicher und souverän wie früher, sie war voller musikalischer Gestaltungskraft und neuerdings auch vorsichtiger Freude darauf vorzuspielen. Das Büro des Oberbürgermeisters hatte, wie üblich bei städtischen Anlässen, in der Hochschule um die Vermittlung von Musikstudenten angefragt, aber gleichzeitig durchblicken lassen, dass die Jubilarin Präferenzen in Richtung Harfe hatte. Peer schickte Sibylle die Anfrage kommentarlos per Mail weiter. Sie hatte umgehend zugesagt und in ihrer Antwortmail mit einer spontanen Geste, die sie selbst überraschte, Mia Wunderlich ins Gespräch gebracht, die dem feierlichen Rahmen durch ihre künstlerische Prominenz noch mehr Glanz verleihen würde. Ein deutlicheres Zeichen ihrer inneren Unabhängigkeit von Peer konnte sie nicht setzen. Peer hatte keinerlei Reaktionen gezeigt, sondern ihr Minuten später eine dürre SMS mit Mias Kontaktdaten geschickt. Ihre Souveränität hatte ihn offenbar sprachlos gemacht. Was hingegen seine Souveränität anging, war sie pessimistisch. Als sie kürzlich telefonisch bei ihm nachgefragt hatte, ob er ihren Antrag auf Veröffentlichung einer größeren Arbeit – Forschungsarbeit wollte ihr offiziell noch nicht über die Lippen – innerhalb der hochschulinternen Wissenschaftsreihe erhalten habe und, falls er schon die Zeit gehabt hätte ihn zu lesen, wie er dazu stünde, hörte sie nach einigen Schweigesekunden und einem wenig rektorablen Stammeln ausweichende Argumente, die hauptsächlich Zeitprobleme zum Inhalt hatten. In Wirklichkeit aber brachten sie nichts als Peers Schrecken zum Ausdruck, dass nun ausgerechnet ein Artikel oder gar etwas Größeres über eine Harfenistin der Spätrenaissance den Platz auf der Liste der Veröffentlichungen einnehmen sollte, den er für seinen Aufsatz *Zur Psychologie des künstlerischen Schaffens* vorgesehen hatte. Im Budget der Hochschule war nur eine Veröffentlichung pro Jahr vorgesehen. Die *Psychologie des künstlerischen Schaffens* war ein Thema, das alle anging und nicht nur eines für Spieler von Nischeninstrumenten, so der Satz, der unausgesprochen in der Leitung hing. Sibylle bezweifelte, dass sein Artikel bereits als fertiges Manuskript in der Schublade lag oder wenigstens als Rohentwurf existierte. Sie hingegen war schon ziemlich weit mit der Ausarbeitung ihrer Studie über Laura Peverara und dem *Concerto delle Donne* und hätte das Manuskript Anfang des Jahres vorlegen können. Gleich nach der Rückkehr aus Modena und der Besichtigung der *Arpa di Laura Este,* noch ganz unter dem Eindruck dieses Instrumentes und von Laura selbst stehend – da war sie sich trotz der 400 Jahre, die zwischen ihnen lagen, sicher – wollte sie ihrer Arbeit den letzten Schliff geben. Sofort nach Abgabe würde sie sich unverzüglich an die Programmgestaltung für ein Konzert mit Musik am Hofe Alfonsos d'Este machen. Sie plante, ihren Schülern dafür ihre *Schöne Laura* zur Verfügung zu stellen, um mit einem möglichst authentischen Klangeindruck die Vorstellung der Publikation zu begleiten. Die Präsentation konnte hochschulöffentlich oder auch ganz öffentlich sein, falls Peer sich etwas davon verspräche, zum Beispiel Medienwirksamkeit. Der Gedanke an dieses große Projekt, mit dem sie wieder im Fokus der Hochschule stehen würde, diesmal aber in einem künstlerisch-wissenschaftlichen Zusammenhang, erfüllte sie mit lustvollem Arbeitsdrang und gespannter Erwartung. Peer würde ihr schon keinen Stein in den Weg legen, das konnte er sich gar nicht leisten. So oder so fände ihre Arbeit den Weg in die Öffentlichkeit, warum also sollte die G.Fr.Schnittspahn nicht davon profitieren? Lorenz jedenfalls profitierte davon, er wusste es nur noch nicht.

Am 27. Dezember säßen sie abends in Innsbruck beim Wein, am nächsten Tag ginge es weiter nach Modena in die *Galeria Estense*, danach vielleicht ein Stadtbummel durch Bologna mit anschließendem Besuch der Universität, um sich das Fresco des *Concerto delle Donne* anzusehen. Silvester in Florenz. Sie hatte alles bereits organisiert, Jerome wollte Bello nehmen.

Unglaublich, wie sich alles verändert hatte. Mitten im kalten, grauen, regenverhangenen November fühlte sie sich plötzlich so frühlingshaft leicht, als läge das ganze Leben noch vor ihr, als wäre es möglich, noch einmal neu anzufangen, mit aller Energie, unbelastet und mit frohem Herzen.

Sie nahm ihr Handy aus der Tasche und schrieb eine SMS an Lorenz:

»Komme gleich. Stell schon mal den Sekt kalt.«

Er antwortete umgehend.

»Ein besonderer Anlass?«

»Ja und nein. Das alte Lied, Du weißt schon ... Heute könnte ich's vielleicht aussprechen ... «

Nach einer winzigen Pause schrieb Lorenz:

»Ah. Aha. Ist schon im Gefrierfach.«

Sibylle schloss das Tor hinter sich und sah hinauf zum Balkon. Durch die Ritzen der heruntergelassenen Jalousien schimmerte das sanfte Licht der Wohnzimmerlampe.

Sie ging durch die Garage ins Souterrain, wo noch der Geruch von Essigreiniger in der Luft hing. Die Fliesen glänzten und sie stieg aus ihren lehmigen Stiefeln, bemüht, keine Dreckspuren zu hinterlassen. Dann zog sie Mütze und Mantel aus und wusch Bello in einer flachen Wanne den Matsch aus dem Fell und von den Pfoten. Er schüttelte sich einmal kurz und unzählige braune Spritzer verteilten sich auf Wand und Boden.

»Okay, Bello«, sagte Sibylle, »kein Problem.«

Auf der Treppe nach oben hielt sie den Hund sicherheitshalber mit einer Hand am Halsband fest und sich selbst mit der anderen am Geländer; in der Diele fiel ihr auf, dass sie nicht wie sonst immer einen Blick in den großen Wandspiegel vor dem Treppenaufgang geworfen hatte. Es duftete nach geröstetem Weißbrot und Kürbissuppe und aus dem Wohnzimmer kam laute Musik. Sibylle erkannte Shirley Horn, eine alte Lieblings-CD aus ihrer Anfangszeit als Paar. Sie ging in die Küche, Bello folgte ihr und ließ sich mit einem Seufzer auf den Boden fallen.

Lorenz stand mit dem Rücken zu ihnen am Herd, ein Sektglas in der linken Hand und rührte im Suppentopf, dazu wiegte er seine Hüften im Takt der Musik. Auf der Anrichte neben ihm stand eine Flasche Sekt in dem alten Kübel, der so glänzte, als wäre er täglich in Gebrauch, dabei musste er ihn aus der hintersten Ecke der Abstellkammer hervorgekramt und geputzt haben.

»Der Hund traut sich kaum noch die Treppe rauf«, sagte Sibylle laut, um die Musik zu übertönen, »wir sollten über einen Sisalläufer oder etwas Ähnliches nachdenken.«

»Gute Idee, das hätten wir schon längst tun sollen«, antwortete Lorenz, ohne das Rühren zu unterbrechen, und nach einer kleinen Pause:

«Du hast sie ja schon immer gefährlich gefunden. Jetzt, wo der Hund so oft unten ist, seid ihr schon zu zweit ... Ich kümmere mich drum.«

»Danke«, sagte Sibylle. Sie trat hinter ihn, schlang ihre Arme um seine Brust und schmiegte ihre Wange an seinen Nacken, da, wo die Haut besonders zart war, genau zwischen Haaransatz und Hemdkragen. Der perfekte Ort. Wie hatte sie das vergessen können?

Im Wohnzimmer sang Shirley Horn mit rauchiger Stimme
All of a sudden my heart sings
The crazy things we'd say and do
The fun it is to be with you
The magic thrill that's in your touch
Oh, darling, I love you so much!
Sibylle summte mit.

»Gut gemacht!«, lobte der Aufpasser und setzte abschwächend nach: »Das wurde aber auch langsam Zeit ... «

23

Ein Gemälde, Teil davon ist meine Frau, die Farbe der Harfe, der Streifen in ihrer Bluse vor den üppigen Blumen-Arrangements. Dass sie hier ist, kommt mir vor wie ein Wunder. Ich habe nicht mehr daran geglaubt, sie außerhalb unserer vier Wände jemals wieder spielen zu hören, noch dazu in einem so hochoffiziellen Rahmen. Sie spielt die *Aria di Fiorenza* so atemberaubend innig – ist das mein laienhafter Geschmack oder empfinde ich das nur so nach all der Zeit? Zufällig war ich unten im Waschraum als sie mit dem Üben anfing. Der Hund und ich, wir standen still wie Statuen. Töne aus ihrem Zimmer, wie früher, der Klang des Alltags und des guten Lebens. Es hat mich bis ans Herz gerührt, in dem sonst nichts ist als sie.

Raphaela wirkt gebrechlich. Sie ist noch dünner geworden und bewegt sich roboterhaft, wie eine aufgezogene Puppe, selbst an Renés Arm.

René ist abgelenkt, nervös, überfordert, nicht bei der Sache. Er sitzt gebeugt auf seinem Stuhl, leicht verdreht, seiner Frau zugewandt, als dürfe er sie nicht aus den Augen lassen. Jetzt bedaure ich, dass wir so gut wie nichts von ihr gelesen haben. Bille kannte ja nur noch Akten, Erlasse, Dokumente, Dokumentationen, etc. Früher las sie mehrere Bücher gleichzeitig, Berge neben ihrem Bett. Aber dann, pflichtschuldig und überverantwortungsvoll, wie sie ist, gab es nur noch ein Entweder-Oder. Vielleicht musste sie so sein. Und so schrecklich streng. Ich hatte Angst, dass sie das Lachen verlernt, habe sie aufzuheitern versucht, bis ich mich für meine Albernheiten geschämt habe. Bille konnte mich schon längst nicht mehr ertragen. Ich war so nutzlos. Dazu die schreckliche Unsicherheit bei der Arbeit. Die Angst, die Heimlichtuerei, ihre Ignoranz.

Das ist Gott sei Dank vorbei.

Die Verleihung selbst, mitsamt der Ansprache, war sehr nüchtern. Immerhin ist es die Silberne Ehrenplakette. Vielleicht konnte der OB – oder sein Redenschreiber – wenig mit der Kategorie Künstler anfangen. Aber die Laudatio hat es wieder gut gemacht. Ein alter Schulfreund von Raphaela, Philosoph, hintergründig und humorvoll. Sie hatte ihren schwärmerischen Teenagerblick, René sah griesgrämig aus. Danach spielten Sibylle und Frau Wunderlich *Entr'acte* von Ibert. Überraschungsgeschenk von Bille, die herausgefunden hatte, dass Raphaela früher einmal Querflöte gespielt hatte. Frau Wunderlich hatte sofort zugesagt, offenbar ganz unbelastet von all den Vorgängen und Befindlichkeiten, überraschenderweise, meinte Bille. Vielleicht war eher Bille selbst die Belastete. Da sie nicht darüber spricht, ist alles nur schwer zu durchschauen.

Von meinem Platz am linken Ende der ersten Reihe aus habe ich alle im Blick. Peer Siblewski, jetzt Würdenträger, sitzt rechts außen. Auf den Gedanken, dass er und Mia Wunderlich ein Paar sein könnten, wäre ich nicht gekommen. Siblewski sieht abwesend aus, als wäre er nur der Form halber hier. Ich hoffe, Bille und ich geben ein anderes Bild ab – dafür will ich jedenfalls sorgen, solange es in meiner Macht steht, nein, sogar darüber hinaus, für alle Zeiten und selbst im Zustand geistiger Verwirrtheit. Dann werde ich mich an sie klammern wie ein Säugling, nichts anderes ist vorstellbar. Das Eigentliche der menschlichen Natur, das jahrelang Verschüttete, soll sich im Zustand geistiger Umnachtung ja besonders zeigen, Lammfromme werden aggressiv, Wohlerzogene vulgär. Ich werde bis zur Unkenntlichkeit mein Herz auf der Zunge tragen.

Die *Fiorenza* ist zu Ende, jetzt habe ich den Schluss verpasst. Applaus. Bille steht auf, um sich zu verbeugen. Ihr Gesicht ist so entspannt wie lange nicht mehr. Sie ist ein bisschen erhitzt. Sie strahlt. Sie ist stolz auf sich und zufrieden und ganz in ihrem Metier. Jetzt nickt sie Frau Wunderlich zu. Den Blick kenne ich, sie ist fasziniert von ihr – so hat sie Felizitas angesehen. Warum muss sie immer gleich so übertreiben. Beim Verbeugen bewegt sie sich so anmutig wie vor 30 Jahren.

Ich unterdrücke den Impuls aufzustehen und sie in die Arme zu nehmen. Sie ist zwar meine Schutzbefohlene, aber die Anbetung ihres Ehemannes in der Öffentlichkeit verbittet sie sich. Bewunderung bitte nur vom Publikum. Anbeten kannst du später immer noch, höre ich sie sagen.

Danksagung

Ich danke
Dr. Mischa Bach, Johanna Seitz, Urd Josch-Fulda, Erich Kleinmann, Alfred Gross, Andreas Golinski, Wiebke Heyens und Bas-
sem Hawar für ihr Fachwissen und ihre freundliche Unterstützung

und Griffin für die Inspiration.

Über die Autorin

Gudrun Heyens, geb. 1950, lebt mit ihrem Mann in Duisburg.

Sie war von 1986 bis 2016 an der Folkwang Universität der Künste Professorin für Blockflöte und veröffentlichte zahlreiche Unterrichtswerke (Schott).

»Die Saite aus Stahl« ist ihr zweiter Roman.

»Vincent oder die Heiligsprechung« (Roman, 2013) und *»Hinter dem Schein«* (Erzählungen, 2014) erschienen im pdk-Verlag Berlin.